엄마 아빠와
두 아들의
행복한
생각나눔

엄마 아빠와 두 아들의 행복한 생각나눔

조승재 · 조승철 지음

생각나눔

이 글을 만들기 위해 함께한 사람

엄 마 이미훈

아 빠 조명동

큰아들 조승재

작은아들 조승철

추천사 --

2011년, 한 가족은 서로의 생각을 공유하며, 각자의 입장에서 서로를 이해해 보기로 합니다. 바쁜 직장생활과 학교생활 속에서 가족과 행복의 참된 의미를 대화와 소통을 통해 찾아가는 과정은 소통 부재의 사회에서 살아가는 우리에게 참으로 많은 점을 시사합니다.

시작은 소소했습니다. 아버지가 아이들에게 보내는 휴대전화 문자 메시지에 아이들은 답장을 통해 본인들의 생각을 전달했습니다. 어찌 보면 가장 단순하고 편리한 방법이었습니다. 만약 손으로 쓰는 편지였다면 매일 매일 글을 통해 이렇게 많은 대화를 할 수 있었을까요? 아마도 힘들었을 것입니다. 우리가 항상 곁에 두고 사용하는 휴대전화이기에 가족모두가 거리낌 없이 소통의 장으로 나올 수 있었습니다.

요즘 우리는 대화와 소통을 중요하다고 합니다. 그만큼 대화와 소통이 부족하기 때문일 것입니다. 모두가 대화와 소통이 부족하다고 말하고 있으나, 어떻게 대화하고 소통해야 하는지는 고민하지 않는 것 같습니다. 예전의 소통방법 중 하나였던 대화와 편지만을 생각하고는 시간이 없다고, 번거롭다고 실행에 옮기지 않습니다. 『엄마, 아빠와 두 아들의 행복한 생각 나눔』은 한 가족의 고민을 통해 친숙하고 새롭지 않은 휴대전화 문자 메시지가 새로운 대화와 소통의 수단이 될 수 있다는 것을 보여줬습니다. 급변하는 시대에 어떻게 적응해야 하는지 시의적절하게 보여줬습니다.

『엄마, 아빠와 두 아들의 행복한 생각 나눔』을 발간하는 조명동, 이미훈, 조승재, 조승철 가족과 저는 올 3월 조승재 군이 한국교통대학교에 입학하면서 인연을 맺었습니다. 우리 한국교통대학교의 캐치프레이즈가 '세상과 통하는 대학'임을 생각해보면 우리 대학과 인연을 맺은 것은 당연하다고도 볼 수 있겠습니다. 그동안 조승재 군의 가족이 대화와 소통을 통해 가족과 행복의 의미를 찾았듯이, 앞으로 작게는 대학, 넓게는 세상과 대화하며 소통할 수 있기를 바랍니다. 아울러, 가족 모두가 대화와 소통을 통해 더욱 서로를 사랑하고 행복하시기를 기원합니다.

2016년 7월
국립한국교통대학교 총장 김영호

추천의 글 ....

🎵 모교를 졸업한 형과 재학생인 동생이 중학교 때 작성한 글 모음을 책으로 발간하려고하여 추천의 글을 써주기로 했다.

책의 내용은 중학교 자녀를 둔 아빠가 두 자녀에게 어떤 글을 메시지로 보내면 두 아들이 그것에 대한 자기들의 견해를 써서 보내는 것이다. 중학생이 되면 사춘기 때인지라 부모와 대화도 안 하려고 하는데, 이런 메시지를 주고받다 보면 이중삼중의 효과가 있을 것이라고 본다. 우선 아빠가 보낸 메시지가 너무 좋은 내용들이고, 이에 두 배 세 배의 분량으로 답변한 아들들의 글도 중학생이 쓴 글이라 믿기가 어려운 내용이었다. 초등학교에서 책을 많이 읽어보지 않았다면 쓰기 어려운 것인데 하나같이 좋은 내용들이다. 1년 동안 월요일부터 금요일까지 248번의 메시지를 보낸 아빠도 훌륭하지만, 이에 꼬박꼬박 답변해준 아들들도 대견스럽고, 그 답변에 대한 생각을 부모님이 잘 정리해준 것도 참 좋은 것 같다. 지금 자녀 교육 때문에 모든 부모가 고민도 많이 하고, 어떻게 자녀를 지도해야 할지 방법을 몰라 학교만 바라보고 있는 부모들도 많은데, 중학교 고등학교 자녀를 둔 부모들이 한 번 읽어 보시고 실천해 본다면 참 좋겠다는 생각이 들었다.

 독서가 중요한 입시의 비중을 차지하고 있는 요즈음 자녀들이 부모와 함께 멋진 글을, 아니 진솔한 이야기를 써 본다면 인성교육은 말할 것도 없고 자녀들의 진로 문제도 자연스럽게 해결되지 않을까 해서, 모든 부모가 꼭 읽어보시라고 강력히 추천의 글을 올린다.

2016년 7월
공주 영명고등학교 이기서 교장

메시지에 꿈을 넣기까지…

     🍵 다시 시작한다는 것은 쉬운 것이면서 두려운 것이다. 지난 2011년 진행했던 메시지 정리를 통해 많은 격려와 성원을 받았다. 정식 책으로의 출간은 못 했지만, 복사를 통해 구색만 갖춘 책도 많은 분이 원하셨기 때문에 4번에 걸쳐 제본 작업을 하게 되었다.

부족하고 조잡한 것일지는 모르나 일 년 동안 고생했던 아이들에게는 자그마한 선물이 아니었나 싶다. 나중에 어른이 되어 결혼하고 자식이 생기면 똑같은, 아니 이보다 더 기발한 아이디어를 동원한 자식 사랑을 실천하기 위한 밑거름이 되었으면 하는 바람이었다.

나 자신도 항상 옆에 놓고 틈틈이 읽어 흐트러진 마음을 다잡는 데 활용하고 있다. 메시지 내용도 도움이 되지만 특히 아이들의 시각에서 바라보는 기발한 생각이나 엉뚱한 답변은 감동과 재미를 함께 느낄 수 있어서 더욱 좋았던 것 같다.

올해에도 다시 한 번 도전해보자는 엄마의 제안을 모두 흔쾌히 수용한 아이들이 대견스럽고 고마웠지만, 사실 나는 조금 부담이 되었다. 전년에 밝혔듯이 메시지를 꾸준히 작성해야 한다는 것이 결코 쉬운 일은 아니기 때문이다. 한 번 약속은 꼭 지켜야 한다는 신념과 이왕 하려면 제대로 해야 한다는 강박 관념이 있었지만, 나 혼자 잘되자고 하는 것이 아닌 이상 즐거운 마음으로 시작하기로 결심했다.

자…, 다시 한 번….

올해는 시간을 조금 당겨 7시 55분에 메시지를 보내기 시작했다. 첫 주제는 태양으로 잡았다. 새해 첫 태양의 눈부신 일출을 상상하며….

아이들의 열정은 대단했다. 자신의 생각을 표현하는 양이나 생각의 깊이가 작년과는 사뭇 다름을 느낄 수 있는 출발이었다. 하지만…, 기대가 너무 크면 안 된다는 것을 몸소 느낄 수 있는 시간은 그리 오래 걸리지 않았다.

많은 것을 얻으려는 것은 인간의 욕심(?)이었나 보다. 반복적인 일상은 언제나 그렇듯이 지루함을 주고 의무감이라는 억압이 느슨하게 만드는 것이었다. 이에 변화를 주기 위해 좀 더 꼼꼼한 생각 도우미를 작성하였고, 매월 말 생각을 종합 정리하여 힘을 보태주기로 하였다.

과연 성공적인 일심동체가 되었을까? 여러분의 상상에 맡기겠다. 작년과 마찬가지로 여러 가지 어려움이 있었다. 매번 반복되지만 한꺼번에 몰아서 쓰기, 성의 없는 내용 쓰기, 아예 안 쓰기 등은 어쩔 수 없는 것이었다. 다만 작년과는 다르게 장기간 포기하기, 중간중간 빼먹기, 제목만 쓰기는 현저하게 줄었다. 작년보다 조금 성장한 것이 아닐까 생각한다.

올해는 마음과 육체가 힘든 시간이 있었지만, 나의 메시지를 알람으로 사용하는 분들을 위해 열심히 노력했다고 본다. 마지막 메시지인 독서를 통한 생각의 폭을 넓혀야 한다는 생각은 작년과 동일하다. 내가 책을 보면 아이들과 엄마도 자연스럽게 책을 펼쳐 드는 모습을 보면서 내가 먼저 바뀌면 모두 바뀔 수 있다는 것을 몸으로 체험한 두 번째 해가 된다. 누구든지 이 책을 보시는 분은 자신이 먼저 변화하는 사람이 되었으면 하는 바람이다.

지난 2년 동안 아빠와 엄마의 욕심 때문에 고생한 승재와 승철이, 수고 많았다. 내년에는 좀 더 자유롭고 편안한(?) 이벤트를 준비해야겠다는 생각을 하고 있단다. 좋은 아이디어나 깜짝 놀란 만한 자기 주도형 학습 방법이 있으면 언제든지 얘기해주길 바란다. 최대한 노력하는 부모가 되도록 할 것이다.

인생은 공부의 연속이며 그 과정의 중심에 서 있는 너희도 날마다 즐거움을 만들어갔으면 하는 바람이다. 고등학생이 되는 우리 큰아들 승재와 학교 내에서 최고 선배가 되는 승철이 모두 새로운 환경에서 최선을 다하는 사람이 되기를 바라는 마음으로 너희 생에 두 번째 글 모음을 선물한다.

2012년 12월 31일
엄마, 아빠가

contents

추천사   국립한국교통대학교 총장 김영호

추천의 글   공주영명고등학교이기서 교장

메시지에 꿈을 넣기까지…

 2012년 아빠의 문자메시지

1월

> "
> 오늘 떠오르는 태양은 어제의 태양이 아니듯이
> 항상 새로운 마음으로 생활하자.

> " 오늘 떠오르는 태양은 어제의 태양이 아니듯이 항상 새로운 마음으로 생활하자. "

승재: 우리 집의 가훈은 '언제나 처음처럼'이다. 이 가훈의 뜻은 무엇일까? 우리가 행복했었던 그때처럼 항상 새로운 마음을 가지라는 뜻이다. 밤이 지나면 다시 아침이 오듯이 하루하루를 새롭게 시작해야 한다. 새로운 마음을 가지면 자신의 마음속을 비우게 된다. 이로써 더 쉽게 일을 할 수 있다. 우리들이 살아가는 지금, 다시 처음부터 새로운 마음으로 시작해보자.

승철: 내가 지금 생각하는 것과 어제 생각한 것은 같을 수가 없다. 그 이유는 새로운 마음이 있기 때문이다. 새로운 마음이 있으면 새로운 생각이 난다. 하지만 새로운 마음을 갖지 않으면 어제와 같은 생각을 할 수 있다. 오늘 시험 못 봤다고 내일 시험을 못 보는 것이 아니다. 새로운 마음으로 열심히 생활하자.

생각 도우미: 올 한 해도 다시 시작하는 마음으로 파이팅! 힘든 일, 어려운 일 모두 이겨내며 한 단계 성장하는 한 해가 되도록 노력하자.

> " 지는 해를 바라보며 아쉬워하기보다는 다시 떠오를 아침 해를 준비하는 마음을 갖자. "

승재: 해는 지지만 사라지지 않는다. 해는 아침마다 새로운 마음으로 떠오른다. 하지만 사람은 그렇지 않다. 어제나 오늘이나 똑같다. 해는 뜨는데 사람들은 마음의 해가 뜨지 않는 것이다. 그래서 사람은 욕심이 많고 급한 편이다. 만약 우리 사람들이 해처럼 새롭게 시작한다면 어떨까? 욕망이 없어지고 욕심이 없어지고 급하게 일을 하지 않을 것이다. 새로운 마음 하나로 일상생활이 이렇게 달라지는 것이다. 발명가 에디슨도 일이 잘되지 않을 때 새로 시작했다. 그 결과 에디슨은 성공했다. 일이 잘되지 않을 때 새롭게 시작하는 마음이 우리들의 인생을 바꾸는 것이다. 새로운 마음으로 열심히!

승철: 미래는 어떻게 될지 아무도 모른다. 하지만 예측은 할 수 있다. 과거에 있었던 일들을 다시 생각해보려면 머리가 복잡해진다. 끝난 일을 생각하지 말고 오직 미래만을 생각하고 끝내자. 그리고 내일을 준비하자.

생각 도우미: 일을 마무리할 때나 하루 일과를 마칠 때는 지나간 일들을 반성하고, 다음 일을 준비하는 자세가 중요하단다.

> 최선을 다하는 것은 끝이 아니다. 새로운 시작이다. 처음부터 새로운 마음으로 다시….

승재: 보통 사람들은 최선을 다해 그 일을 이루어 내는 것이 끝이라고 생각한다. 쉽게 말해서 대학교를 졸업하면 공부는 끝이라고 생각한다. 또, 아예 그 일을 안 하기도 하는데 이것은 시작일 뿐이다. 일을 이루어 내면 그것에 대한 일이 더 많이 쌓여있고, 대학을 졸업하면 취업을 준비해야 하고, 돈을 모아야 한다. 이때부터가 바로 시작일 뿐이다. 그렇기에 다시 새로운 마음을 먹어야 한다. 최선을 다하는 게 끝이 아니다. 단지 시작에 불과하다. 우리 사람들이 살아가면서 일은 끝이 없는 것이다. 자신이 살아야 한다면 일은 죽을 때까지 해야 한다. 절대로 일이 끝났다고 생각하지 말자. 앞으로 계속 해야 한다고 생각을 하자. 나는 항상 새로운 마음이다. 일을 끝내면 더 어려워진 일에 대해 생각하고, 또, 그 일을 끝내면 저번보다 더 어려워진 일에 대해 생각을 한다. 이렇게 반복해가면 어느새 최고에 올라와 있다. 그럴 때마다 나 자신에게 칭찬하고 다시 새로운 마음을 가진다. 이런 마음으로 계속 하다 보면 끝이 없다. 태양은 지지만 사라지지 않듯이 우리의 일도 사라지지 않는다. 자신을 위해 새롭게 시작하자!

승철: 최선을 다하는 것의 의미는 처음부터 끝까지 쉬지 않고 하는 것이다. 중간에 끊어가면서 최선을 다하면 이것은 최선을 다하는 것이

아니다. 중간에 끊어지면 새로 처음부터 다시 시작해야 한다. 그리고 새로운 마음, 생각으로 다시 시작해야 하는 것이다. 그리고 최선을 다했지만 마지막에 흐트러지면 결과는 나빠질 수밖에 없고 새로 해야 해서 더욱더 힘들어진다. 한 번에 열심히 하고 끝내는 것이 쉬운 것이다. 그만큼 다른 사람을 이기고 싶거든 우리 모두 최선을 다하는 사람이 되자.

생각 도우미: 끝은 새로운 시작을 의미한단다. 모든 일에 최선을 다하고, 일이 마무리되면 새로운 마음으로 다음 일을 준비하는 사람이 되도록 노력하자.

> " 내가 돌아서면 상대방과 등지게 된다. 상대가 돌아서면 앞으로 달려나가 마주 보자. "

승재: 상대방과 가까워지려면 어떻게 해야 할까? 내가 먼저 나서든가, 상대방이 돌아서면 달려나가 마주 보는 것이다. 이렇게 하면서 인연, 사랑이 생기는 것이다. 그럼 내가 돌아서면 어떻게 될까? 상대방도 돌아서게 되면서 서로 등지게 된다. 만약 식당주인이 손님들을 진심으로 대하는 마음이 있다면 손님들은 그 식당을 많이 찾을 것이다. 그럼 반대로 식당 주인이 먼저 문을 닫아버리면 어떻게 될까? 손님들 역시 그 식당을 찾아오지 않을 것이다. 이처럼 내가 먼저 나서거나 상대방의 말을 존중해야 한다. 나도 역시 상대방의 말을 존중히 들을 것이다. 내가 먼저 말을 걸고 도와주고 할 것이다. 물론 상대방의 마음도 중요할 것이다. 하지만 내가 먼저 나선다면 상대방은 물론 받아줄 것이라고 생각한다. 매일 매일 상대방과 등지지 말고 눈을 보면서 생활하자. 등지고 생활하면 아무리 애써도 상대방과 친해질 수 없기 때문이다. 반대로 눈을 보면서 생활하면 상대방과 친해지고, 웃을 수 있고, 즐겁게 생활할 수 있다. 이렇게 살면 우리는 행복해질 것이다. 항상 웃게 파이팅!

승철: 상대방과 나는 앞을 보고 있는데 내가 뒤로 돌아서면 상대방 등과 내 등을 마주 보게 된다는 것이다. 상대방과 등을 지면 안 되고 맞서 싸워야 한다. 눈싸움하듯이 시선을 다른 곳으로 옮기면 지는 것

이다. 성공한 사람들을 생각해보자. 상대방에게 진 적이 없다. 이기는 비결은 질 것 같다고 뒤돌아 보지 않고 당당하게 맞서 싸우는 것이다. 옛말에 이런 말이 있다. "길고 짧은 것은 대봐야 안다."/ "작은 고추가 맵다." 이 말들은 질 것 같지만 이길 수 있다는 용감함을 뜻한다. 모두 성공하고 싶다. 그러면 당당하게 맞서자….

생각 도우미: 사람은 누구나 상대방과 다툼이 있을 수 있단다. 누구의 잘못을 떠나서 내가 먼저 화해를 요청하면 예전의 관계로 돌아가지만 서로 마음을 닫으면 남남이 된단다. 내가 먼저 다가가는 사람이 되자. (승철이는 상대방과 싸우라는 내용이 아니라 화해하라는 것이야.)

> " 성공한 사람은 돈이나 명예보다도 다른 사람에게 어떤 영향을 주었는가에 있다. "

승재: 사람이 혼자의 힘으로 성공할 수 있을까? 당연히 어려운 것이다. 그러면 성공한 사람들은 어떻게 지금의 자리에까지 올 수 있었던 것일까? 비결은 다른 사람의 도움이다. 성공한 사람들은 돈이나 명예보다 자신을 도와준 사람들을 고맙게 여기고, 그 사람들에게 큰 영향을 준다. 예를 들어 집으로 초대한다든지, 보상을 해주든지, 서로 친구가 되든지, 어려운 일이 있을 때 도와준다든지 좋은 영향을 미치는 것이다. 살아가면서 돈은 반드시 있어야 하지만, 사람들 역시 반드시 있어야 한다. 성공한 사람들은 다른 사람들에게 알려주고 그 영향으로 인해 배우는 사람은 또 성장하고, 이렇게 반복된다면 우리는 강대국이 될 수 있다. 이런 말이 있다. "나에게 배우고 간 사람은 나보다 더 똑똑하게 해서 보내라." 이 말처럼 성공한 자들은 다른 사람들이 더 똑똑해질 수 있도록 가르쳐야 한다. 사람의 말은 전파된다. 그렇기에 우리는 빠르게 발전할 수 있었던 것이다. 성공한 사람들이 좋은 영향을 줌으로써 사회가 바뀔 수 있었고, 세상이 바뀔 수 있었던 것이다. 돈이 미래가 아니라 사람이 미래다. 파이팅!

승철: 사람이 성공하면 돈을 벌고 명예를 지킬 수 있다. 성공한 사람들의 공통점을 살펴보면 모두 책을 많이 읽었고 다른 사람들에게 좋

은 영향을 주었다는 특징이 있다. 감동, 재미 등 같은 것들 말이다. 반면에 성공하지 못한 사람을 보면 대부분 어릴 적 생활기록부에 '산만하거나 아이들을 괴롭힘'같은 말들이 쓰여 있다. 성공하려면 돈을 사용해야 한다. 성공하면 이 돈들은 다시 나에게로 온다. 성공하려면 우선 풍부한 지식이 필요하다. 책을 많이 읽고 남을 도와주는 그런 사람이 되자….

생각 도우미: 사람이 성공하기 위해서는 '돈'보다도 진심 어린 상대방의 이해와 배려가 필요한 것이다. 돈을 사용해서 성공한 사람은 없단다. 승철이도 친구들의 마음을 '돈'으로 얻으려고 하지 마라. 승재는 마무리 내용에 너무 추상적이고 선언적인 내용을 쓰는 것 같다. 너의 진실한 마음을 글로 표현하는 것이 나 자신과 이 글을 보는 사람에게 감동을 줄 수 있단다.

> “ 작은 옹달샘이 실개천이 되어 다시 큰 강물이 되듯 큰 변화
> 는 작은 것에서 시작된다. ”

승재: 모든 일은 하루아침에 되는 것이 아닙니다. 모든 일은 작은 것부터 시작해서 갑니다. 작은 소망에서 큰 소망으로 변하듯이 사람의 일도 마찬가지라는 것입니다. 처음에는 아무것도 없었던 정주영 회장은 돈 몇 푼 안 되는 일부터 시작해서 대기업의 회장에 이르렀습니다. 이것은 바로 정주영 회장의 끈기와 작은 것부터 차근차근 시작하는 열정 덕분입니다. 자신들이 이루고 싶은 것이 있다면 한 번에 하려 하지 말고, 천천히 해보세요. 비록 성장하는 속도가 느리지만, 자신이 이루고 싶은 것이 나중에 싹을 틔우고, 더 나중에는 진정한 꿈이 되는 것처럼, 일을 이루기 위해서는 연습과 노력이 필요합니다. 속담 중에 "작은 고추가 맵다."는 말이 있습니다. 이 말은 작다고 얕보면 안 된다는 말입니다. 처음에는 거지였지만 그 사람이 회장이 될 수도 있고, 처음에는 회사 직원에 불과했지만 그 사람이 회장이 될 수 있기 때문입니다. 이 말을 알아두세요. "시작은 작은 것부터, 끝은 크게 끝내세요."

승철: 축구를 하고 싶을 때는 우선 기초부터 배워야 한다. 먼저 축구를 할 때 필요한 장비들과 여러 가지 슈팅을 알아야 한다. 이런 것들을 알아야 축구를 할 수 있다. 그리고 두 번째로 공을 차는 방법이나 여러 가지 규칙들을 알아야 한다. 그리고 마지막으로 실전에서

배운 대로 경험해 보는 것이다. 한마디로 실천하는 것이다. 하지만 기초부터 배우지 않고 실전으로 바로 들어가면 결코 변화할 수 없다. 축구의 규칙 등을 잘 안다고 해도 기초부터 배우고 나서 실전 모드로 돌입하자. 기초부터 튼튼히!

생각 도우미: 거창한 계획보다는 실천 가능한 작은 계획을 통해 커다란 목표를 이루는 사람, 즉 서서히 성장하는 사람이 되도록 노력하자. 우리보다 먼저 성공한 사람들의 전기를 읽어보는 것도 많은 도움이 될 것이야.

> " 타인이 나에게 다가오기를 기다리지 말고 내가 먼저 다가가
> 라. 바로 친구가 된다. "

승재: 내가 가만히 있으면 타인이 나에게로 친구 하자고 올까? 올 수도 있지만 거의 오지 않을 것이다. 그러면 내가 먼저 "친구 하자." 하고 다가가면 어떨까? 바로 친구가 될 수 있는 것이다. 이것은 나대는 것이 아니라 나서는 것이다. 내가 먼저 나서면 내가 이루고 싶었던 것들이 더 쉬워진다. 항상 기다리지 말고 내가 먼저 나서 보자, 일이 더 빨리 끝나고 쉬워질 것이다. "무서워서 말을 못한다. 때릴까 봐 말을 못한다." 이런 것은 모두 핑계일 뿐이다. 내가 먼저 말하면 상대방이 대꾸를 해주며, 때리거나 무섭게 하지 않는다. 그래도 나서는 것은 도저히 못 하겠다 싶으면 글로 한번 써보자. 글로 쓰면 상대방의 마음을 더욱더 사로잡을 수 있다. 나도 말을 걸 때 글로 쓸 때가 많다. 이렇게 우리나라 국민이 나서서 행동한다면 우리는 인정하는 사회로 바뀔 수 있을 것이다. 내가 나서면 다른 사람들도 나서고 그로 인해 갈등이 없어지기 때문이다. 휴지가 있다면 내가 먼저 줍고 길을 잃은 아이가 있다면 내가 먼저 알려주는 좋은 사회를 만들자.

승철: 저 사람과 친구가 되고 싶으면 내가 먼저 다가가서 말을 거는 것이 매우 옳은 생각이다. 누군가와 친구가 되고 싶은데, 그가 친구 요청을 할 때까지 기다리면 절대로 친구가 될 수 없다. 친구와 싸웠

을 때 친구가 먼저 사과하기를 기다리는 것이 아니라, 내가 먼저 친구에게 미안하다고 사과를 하면 내가 이긴 것이다. 친구는 쑥스러워서 사과를 못 한 것이고, 나는 용감해서 먼저 한 것이다. 부끄러워도 먼저 다가가서 말을 걸자.

생각 도우미: 다가가는 사람은 친구를 많이 만들 수 있단다. 내가 먼저 다가가자. 작은 것부터(동생, 엄마, 아빠, 친척 등) 열심히 하며 따뜻한 마음을 가진 사람이 되자.

> " 대화란 서로 알고 이해하는 말을 주고받는 것이지 내 주장을 펼쳐 전하는 게 아니다. "

승재: 글에는 많은 종류가 있다. 대화 글, 주장하는 글, 설명하는 글, 수필, 이렇게 가지각색의 글들이 있다. 그럼 여기서 대화 글과 주장하는 글이 같은 것일까? 아니다. 완전히 틀린 것이다. 대화는 서로 이해가 되는 말이나, 알고 있는 말들을 주고받는 것이고, 주장은 자신이 다른 사람들에게 나의 생각을 말하고, '~게 해야 한다'로 끝나는 것이 주장이다. 하지만 드라마나, 일상생활에서는 "잠깐 나랑 대화 좀 해." 하고는 자신들의 주장을 내뿜곤 한다. 대화와 주장은 형식도 다르지만 환경, 분위기 모두가 바뀐다. 대화는 이해되는 분위기, 즐거운 분위기지만 주장은 열정적인 분위기이다. 나도 글을 쓸 때 거의 주장으로 끝나게 되는데 이는 안 좋다고 한다. 주장하는 글이라면 상관없는데 주장하는 글이 아니기 때문에 좋지 않다는 것이다. 이와 마찬가지로 대화 글인데 끝에 주장하는 것으로 끝나버리면? 말이 잘 안 맞고 어색할 것이다. 주장하는 글에 대화 글이 나타난다면 이것 역시 위의 말과 똑같을 것이다. 대화와 주장의 뜻을 잘 알고 말해야 한다. 서로 환경이 달라서, 서로 쓰는 방식이 달라서, 서로 분위기가 다르기 때문에 이것들을 중복하긴 힘들다. 대화할 땐 나의 생각을 말하고, 주장할 땐 나의 생각을 강조하자.

승철: 이 메시지는 토론에 많이 쓰인다. 토론에서는 각자의 의견을 말한 다음에 그 많은 의견 중에서 가장 좋고, 적절한 의견을 골라서 그 의견을 가지고 찬성, 반대 같은 것을 하는 것이다. 토론에서 잘못된 점은 자기 의견만 계속 내세우는 행동, 그리고 토론에 적극적으로 참여하지 않는 태도 등이 있다. 만약 내 주장이 옳다고 계속 우기면 그 사람은 의견을 절대로 들어주지 않는다. 항상 남의 이야기도 들어보고 내가 무엇을 잘못했나를 생각하고 의견을 바꿔 다시 한 번 의견을 말해보자.

생각 도우미: 항상 상대방의 말에 집중해서 듣고, 나의 생각을 서로 나누면 좋은 대화가 된단다. 또한, 자신의 생각을 당당하게 말하는 자신감과 대범하게 생각하는 큰 사람이 되렴.

> " 남의 시선으로 자신의 삶을 측정하고 괴로워하지 마세요.
> 욕망과 집착을 버리세요. "

승재: 삶은 누군가가 도와주는 것이 아니라 자신이 살아가야 하는 것이
다. 남을 비교하지 말고, 그러면서 괴로워하지 말고, 지나친 욕심을
버려야 한다. 오히려 그런 행동이 자신의 삶을 해칠 수 있기 때문이
다. 얼마 전에 나는 『내 것이 아름답다』라는 책을 읽었는데 이 말대
로 자신의 것에 만족하고 아름답게 생각하면서 살아가야 한다. 자
신을 다른 사람에게 비교한다면 100% 처량해 보인다. 그 때문에
자신의 것에 만족하자. 내가 잘났다고 생각하고 삶을 살면 마음의
피해 없이 살아갈 수 있다. 인간이란 동물은 욕망이 끝이 없다. 하
지만 이 욕망을 줄일 수는 있다. 또, 좋은 욕망으로 바꿀 수 있다.
인간은 생각을 할 수 있기 때문에 다른 사람과 자신을 비교할 수도
있다. 그런데 이것을 좋게 비교할 수 있다. 이런 것들이 우리가 살
아가면서 도움이 될까? 그렇지 않다. 내 일은 내가 하고, 내 인생도
내가 살아가기 때문에 나의 마음이 중요하다. 성공한 사람들이 이
때문에 성공하지 않았을까요? 나는 이렇게 생각한다. 항상 내 것에
만족하자.

승철: 남이 나를 째려볼 때 나도 쫄지 말고 같이 째려보자. 이기기 위해서
는 남에게 모든 것을 할 줄 알아야 한다. 내가 질 것 같다는 생각은
버리고 긍정적인 생각을 가지더라도 다시 긍정적인 생각을 가지자.

_____오늘은 메시지가 어려워서 내용을 길게 쓰지 못하였습니다. 죄송합니다.

생각 도우미: 내가 사는 삶이 즐겁고 행복하면 최고의 삶이 아닐까? 남들과 비교하지 말고, 내 생각대로 생활했다면 최고의 삶을 사는 것이라고 본다. 특히 남들과 비교하면 더욱 힘든 삶이 될 수 있다. 승철이는 내용이 힘들더라도 열심히 기록해줘서 고맙다. 남에게 보이기 위해서 내가 사는 것이 아니라 나 스스로 나의 삶을 살았으면 하는 마음에서 보낸 내용이란다. 친구나, 부모님이나, 선생님을 위한 삶이 아니라 나 자신의 삶을 열심히 사는 승철이가 되기를 바란다. 승재는 늘 파이팅!

> " 구름이 가득하다고, 태양이 없는 것이 아니다. 구름이 걷힌
> 하늘을 상상하며 희망을…. "

승재: 속담 중에 이런 속담이 있다. "하늘이 무너져도 솟아날 구멍은 있
다." 이 말의 뜻은 위기가 닥쳐왔을 때 그 위기를 벗어날 구멍이 있
다는 말이다. 이 말처럼 구름 가득하다고 태양이 없는 것이 아니
다. 구름의 틈 사이로 빛을 내는 햇빛이다. 사람들은 모든 일을 못
하는 것이 아니다. 사람마다 잘하는 재능이 있다. 이처럼 태양이
구름에 갇혀있어도 구름을 뚫고 나올 수 있다는 것이다. 희망은 있
다. 우리가 모르는, 우리에게 보이지 않는 작은 희망이 있다. 이 작
은 희망을 찾아내면 큰 희망으로 만들 수 있다. 옛날 어렸을 때 매
우 가난했던 정주영은 작은 희망을 품고 일해온 것이 나중에는 큰
희망이 되어 대기업의 회장에 올랐다. 우리도 작은 희망이 있다.
이 희망을 찾아서 큰 희망을 만들어 보자.

승철: 긍정적인 생각을 하면 그것은 이루어지게 되어 있다. 이런 말이 있
다. 상상하면 이루어지지 않고 눈을 뜨고 이야기로 말하면 이루어
진다는 말이다. 모든 사람들은 상상을 할 때 눈을 항상 감고 상상
한다. 상상력을 이용하는 것이다. 이것을 영어로 말하자면 "The
important think is, you should use your imagination."이다.
부정적인 생각은 버리고 뭔가가 나올 것 같은 생각을 하자.

생각 도우미: 지금 어려운 일도 이겨내면 희망이 우리를 기다리고 있단다.
쓰러져도 다시 일어나, 행복을 생각하며 노력하는 사람들이 되자.

> " 목표를 이루는 방법은 내일 배울 것을 오늘 배우고, 오늘 쉴 것을 내일 쉬는 것이다. "

승재: 목표를 이루기 위해서는 쉬엄쉬엄 일을 해야 할까? 아니다. 쉴 틈 없이 계속해서 노력을 해야 한다. 쉬는 것은 언제라도 쉴 수 있지만, 목표는 단 한 번이고 준비하는 데 힘들기 때문이다. 위의 메시지의 말처럼 내일 배울 것을 오늘 배우면 어떻게 될까? 자신의 목표를 더 빨리 진행할 수 있고, 더 빨리 끝낼 수 있게 된다. 반대로 내일 할 일을 모레로 미루면 어떻게 될까? 일을 하기가 귀찮아져서 계속 미루게 될 것이다. 일은 미리 하는 것이 좋다. 마찬가지로 목표도 미리 준비하는 게 좋다. 더 일찍 마칠 수 있기 때문이다. 목표를 이루는 것은 결코 쉬운 일이 아니다. 예를 들어서 전문가 육상 선수들은 하루아침에 되는 것이 아니다. 어렸을 때부터 열심히 연습하고 일하는 모습으로 꾸준히 해야 되는 것이다. 그래서 목표를 이루기 위해서는 어렸을 때부터 일찍 하는 것이 좋다. 사람은 생각할 수 있기에 목표를 이뤄낼 수 있다. 오직 부지런한 사람만이 말이다.

승철: 목표를 이루기 위해서는 오늘 할 것을 내일로 미루면 안 되고, 그날에 다해야 한다. '하루 물림 열흘 간다.'라는 말이 있다. 이것의 뜻은 오늘 할 것을 다하지 못하면 그 일이 열흘씩이나 간다는 것이다. 그리고 내가 할 것을 다하기 전에는 쉬면 안 된다. 내가 할

것을 다하고 바라는 것이 바로 '진인사대천명'이다. 항상 최선을 다하자.

생각 도우미: 목표가 정해지면 최선을 다하는 사람이 되자. 남들과 똑같이 하고, 쉴 것 다 쉬고, 놀 것 다 놀면 목표에 도달하기 어려워진다. 날마다 열심히….

> " 목표가 정해질 때 낮은 목표를 원하지 말고, 해낼 수 있는
> 강인한 정신을 원해라. "

승재: 목표를 가질 때는 내가 할 수 있는 목표를, 해낼 수 있는 강인한 목표를 정해야 한다. 그리고 작은 목표가 아니라 큰 목표를 향해 달려나가야 한다. 목표는 사람들이 살아가는 데 희망이고, 성공의 길이다. 자신의 목표를 이뤄 낸다면 성공할 수 있고, 만족할 수 있다. 그 때문에 목표는 중요한 것이다. 물론 목표를 이루기 위해서는 그런 의지가 있어야 한다. 그런 의지는 보통 마음에서 나오는 것이 아니다. 정말 꼭 이루고 싶다는 의지에서 나오는 것이다. 목표는 절대 나쁜 것이 아니다.

승철: 내 목표가 축구이고 축구의 기본기를 안다면 내가 할 수 있는 것부터 한번 도전해보자. 그리고 목표가 정해지면 그것을 이루기 위해서 약간의 집착도 해보자. 다 안다고 바로 넘어가지 말고 한두 번씩은 다시 한 번 복습하고 짚고 넘어가자. 목표를 이루기 위해서는 동물적 정신이 필요하다. 바로바로 하는 정신을 말하는 것이다. 누구보다도 목표를 이루기 위해 더욱더 열심히 노력하는 사람이 되자.

생각 도우미: 목표가 높고 낮은 것이 문제가 아니라 내가 할 수 있다는 강인한 정신이 있어야 한다는 말이야. 어떤 어려움이 있어도 할 수 있다는 마음이 있으면 못 이룰 일이 없단다.

> 어떤 결과가 나왔던지 남을 원망하지 마라. 자기 스스로 부끄럽지 않으면 된다.

승재: 내가 시험을 못 봤다고 남을 원망하지 마라. 보통 사람들은 시험을 못 보면 부모님 원망이나 선생님들을 원망한다. 시험을 못 본 것은 다른 사람의 잘못이 아닌 내가 잘못한 것이다. 인간은 자기중심적이라서 자신의 잘못을 깨우치지 못한다. 그렇다고 자신의 잘못이 아니라고 생각하지 말자. 항상 무슨 일이 생기거든 자기 자신을 반성해보라. 남을 원망하는 것은 자신을 더 비참하게 만든다. 그리고 잘한 게 없다고, 실패했다고 부끄러워하지 말자. 내가 일을 했는데 실패한 것은 부끄러운 일이 아니다. 진정으로 부끄러운 것은 알면서도 하지 않은 것이 부끄러운 것이다. 항상 나를 반성하고 다시 한 번 시도해보자. 그것이 올바른 길로 가는 것이다. 시험을 못 봤을 때, 직장에서 잘렸을 때, 이것은 누구의 잘못이 아니라 바로 자신의 잘못이다. 반성은 우리를 좋은 길로 안내해준다. 자신을 다시 한 번 살펴보라. 자신의 인생을 위해서….

승철: 내가 잘못한 것을 남에게 탓할 수는 없는 것이다. 결과가 좋지 않게 나왔더라도 남을 때리거나 괴롭히는 것은 좋지 않은 것이다. 오히려 다음에 다시 볼 생각을 하는 것이 더 좋은 방법인 것이다. 그리고 '내가 왜? 이것을 틀렸을까?'라는 생각을 가지고 이것에 대해 철저하게 대비하는 것이 좋다. 남 탓하지 말고 탈락한 나를 탓해라.

생각 도우미: 다른 사람의 시선을 의식하지 말고 자신의 길을 가면 된단다. 시기하고 욕하는 사람이 있더라도 나 자신이 바른길을 가고 있다면 계속 그 일을 해야 한단다.

엄마 아빠와 두 아들의 **행복한 생각나눔**

> " 내 마음의 문을 열지 않으면 누구와도 가까워질 수 없다.
> 꽉 닫힌 내 마음을 활짝 열자. "

승재: 나의 닫힌 마음은 누구와도 친해질 수 없다. 서로 생각이 맞지 않고, 상대방이 날 좋아하더라도 나의 마음이 열리지 않기 때문이다. 반대로 나의 가슴을 열면 어떨까? 상대방과 친해질 수 있다. 친하다는 것은 서로 생각이 맞는다거나 서로 좋아하는 것을 말한다. 그렇기 때문에 나의 마음을 열어야 한다. 그런데 마음을 연다는 것은 쉬운 일이 아니다. 왜냐하면 내가 상대방을 싫어하기 때문이다. 또, 상대방이 나를 싫어할 때도 있기 때문이다. 이럴 때는 내가 먼저 마음을 열어 보이자. 그러면 상대방도 마음을 연다. 마음은 행동의 근원이다. 마음이 없으면 행동도 나오지 않는다. 항상 마음을 열자.

승철: 내 마음의 문이 닫히면 누구와도 생각이 통하지 않고 그 사람의 생각과 내 생각이 빗나가고 만다. 마음의 문이 닫혀있을 때도 있겠지만 열려있을 때가 더 많기 때문에 이야기하는 것이다. 마음의 문을 열면 다른 사람이랑도 생각이 통할 수가 있다. 항상 모든 것에 열린 마음을 가지고 있어야 한다.

생각 도우미: 나 자신이 벽을 만들고 있으면 누구도 들어올 수 없다. 음식을 먹기 싫은 상태에서는 아무리 맛있는 음식이 있어도 먹기 싫은 것이다. 마음을 활짝 열고 모든 것을 받아들여 내 것으로 만드는 사람이 되자.

> 기쁨을 나누면 배가 되고, 슬픔을 나누면 반이 된다. 기쁘든지 슬프든지 서로 나눠보자.

승재: 위의 말처럼 기쁨을 나누면 배가 되고, 슬픔을 나누면 반이 된다. 예를 들어서 생일 파티를 나누면 분위기가 up 되고, 연탄을 나를 때 나눠서 하면 덜 힘들어진다. 모든 일은 나눠서 하면 편리하게, 재미있게 할 수 있다. 물론 인생은 혼자 살아가는 것이지만 이렇게 나눠서 하면 인생을 더 즐겁게 살아갈 수 있다. '내가 할 수 있다'고 끝까지 고집부리지 말고 일을 나눠서 해보자. 그러면 눈 깜짝할 사이에 일이 끝나있을 것이다. 공사할 때도, 생일파티 할 때도, 전쟁을 나갈 때도, 연탄을 나를 때도 사람들은 혼자서 하지 않는다. 반드시 다른 사람들과 협동해서 일을 한다. 힘이 덜 들고, 웃으면서 재미있게 일을 할 수 있기 때문이다. 이 세상에 쉬운 일은 없다. 그러나 사람들은 일을 해낸다. 바로 협동심 때문이다. 우리나라가 선진국이 된 이유도 이 협동심이 아닐까 생각한다.

승철: 나의 기쁨을 다른 사람에게 전해주면 그 기쁨을 함께 나눌 수 있어서 더욱더 기쁠 수 있다. 슬픔을 같이 나누면 다른 사람도 슬퍼서 더 슬퍼질 수 있어서 별로 좋지 않다. 좋은 것을 함께 나누고 나쁜 것은 다른 사람과 나누지 말고 빨리 잊어버리는 것이 좋다. 나쁜 것도 함께 나눠볼 수 있지만 슬픈 것, 예감이 좋지 않은 것 등. 이런 안 좋은 것만 나눠보자.

생각 도우미: 나의 기쁜 일을 다른 사람에게 알리면 그 마음이 전달되어
　　　　서로 기뻐져서 배가 되는 것이고, 슬픈 일은 서로 걱정하며, 해결
　　　　할 방법을 찾기 때문에 반이 되는 것이란다. 혼자만 기뻐하고 슬퍼
　　　　하기보다는 주변 사람들과 함께하는 사람이 되자.

> 타인의 단점을 지적하기보다는 장점을 칭찬하고 자신의 장점보다 단점을 개선하자.

승재: 『칭찬은 고래도 춤추게 한다』라는 책이 있다. 이 말처럼 칭찬은 나와 타인을 즐겁게 해주고 할 수 있게 해준다. 그러면 나 자신에게도 칭찬하고 내가 잘났다고 해야 할까? 그렇지 않다. 상대방에게는 장점을 칭찬해주는 것이 맞지만 자신에게는 장점보다 단점을 찾아서 그것을 고쳐야 한다. 자신의 장점만 개선하다 보면 이기적으로 될 수 있고 나만 생각할 수 있다. 그러면 상대방에게는 장점을 칭찬해야 할까? 상대방에게 단점을 지적한다면 사이가 나빠질 수 있어서 심정이 아플 수 있다. 반면 칭찬을 해주면 사이가 좋아지고 서로 기분이 더 좋아진다. 사람이란 인정을 할 줄 알아야 한다. 자신만 생각하지 않고, 남을 생각하는 사람이 되어야 한다. 또, 자신의 단점을 알고 그것을 고쳐야 한다. 장점을 개선하는 것도 좋지만 때로는 단점도 자신을 성장시킬 수 있다.

승철: 다른 사람이 나의 단점만 말하면 기분이 나쁘듯이 나도 다른 사람의 장점을 단점보다 더 많이 말해주자. 나는 나의 장점만 찾지 말고 나의 단점을 보고 이것을 어떻게 하면 고칠 수 있을까 생각해보고 고치도록 하자. 단점이 많을 때는 어떻게 할까? 장점 한 번 말하고 단점을 말해주자. 오디션 프로그램 같은데 보면 심사위원들이 장점을 말하고 단점을 말한다. 다른 사람을 칭찬할 줄 알아야 한다.

생각 도우미: 다른 사람의 장점을 칭찬하여 더욱 발전시키고 자신의 단점
을 고쳐 좀 더 나은 사람이 되었으면 한다. 무조건 상대방의 기분
이 좋아지라고 장점만 말하기보다는 비유를 통해 단점을 알려주는
현명한 사람이 되자.

2012년 1월 27일 금요일

> “ 'O', 'X'라는 옳음과 틀림이 세상에 많은 것 같지만, '='이
> 라는 같은 생각이 중요하다. ”

승재: 사람들이 이기적이어서 자기가 옳은 행동을 하고 상대방은 틀린 행동을 한다고 생각한다. 반대로 거지들은 자신들이 틀린 행동을 하고, 상대방은 옳은 행동을 한다고 생각한다. 그러면 이 둘 중에서 어느 것이 옳은 말일까? 둘 다 틀린 말이다. 조선 시대나 고려 시대 때는 신분사회가 있었으나 지금은 평등 사회이다. 모든 것을 같게 생각하는 것이다. 내가 잘못한 게 아니라, 잘한 게 아니라 상대방과 똑같은 것이다. 항상 똑같다고 생각하자.

승철: 사람들은 옳고 틀린 것만 판단한다. 하지만 옳고 틀린 것보다는 같은 것이 더 많을 수 있다. 수학 문제집에서 '<'이나 '>'인 것들이 더 많다고 생각하지만, 사람이 수학 문제집을 만들 때 '='만 많이 만들 수 있다. 중학교 수학문제에서 2와 1.9는 2가 더 큰 것이 아니라 둘 다 똑같은 것이다. 이렇듯 다른 사람과 틀린 점만 보지 말고 같은 점도 함께 보자.

생각 도우미: 세상은 정답과 오답을 정확하게 결정하려고 한다. 물론 중요한 것이지만, 조금 생각의 폭을 넓히면 다 같은 것을….

> " 불행을 행복으로 가꾸는 데는 오랜 세월이 필요하나, 행복
> 은 한순간에 불행이 된다. "

승재: 보통 사람들은 일하고 월급을 받으면 그 월급이 하루 만에 없어진
　　 다. 힘들게 일을 해서 번 돈인데 그 돈이 하루아침에 없어진다. 또,
　　 한가지 예를 들면, 밥을 만드는 데는 몇 시간이 걸리지만 그것을
　　 먹는 데는 10분도 채 안 된다. 행복도 마찬가지다. 불행에서 행복
　　 으로 가꾸는 데는 몇 시간이 걸리지만, 불행은 순식간에 온다. 사
　　 람이 인생을 살면서 행복하게만 살 수는 없다. 때로는 불행을 겪어
　　 야 하고, 눈물을 흘려야 할 때도 있다. 그러면 행복을 오랫동안 유
　　 지하려면 어떻게 해야 할까? 행복이 찾아올수록 더 열심히 일해야
　　 한다. 보통사람들은 행복이 찾아오면 일을 그만두려고 한다. 하지
　　 만 이럴수록 더 불행해질 수 있다. 그 덕분에 행복이 찾아올수록
　　 더 열심히 일을 해야 한다. 한순간에 없어지는 행복, 돈 등은 그것
　　 들을 얻을 때마다 더 열심히 해야 한다는 것이다. 내가 무엇인가를
　　 얻었다고 날뛰지 말고 더 신중하게 생각하고 일을 하자.

승철: 한마디로 반전이다. 행복했다 하면 불행해지고, 불행을 쉽게 바꾸
　　 지 못하고… 불행하게 하는 것은 쉬 올 수 있지만, 행복하게 만드
　　 는 것은 잘되지 않는다. 이 말과 조금 비슷한 것이 '새옹지마'이다.
　　 나쁜 것이 오면 착한 것이 오고, 착한 것이 오면 나쁜 것이 온다는
　　 것이다. 행복하게 살지 못하면 불행해지는 것이다. 행복하면 뭐든

지 다 해결된다.

생각 도우미: 어렵게 만든 행복을 한순간 잘못으로 불행하게 만들지 말고 영원한 행복으로 만들도록 노력하자. 나 하나로 인해 내 가족, 주변 사람들이 불행해질 수 있다는 것을 알고 매사에 조심해서 사는 사람이 되자.

> **❝** 혼자 모든 일을 하려는 마음은 배려하는 것이 아니다. 함께
> 나누는 것이 진정한 배려이다. **❞**

승재: 혼자 하려는 것은 배려가 아니라 집착이고, 자신만을 생각하는 사
람이다. 진정한 배려는 같이 함께 나누는 것이다. 무조건 도와준다
고 해서 배려가 아니라 도움을 받은 사람이 좋아해야 배려가 된다.
또, 무엇인가를 받기 위해 하는 것도 배려가 아니다. 이것은 억지로
하는 것과 마찬가지이다. 배려는 남을 좋게 만들 수 있는 것을 말
한다. 즉, 배려는 봉사에 포함되어 있다. 지금 현재 살집이 없어서,
힘들어서 고통을 겪고 있는 사람들이 많다. 이 사람들을 배려하자.

승철: 혼자 하려고 하는 것은 별로 좋지 않은 것이다. 혼자 하면 잘 안
될 수도 있기 때문이다. 하지만 함께하면 어려운 것도 헤쳐나갈 수
있고, 해낼 수 있기 때문에 같이하면 좋은 것이다. 베풀 때도 함께
베풀면 좋은 것이다. 나만 알고 있다고 그걸 밝혀지지 않는다고 생
각하면 안 되는 것이다. 함께하자.

생각 도우미: 상대방의 상황을 이해하지 못한 상태에서의 도움은 상대방
을 더욱 어렵게 만들 수도 있다. 어려운 상대방과 함께하는 것이
진정한 배려이다. 함께하는 행복한 나눔이 최고 아닐까?

2012년 1월을 마무리하며…

_____새로 시작한 한 달…. 열정을 보는 것 같아 마음 뿌듯…. 병아리가 성장하여 닭이 되듯이 너희의 생각 나무를 키워가길 바란다. 너희의 건강한 성장을 바라는 행복한 엄마, 아빠가.

2 월

"

활을 쏘아 과녁에 못 맞추면
활과 화살을 탓하기 전에
자신의 활 쏘는 자세를 반성해라.

> 말하는 사람과 듣는 사람은 환경에 따라 다르게 이해한다.
> 진실을 말하려고 노력해라.

승재: 말의 발음은 똑같지만, 환경에 따라서 뜻이 달라지는 단어들이 있다. 이것을 전문적으로 모호한 표현이라고 하는데, 예를 들어 '배'가 있다고 하자. 그럼 여기서 타는 배인지, 먹는 배인지, 사람의 배인지 어떻게 아느냐? 바다에 있으면 타는 배이고, 과일가게에서는 먹는 배이고, 병원에서는 사람의 배일 것이다. 이렇게 환경에 따라서 같은 말의 의미가 달라진다. 그런데 말하는 사람과 듣는 사람의 환경이 틀릴 수 있다. 이때는 듣는 사람을 위주로 말하는 것이 좋다. 듣는 사람이 바다에 있으면 그것을 위주로, 과일가게에 있으면 그것을 위주로 말하는 것이 좋다. 아빠가 이 말을 하고 왜 진실을 말하려고 노력하라고 했는지는 모르겠으나, 내가 생각하기엔 발음이 똑같은 단어는 있지만 뜻은 다르다는 의미인 것 같다.

승철: 내가 어렸을 때부터 지금까지 잘 크지 못했던 사람을 모아 놓고 말할 때 듣는 사람이 모른다고 거짓을 얘기해버리면 어떻게 될까? 물론 모를 수도 있겠지만, 거짓은 언젠가는 밝혀지게 되어 있는 법이다. 예를 들어 짝퉁 가방을 파는 것과 같은 것이다. 거짓말을 하면 뜨끔한 것이다. 양심에 손을 얹고 진실성 있는 사람이 되자.

생각 도우미: 선생님 말씀과 듣는 학생은 똑같은 말이라도 다르게 이해

할 수 있다. 상대방의 상황을 이해하고 상대방의 수준에 맞는 이야기를 하는 것이 좋은 것이다. 물론 거짓말로 상대방을 속이는 것은 나쁜 것이기 때문에 항상 진실을 얘기해야 한다.

> " 사람들이 가장 무서워하는 것은 전쟁, 질병, 가난이 아닌 무관심이다. 주변에 관심을…. "

승재: 관심이라는 것은 사람들에게 아주 큰 의미를 준다. 상대방의 기분을 좋게 해줄 수 있고, 상대방을 즐겁게 할 수 있고, 상대방의 잘못된 점을 고쳐줄 수 있기 때문이다. 그럼 무관심은 어떨까? 사람들이 가장 무서워하는 것이 무관심이라는데 왜일까? 무관심해버리면 아무것도 할 수 없기 때문이다. 회사도 마음이 불편해서 다니기 싫고, 직원들이 점점 싫어져서 결국 미쳐버리거나 우울증에 시달리게 된다. 우리가 흔히 말하는 전쟁, 질병, 가난 등은 한순간의 불행이기 때문에 별거 아니라고 생각한다. 그러나 무관심은 고통이 평생 온다. 내가 무뚝뚝하다면 말이다! 관심 있는 사회에서 일하고 싶다면 내가 먼저 관심을 가지자. 그리고 즐겁게 일하자. 이것이 가장 행복일 것이다.

승철: 관심을 주지 않으면 '왕따'가 되는 것이다. 왕따의 원인은 다른 사람들이 관심을 주지 않기 때문이다. 우리나라는 왕따를 없애야 한다. 같은 또래인데 왜 왕따를 시키는 걸까? 왕따가 있더라고 하더라도 말도 걸어가면서 친하게 지내면 좋은 친구가 될 수 있다. 신체적 조건 때문에 왕따가 되는 경우가 많다. 이러한 점으로 놀리면 안 된다.

생각 도우미: 남을 인정하지 않고 무시하는 행동은 나와 다른 사람에게 모두 불행이란다. 큰 것보다 작은 것에 관심을 보인다면 세상 모든 것과 친구가 될 수 있단다.

> 순간의 분노와 감정을 못 다스리면 어려움에 처하게 된다.
> 행동 전에 3번 더 생각하자.

승재: 어떤 말을 들었는데 순간 욱해서 갑자기 분노에 휩싸여 물건을 집어 던지던가, 분위기 파악을 잘하지 못하여 엉뚱한 말을 한다거나, 이런 일들이 종종 일상생활, 사회생활에 일어난다. 그런데 이런 행동들이 더 나아지긴커녕 더 악화된다는 것, 알고 있었는지 모르겠다. 예를 들어 내가 가난해서 억울해서 울고 짜증 내면 이 일이 더 나아질까? 또, 내가 시험을 못 봐서 부모님께 성적표를 안 보여 드리면 기분이 더 나아질까? 그렇지 않다. 상황이 더 악화되고, 더 불안해진다. 그럼 어떻게 해야 할까? 내가 행동하기 전 3번을 더 생각하자. 아니면 3번 예측을 해보자. 어떻게 해야 내가 더 나아질 수 있는지. 내가 가난하면 열심히 노력을 하던가 항상 웃으면 되고 시험을 못 봤으면 당당하게 성적표를 보여드리면서 "죄송합니다. 다음부터 더 열심히 노력해서 꼭 좋은 성적표를 보여드리겠습니다." 라고 해서 부모님의 마음을 안정시키면 되고, 이렇게 3번 더 생각하면 더 악화가 아니라 더 안전하게 살 수 있다. 또, 이런 생각들이 자신을 바꾸는 것. 꼭 명심하자.

승철: 친구와 싸우고 나면 화가 나기 마련이다. 화를 참지 못하고 계속 친구를 때리는 것보다 때리기 전에 생각을 먼저 하자. 어떻게 하면 화를 가라앉히게 할 수 있을까 생각해본다. 책을 많이 읽는 사람

들은 어떻게 하면 화를 잘 다스리는지에 대해서 잘 알고 있다. 생각이 중요하다. 생각을 잘하지 못하면 어려움에 처해있을 때도 어려움에서 벗어나지 못한다. 생각을 해야 한다. 그래야지 살아 나아갈 수 있다.

생각 도우미: 자신의 감정을 잘 다스리는 것은 세상을 살아가면서 많은 도움이 된단다. 독서와 명상을 통해서 자신의 감정을 다스리는 방법을 찾고, 상대를 배려하는 마음으로 이해심을 길러 후회 없는 행동과 말을 하는 사람이 되자.

> 병균만 전염성이 있는 것이 아니라 열정에도 전염성이 있다. 나의 열정을 전파하자.

승재: 우리가 살아가는 데 도움이 되는 것 모두 전염시킬 수 있다. 다만 그 일이 쉬운 일이 아니다. 예를 들어서 길거리 깡패들이 어느 날 열정을 다하고 있는 한 소년을 보고 자기들도 열심히 노력한다든가, 아니면 선생님이 아이들에게 가르쳐주는 것을 예로 들을 수 있다. 전염은 병만이 있는 것이 아니라 열정에도 있고, 아니 모든 곳에 있다. 그리고 이 전염이라는 것이 병이나 나쁜 것들은 빠르게 전파되지만, 좋은 것은 빠르게 전파되지 않을 뿐만 아니라 전파하기가 힘들다. 그 때문에 이 일을 해내려면 엄청난 노력을 해야 한다. 전파는 우리 문화를 알릴 수 있고, 또 성공하게 만들 수 있다. 즉, 우리는 이것을 활용하여 좋은 사람이 될 수 있다.

승철: 병균이나 감기가 멀리 퍼지듯이 나의 열정도 다른 사람에게 전달할 수가 있다. 그리고 그 사람이 또 다른 사람에게 전달하게 되면서 모든 사람이 알 수 있다. 하지만 열정이 활기차지 않으면 사람들의 관심을 끌을 수가 없다. 진심으로 열정을 담고 하면 훌륭해질 수 있다. 내가 훌륭해지기 위해서는 나의 마음을 다른 사람들 마음으로 전달할 줄 알아야 한다.

생각 도우미: 나 자신이 모든 일에 열정적으로 임하면, 그 모습이 주변 사

람들에게 전파되어 좋은 결과를 가져오게 되는 것이다. 매사에 최선을 다하는 사람이 되자.

> " 무조건 열심히만 하지 말고 잘하는 방법을 찾아라. 불평보
> 다는 자신의 실력을 키워라. "

승재: 무조건 열심히 한다고 꿈이 이루어지는 것이 아니다. 그것을 하고
자 하는 욕망이 있어야 하고, 목표가 있어야 하고, 자신감이 있어야
한다. 그리고 이것들을 모두 할 수 있는 방법을 찾아야 한다. 결국,
최선을 다하기 위해서는 욕망이 있어야 하고, 목표, 자신감이 있어
야 한다. 내가 이 중에서 가장 중요하게 여기는 것은 욕망이다. 사
람들의 욕망은 끝이 없어서 계속해서 시도해본다. 또한, 이 욕망은
목표와 자신감을 준다. 즉, 욕망이 없으면 목표와 자신감도 없다는
얘기다. 그럼 욕망이 있으면 반드시 자신감과 목표를 얻게 될까? 그
것 또한 아니다. 욕망이 있어도 실력이 되지 못하면, 최선을 다하지
않으면 할 수 없게 된다. 그러니까 내 말은 지금 말한 것 모두가 다
필요하다는 것이다. 이렇게 자신의 실력을 점점 키워 나간다면 우리
는 꿈을 이룰 수 있다.

승철: 모든 사람들은 못하는 것이 하나씩 있다. 하지만 사람들은 자기가
못하는 것도 꼭 해낼 거라고 계속될 때까지 한다. 하지만 그냥 무
작정으로 해버리면 결코 해낼 수 없는 것이다. 무슨 좋은 방법을
생각해내서 한 번에 하면 되는 것이다. 그렇다고 중간에 하다가 포
기하면 안 되는 것이다. 나에게 안성맞춤이 되어야 한다. 좋은 방
법을 찾아서 해내면 되는 것이다. 실패란 꿈도 꾸지 마라. 성공만

꿈꿔라.

생각 도우미: 실력을 키우고, 좀 더 효과적인 방법을 찾아 일을 하면 능률
도 오르고 목표에 빨리 도달할 수 있단다. 생각하는 사람이 되자.

> " 유능한 나무꾼은 휴식을 통해 도끼를 갈고, 무능한 나무꾼
> 은 열심히 도끼질만 한다. "

승재: 위의 유능한 나무꾼과 무능한 나무꾼 중 어느 나무꾼이 옳은 나
무꾼일까? 당연히 유능한 나무꾼일 것이다. 무능한 나무꾼은 도끼
를 갈지 않아서 나무를 자르지 못할 것이다. 반대로 유능한 나무꾼
은 도끼를 잘 갈아서 나무를 자를 수 있는 것이다. 무조건 열심히
한다고 일이 잘 풀리는 것은 아니다. 또, 한 번에 많이 한다고 좋은
게 아니다. 일을 하고 휴식시간을 가지면서 하는 것이 가장 좋은
방법이다. 이처럼 위의 말도 이런 뜻이다. 일도 쉬엄쉬엄 하자.

승철: 유능한 것과 무능한 것은, 유식하다는 것과 무식하다는 것과 같은
말이다. 유식한 나무꾼은 나무가 더 잘 갈라지라고 쉴 때 도끼를
간다. 하지만 무식한 나무꾼은 그 시간에 쉬지 않고 도끼질만 계속
한다. 도끼질을 계속하다 보면 도끼가 닳아서 갈아줘야 하지만, 무
식한 나무꾼은 일만 빨리 끝내고 싶어하는 것 때문이다. 생각을 잘
해서 선택도 잘하자.

생각 도우미: 시간을 효율적으로 사용하여 자신의 실력을 키워야 최고의
성과가 나오는 것이다. 열심히, 많이 하는 것도 중요하지만 일을 할
수 있는 능력을 키우는 것이 더 중요한 것이다.

> 같은 배추, 양념으로 만든 김장일지라도 담그는 이의 솜씨
> 와 손맛에 따라 맛이 다르다.

승재: 시간이 똑같이 주어지더라도, 나이가 같더라도 서로의 생각, 상황
이 달라진다. 왜 그럴까? 바로 사람마다 경험, 지식이 다르기 때문
이다. 즉, 조건이 같다고 해서 결과도 똑같은 것이 아니라는 말이
다. 열심히 하는 사람은 성공할 수 있고, 열심히 하지 않은 사람은
성공하지 못할 것이다. 이처럼 하루 24시간이 똑같이 주어졌는데
결과가 틀린 것이다. 사람은 보통 평균적으로 하루 24시간 중 8시
간 정도를 잠을 잔다. 그러면 남은 시간은 16시간. 이 16시간 동안
사람은 바삐 움직인다. 그래서 내가 말하고자 하는 것은 우리에게
주어진 16시간을 낭비하지 말고, 소중히 쓰라고 말하고 싶다.

승철: A 식당과 B 식당 중 A 식당이 잘되는 이유는, A 식당의 주인이 손
재주가 좋기 때문이다. B 식당은 조미료만 잔뜩 넣고, 기계가 음식
을 하는 것이기 때문에 당연히 손맛이 들어간 A 식당이 맛있을 수
밖에 없다. 음식은 같아도 대충 만든 것과 정성을 들여 만든 것의
차이를 알 수 있다. 바로 맛이다. 맛이 있으면 손맛이 들어간 것이
고, 별로 맛있지 않으면 조미료가 들어갔다고 생각하면 된다. 뭐든
지 정성 들여 만들자.

생각 도우미: 음식 잘하기로 소문난 집의 공통점은 정성과 최고의 재료를

사용한다는 것이다. 여기에 주인의 노력이 곁들여질 때에 최고가 되는 것이다. 무엇을 하던 열심히 노력하고 정성을 다하는 사람이 되자.

엄마 아빠와 두 아들의 **행복한 생각나눔**

> 폭설보다 살짝 쌓인 눈이 더 미끄럽듯이 어설픈 지식은 나와 동료를 위험에 빠트린다.

승재: 모든 일, 생각, 지식을 조금 안다고 나서면 안 된다. 이런 행동들은 일을 더 꼬이게 할 수 있다. 모든 일, 생각, 지식은 정확히 알고 하는 것이 제일 안전하다. 즉 ,'조금'이라는 단어는 필요 없다는 것이다. 지식은 우리들이 살면서 필요할 일이 많다. 어설픈 지식으로는 일하지 않는 것이 좋다. '조금'은 아직 완성된 것이 아니다. 완성을 시키려면 더 노력해라.

승철: 이 메시지 하면 떠오르는 속담이 있다. '작은 고추가 맵다.'라는 속담이다. 아무리 눈이 많이 와도 바람이 불지 않거나 춥지 않으면 바닥은 얼지 않는다. 눈이 조금 왔다고 빨리 달리면 빙판길에서 넘어질 수 있는 법이다. 작은 것도 조심히 살펴봐야 하는 것이다. 나의 이상한 생각 때문에 다른 사람들이 다칠 수 있다. 항상 먼저 알아보고 행동하자.

생각 도우미: 살짝 내린 눈길이 더 미끄럽고 위험하다. 지식 또한 마찬가지로 정확하고 확실하지 못한 지식은 위험을 초래하게 만들 수 있다. 공부를 대충하면 시험 성적이 낮은 것과 같은 이치이다.

> " 새롭게 변화하려면 자신이 가진 어느 정도는 버려야 가능
> 하다. 특히 고정된 생각. "

승재: 사람이 새롭게 변화하려면 자신이 가지고 있는 것을 버려야 한다. 왜 그럴까? 자신의 것을 버리지 않으면 고정된 생각으로 인해 더 어려워지기 때문이다. 사람은 머릿속에 많은 것을 집어넣을 수 없다. 그 때문에 항상 새로 시작하는 마음을 가져야 한다. 이렇게 새로 시작하면서 저번의 일들을 모두 버리게 된다. 우리 집의 가훈은 '언제나 처음처럼'이다. 항상 처음으로 돌아간다면 머리 아팠던 일들, 힘들었던 일들을 모두 버릴 수 있다. 고정된 생각은 집중도를 높여주지만, 장시간 생각 시 도움이 아니라 해가 될 수 있다는 것을 알아야 한다. 고정된 생각을 버리고 넓게 보자.

승철: 핸드폰, 컴퓨터 등 이런 것들에게는 모두 용량이 있다. 이 용량이 꽉 차게 되면 몇 개의 저장된 파일을 삭제해야 한다. 새로운 것을 머릿속에 집어넣으려면 머릿속에 있는 몇 개의 지식을 빼내야 한다. 항상 생각이 바뀌어야 한다. 새로운 능력을 가지기 위해서 몇 가지 능력을 포기해야 한다. 한 가지만 하지 말고 다른 새로운 것도 해보자.

생각 도우미: 세상은 빠르게 변화하고 있다. 오늘의 유행은 내일이 되면 유행이 아닌 것이 많다. 이 같은 변화의 속도를 따라잡기 위해서는

내가 변해야 한다. 변화를 위해서는 고정된 생각과 행동을 버리는
과감함이 필요하다.

> " 활을 쏘아 과녁에 못 맞추면, 활과 화살을 탓하기 전에 자
> 신의 활 쏘는 자세를 반성해라. "

승재: 위의 말처럼 내가 늦게 일어나서 학교에 지각하면 부모님의 탓일
까? 부모님이 깨워주지 않아서 학교에 늦은 걸까? 그렇지 않다. 자
신의 잘못이다. 학교는 내가 가는 것이고, 그곳에서 공부하는 것도
나이기 때문에 나 스스로 일어나야 하는 것이 맞는 것이다. 즉, 무
엇인가 잘못되었다면 다른 것을 탓하지 말고 먼저 나 자신을 탓해
야 한다. 그리고 나에게 무슨 문제점이 있는지, 어떻게 하면 고칠
수 있는지 생각해야 한다. 이것이 실패를 성공으로 이끄는 법이다.
내가 '잘한다.' 생각하지 말고, 내가 무엇을 하면 더 쉽게 할 수 있
는가를 생각하자. 우리의 앞날을 위해서….

승철: 사람들은 성공하지 못하면 나를 탓하는 것이 아니라 다른 사람이
나 물건에 탓한다. 다 내 잘못인데 남을 탓하는 것은 잘못된 것이
다. 우선 내가 무엇을 잘못했는지 생각해보고 그것을 고치도록 노
력해 보자. 물론 남을 탓하고 싶은 생각 정도는 할 수 있지만, 그것
을 실천으로 옮겨서는 안 되는 것이다. 무엇을 잘못했는지 알았으
면 다시 한 번 도전하는 것이다.

생각 도우미: 일 못 하는 사람이 장비 탓하고, 공부 못하는 학생이 환경
탓한다. 자신을 반성하고 돌아보는 사람이 성공할 수 있단다. 실패

를 두려워하지 말고 그 실패의 원인과 이유를 파악하고 이를 개선
하여 성공으로 가는 사람이 되자.

> " 하나님은 높은 곳에 있지 않고 천국은 먼 곳에 있지 않다.
> 내가 만든 곳, 즉 내 옆이다. "

승재: 실제로 하나님이라는 인물은 존재하지 않는다. 그저 하나의 신앙일 뿐이다. 천국이라는 나라도 존재하지 않는다. 그럼 왜 사람들은 하나님을 믿고 천국에 가자고 하고, '하나님'과 '천국'은 도대체 무엇일까? 나의 생각으로는 자신이 지금 서 있는 곳이 천국이며, 나를 이끈 마음이 하나님이라고 생각한다. 쉽게 설명하자면, 어떤 사람이 교회를 다니고 하나님을 믿는다고 하자. 그리고 어느 날, 그 사람에게 힘든 일이 닥쳐왔다. 그때 그는 하나님을 생각하면서 힘든 일을 견뎠을 것이다. 그러면 힘든 일도 금방 끝날 수 있다. 즉, 어떤 사람이 하나님을 믿으면서 생긴 '할 수 있다.'라는 마음이 진정한 하나님이다. 하나님을 통해 힘든 일을 끝냈다는 자리가 바로 천국이다. 결국 '하나님'과 '천국'은 자신의 옆에 있다. 실망하지 말고 우리도 도전하자.

승철: 멀리 있다고 생각하면 더욱더 멀어 보인다. 나와 가깝다고 생각하면 더욱더 가까워 보인다. 친구를 멀리하면 가까워지기가 어렵다. 처음부터 가깝게 대하고 살아야 한다. 그리고 하나님이 하늘 높은 곳에 있다는 증거는 없기 때문에 누구나 말할 수 없는 것이다. 천국도 마찬가지이다. 우리 형은 오늘 메시지가 좋아서 글을 많이 쓰는데…. 나는 그렇게 많이 쓰지 못하였다.

생각 도우미: 마음이 천국과 지옥을 만들고, 행복과 불행을 만든다. 자신의 노력을 통해 만들어진 결과에 만족하고, 행복하면 이곳이 천국이다. 물론 노력 없이는 천국이 아닌 지옥이 될 수 있다는 것을 명심하자.

> " 변화의 바람이 불어오면 큰 나무처럼 버티지 말고, 갈대와
> 같은 유연성이 필요하다. "

승재: 변화가 온다고 버티고 있으면 안 된다. 나만 힘들어진다. 변화는 나
도 변하게 한다. 예를 들어, 내년에 고등학생이 되는데 변화할 마
음을 갖지 않고 공부를 소홀히 하면 안 된다는 것이다. 이럴수록
자신만 힘들어질 뿐 도움이 되지 않는다. 솔직히 사람이 변화하기
는 정말 힘들다. 사람이 변화하는 데는 오랜 시간이 걸린다. 그런데
도 사람들은 자기 자신이 변화하고 있다는 것을 모른다. 나도 마찬
가지이다. 내가 변화하고 있는지를 모른다. 하지만 버티지 않는다.
나도 변화에 따라 움직인다. 왜? 변화는 나를 변하게 하니까. 버티
면 어려워진다. 우리도 변화에 따라 움직이자.

승철: 나무와 갈대가 나오는 어떤 동화가 있다. 바람이 불어도 나무는 자
기가 갈대보다 강하고 바람이 불어도 날아가지 않는다고 하였다.
하지만 막상 거센 바람이 불어왔을 때 나무는 일자로 곧게 서 있어
서 무너지고 말았지만, 갈대는 비스듬히 서 있어서 유연성을 이용
해 무너지지 않았다. 작은 고추가 매운 법이다. 자기가 더 세다고
나서지 말자.

생각 도우미: 강한 것은 부러지게 마련이다. 자연과 환경에 순응하여 함
께 더불어 사는 것이 행복한 인생이 아닐까? 물론 유행의 변화에

너무 민감하거나, 우리의 아름다운 전통을 무시하라는 것은 아니
다. 좋은 것은 계승 발전시키고, 불필요한 유행은 무시하는 것이
좋다.

> " 먼저 양보해라. 다툼에는 상대방이 있다. 왼손과 오른손이
> 마주칠 때 소리가 나듯이…. "

승재: 쓰지 않았음.

승철: 양보하는 것은 좋은 것이다. 그렇다고 해서 너무 지나치게 양보하
라는 것은 아니다. 너무 지나치게 양보하면 마음이 상할 수도 있다.
예를 들면, 우리 집은 부자이다. 가운데에는 맛있는 음식이 하나가
놓여 있다. 하지만 나는 이 음식을 자주 먹고 상대는 자주 먹지 않
는다. 이럴 때는 당연히 양보를 해주는 게 맞는 것이다. 착한 일을
하면 내 마음도 뿌듯하다.

생각 도우미: 친구나 형제간에 서로 싸우고 다투는 것은, 나 중심으로 생
각하기 때문이란다. 서로서로 양보하면 다툼이 없는 행복한 관계가
된단다. 외나무다리에서 마주치면 서로 먼저 가려고 다투기보다는
내가 엎드려 상대방을 먼저 보내는 통 큰 양보도 필요하다.

> 좌절이 왔을 때 포기를 빨리하고 다시 시작하는 집중력을 키우자. 좌절은 곧 기회다.

승재: 우리 속담에 '실패는 성공의 어머니'라는 속담이 있다. 과연 이 말의 뜻은 무엇일까? 바로 실패는 성공의 지름길이라는 뜻이다. 예를 들어서, 우리가 잘 알고 있는 에디슨, 처칠, 아인슈타인, 이병철, 정주영… 이런 사람들은 수없이 많은 실수를 했다. 실패 없이는 성공할 수 없다. 아무리 천재라도 아니, 천재가 되기 위해서는 실패를 해야 한다. 실패했다고 좌절하지 말자.

승철: 나에게 기회가 왔는데 실패하고 말았을 때 포기하고 다시 시작해 보자. 안 되는 것은 여전히 안 되는 것이다. 될 것 같으면 포기를 하지 않아도 되지만, 안되면 바로 끝내자. 그리고 다시 시작해서 성공해 보자. 실패했을 때에는 기회가 다시 온다. 곧 희망이다.

생각 도우미: 실패란 넘어진 것이 아니라 넘어진 상태에서 일어나지 않는 것이다. 다시 한 번 파이팅!

> " 나에 대한 비난과 질책은 나의 잘못이지 지적하는 사람의
> 잘못이 아니다. 나나 잘하자. "

승재: 사람들이 일이 안 풀릴 때 다른 사람들을 탓한다. 그리고 자신의
잘못은 없다고 생각한다. 이것은 잘못된 판단이다. 일이 안 풀릴
때 자신을 반성해야지 다른 사람을 탓하면 오히려 일이 더 커질 수
있다. 반성은 무서운 것이 아니다. 나 자신을 올바르게 키워주는
선생님이다. 내가 운동을 못 하는 것은 선생님의 잘못이 아니다.
나의 잘못이다. 인생은 내가 살아가는 것이기에 내가 반성하고 내
가 잘해야 한다. 인생은 남을 위한 것이 아니라 나를 위한 것이다.
이번만큼은 이기적인 사람이 되어보자.

승철: 우리가 축구대회에서 꼴찌하고 말았다. 이것은 감독, 코치 잘못이
아니고 우리 선수들의 잘못이다. 물론 감독이나 코치가 잘못 가르
쳐 주었을 수도 있겠지만, 대부분 그런 경우는 드물다. 코치가 하
라는 대로 했다면 이겼을 것이지만, 그 타이밍을 놓치고 만 것이다.
내가 생각하기에는 잘못된 것 같지만 알고 보면 다 좋은 거니까 코
치가 시키는 대로 하자.

생각 도우미: 내가 잘하면 칭찬을 받는 것처럼 비난과 질책도 나 하기 나
름이다. 진심 어린 충고를 하는 사람에게 감사한 마음을 가지자.
또한, 그 충고를 거울삼아 나를 발전시키는 도구로 사용하자.

> " 1시에 해야 할 일을 3시에 한다면 3시에 할 일은 몇 시에?
> 정해진 일은 제시간에…. "

승재: 우리말 중에 '하루 물림 열흘 간다.'라는 말이 있다. 이 말의 뜻은 그때 해야 할 일을 미루면 그 일을 열흘이 되도 끝내지 못한다는 뜻이다. 나의 생각으로는 일을 미루게 되면 뒤에 있는 일들까지 계속해서 밀릴 것으로 생각한다. 그 결과 스트레스만 많아져 가고, 이득은 보지 못할 것이다. 일은 그때그때 시간에 맞춰서 해야 한다. 시간은 우리를 기다려주지 않기 때문에 일은 제시간에 맞춰서 해야 한다. 시간을 소중히 여기고, 나의 일도 소중히 생각하자.

승철: 작년 메시지 내용과 약간 비슷한 내용이다. 이 메시지는 오늘 할 것을 내일로 미룬다는 것이다. 내일은 오늘보다 더 하기가 싫어진다. 오늘 할 일을 다 해야 내일 일도 할 수 있기 때문에 지금 할 것을 바로바로 해야 다음 것도 진행할 수 있다. 내가 해야 할 것을 다 하기 전까지는 아무것도 바라지 말자.

생각 도우미: 지금 해야 할 일이나 공부를 미루고 하지 않으면 다음에는 그 이상의 노력과 정성이 필요하단다. 모든 것은 때가 있듯이 지금 해야 할 일은 미루지 말자.

> " 자율은 지키는 사람은 행복이 되지만 못 지키는 사람은 불
> 행이 된다. 행복을 만들자. "

승재: '자율'의 뜻은 무엇일까? '자율'은 스스로 시간을 잘 활용하는 것을
말한다. 즉, 시간을 잘 활용하는 사람은 행복이 오지만 시간을 잘
활용하지 못하는 사람은 불행이 온다는 뜻이다. 그만큼 스스로 시
간 계획이 아주 중요한 것이다. 시간은 소중한 것이다. 시간을 어떻
게 쓰느냐에 따라 인생이 달라진다. 시간을 소중히 여기자.

승철: 자율이란 단어에는 여러 가지 뜻이 있다. 나는 자율을 자유시간으
로 생각하였다. 자유시간을 잘 활용하면 즐거운 시간을 보낼 수 있
지만, 자유시간을 잘 활용하지 못하면 자유시간을 불행으로 보낼
수 있다. 불행해질 것 같으면 행복하게 만들면 되는 것이다. 오늘
아빠가 이 문자 메시지를 보냈는지 나는 잘 알 것 같다. 그 이유는
우리가 자유시간을 잘 활용하지 못했기 때문이다. 앞으로는 잘 활
용해서 행복한 자유시간을 가질 것이다.

생각 도우미: 약속과 규칙은 통제를 위해 있는 것이 아니라 모두의 편리
를 위해 있는 것이다. 어떻게 생각하고 활용하느냐에 따라 행복과
불행으로 나누어지는 것이란다.

> " 이불 속에서 '1분만 더'를 책상에 앉아 외치고 컴퓨터 '한 번만 더'를 연습으로 실천하자. "

승재: 이불 속에서 자고 싶어도 그 졸음을 이겨야 한다. 이불 속에서 '1 분만 더'라는 것은 일을 미루는 것과 똑같다. 반대로 책상에 앉아 '1분만 더'를 외치는 것은 시간을 낭비하는 것이 아니라 인생을 좋은 길로 갈 수 있게 만드는 생각이다. (해석이 어렵네요.)

승철: 무슨 내용인지 전혀 모르겠음.

생각 도우미: 늦잠은 누구나 자고 싶고 공부는 하기 싫은 게 사람이다. 또한, 휴식과 게임은 하고 싶지만, 자신의 실력을 향상시키는 일은 하기 싫다. 하지만 자신의 미래를 위해서는 좀 더 공부하고 노력하는 사람이 되어야 한단다. 우리 아들들 파이팅!

> " 3일 만에 그린 그림은 3년이 지나도 팔리지 않는다. 노력과
> 정성이 빠져있기 때문이다. "

승재: 아무리 잘생겼다고, 아무리 음식을 잘 만들었대도, 아무리 일을 잘
　　해도 노력과 정성이 없으면 아무것도 아니다. 노력과 정성은 살아
　　가는 데 반드시 필요한 조건이고 가장 기본적인 것이다. 그럼 이 노
　　력과 정성은 어디에서 나올까? 내가 하고자 하는 욕망, 자신의 꿈
　　에서 나온다. 모든 일을 아무리 잘했어도 노력과 정성이 없으면 잘
　　한 것이 아니다. 모든 일에 노력과 정성을 쏟자.

승철: 엄마가 나보고 우리 집 앞에 있는 미용실에 가서 머리를 깎으라고
　　한다. 그 이유는 그 미용실 가격이 다른 미용실보다 싸기 때문이
　　다. 하지만 그곳은 정성이 별로 들어가지 않은 것 같다. 가격이 싸
　　다고 해서 사람들이 많이 몰려오는 것이 아니다. 노력해서 기가 막
　　히게 머리를 잘 다듬으면 유명인사가 찾아와서 성공하는 미용실이
　　될 수 있는 것이다. 언제나 정성껏 하자.

생각 도우미: 도자기를 만드는 장인은 도자기에 자신의 혼을 담아야 훌륭
　　한 작품이 나온다. 타고난 재능도 있어야 하지만 노력과 정성이 없
　　으면 평범한 사람과 같다. 정성을 다하면 하늘도 감동시킬 수 있단
　　다. 모든 일에 정성을 다하는 사람이 되자.

" 쉼표 없는 악보 연주는 어렵다. 아름답게 끝내기 위해서는 적당한 휴식이 필요하다. "

승재: 전체 빼먹음.

승철: 이 내용은 약간 무슨 뜻인지 모르겠지만 한번 쓰는 데까지 써보겠다. 적당한 휴식은 쉼표를 뜻하는 것 같다. 한마디로 쉼표가 없으면 음악이 멈추지 않으니까 박자가 잘 맞지 않는다. 하지만 쉼표가 있으면 끝도 있고, 중간중간에 쉬면서 할 수가 있어진다. 계속하는 것도 좋지 않고 쉬엄쉬엄 쉬면서 하자.

생각 도우미: 앞만 보고 달려가는 것도 중요하지만 적당한 휴식을 통해 몸과 마음을 재충전하는 시간도 필요하다. 열심히 달려온 2개월간 수고 많았다. 그렇다고 쓰지도 않은 승재는 좀 그러네…. (간만의 휴식이라고 생각하지 뭐.)

2012년 2월을 마무리하며…

_____열심히 달려온 한 달… 1월에 비해서는 열정이 다소 식은 것도 같지만 수고 많았다. 1월의 병아리들도 많이 성장했겠지? 마지막까지 최선을 다해 너희들의 생각을 키우는 한 해가 되기를 바란다. 메시지 내용을 구상하느라 흰머리가 더 늘어난 아빠가….

3 월

"

아빠보다 너희들을 열 배 사랑하는 사람이 엄마란다.
너희들은 엄마 말을 열 배 안 듣지!

> " 꽃가게에 가면 꽃 냄새가, 생선가게에 가면 비린내가 몸에 배듯이 좋은 환경을 만들자. "

승재: 위의 말은 쉽게 설명하자면 상황에 맞는 환경을 만들자는 말이다. 꽃가게에서 비린내가 나고, 생선가게에서 꽃 냄새가 나면 어떻겠는가? 사람들이 오지 않고 결국 그 가게는 문을 닫게 될 것이다. 환경은 우리들이 사는 데 중요한 것이다. 사람이 환경에 맞지 않게 살면 보람차게 살아갈 수 없다. 환경은 달라지면서 사람도 바뀌어야 하는 것이다.

승철: 몸에 나쁜 기가 배일수도 있고 좋은 기가 배일수도 있다. 좋은 환경을 만들면 좋은 기가 몸에 배고, 나쁜 환경을 만들면 나쁜 기가 온다. 또한, 나쁜 환경에서 자라면 나쁜 기가 오고 좋은 환경에서 자라면 좋은 기가 온다. 안 밸 것 같지만 다 배이게 돼 있다. 좋은 환경에서 살길 바란다.

생각 도우미: 주변 환경과 분위기에 따라 행동이 변할 수 있다. 책상 주변이 어지럽고 혼란스러우면 공부가 집중이 안 된다. 주변 정리는 공부하기 좋은 환경을 만들어, 학습 효과를 향상시킬 수 있단다. 주변을 가끔 정리하자.

> 우리들을 이 세상에 태어나게 하시고 길러주신 어머님의
> 사랑에 항상 감사드리자.

승재: 모든 사람은 어머니가 있다. 그리고 어머니는 자식을 최선을 다해 보살펴 준다. 만약 어머니가 없다면? 우리도 이 세상에 있지 않았을 것이다. 만약 어머니가 나를 보살펴주지 않았다면? 우리가 지금 이 자리에 있지 않았을 것이다. 어머니는 우리를 이 세상에 태어나게 해주시고, 우리를 항상 걱정해주시고, 보살펴 주신다. 우리는 이런 어머니의 사랑에 감사해야 한다. 그리고 보답을 해줘야 한다. 우리가 자고 있을 때, 학교에 있을 때, 여행을 갔을 때 어머니는 항상 우리를 걱정하고, 우리를 사랑하고, 우리를 보살펴주는 사람이다.

승철: 우리 부모님이 계시지 않았다면 우리도 이 세상에 있을 수 없다. 어머니가 착한 일 하라고 낳아주시면 세상을 위해 착한 일을 해야 하는 것이다. 어머니가 낳아주셨으니까 우리도 그 보답을 해야 하는 것이다. 부모님이 좋아하는 것은 효도나, 싸우지 않기 등이 있다. 노력하려고 하지만 잘되지 않는다. 하지만 지금은 안되더라도 계속 시도하면 되게 되어 있다. 최선을 다할 것이다.

생각 도우미: 어머니의 사랑은 무한하단다. 말과 생각으로만 효도하지 말고 행동으로 보여주렴. 조그마한 것이라도….

> 바보온달이 평강공주가 아닌 바보를 만났다면? 상대의 장
> 점을 키워주는 사람이 되자.

승재: 바보와 바보가 만나면 바보가 되고, 천재와 천재가 만나면 천재가
되다. 그러면 바보와 천재가 만나면 어떻게 될까? 이런 경우는 상
황에 따라 다르게 나타난다. 천재가 바보를 도와주면 바보는 천재
가 될 수 있다. 반대로 천재가 자기 생각만 하면 천재가 오히려 바
보가 된다. 이것처럼 바보온달이 평강공주를 만나 훌륭한 장군이
된 것은 평강공주의 노력의 결과였다. 옛말에 이런 말이 있다. '나
를 만나서 가는 사람을 보낼 때는 나보다 훌륭한 사람이 되게 해서
보내라.' 이 말처럼 상대의 장점을 키워주는 사람이 되자.

승철: 바보가 바보를 만나면 어떻게 될까? 점점 나아지는 게 아니라 점점
더 바보가 되어간다. 하지만 바보와 천재가 만나면 바보를 키워줄
수 있는 것이다. 그러면 바보는 점점 나아져 가고, 장점도 여러 가
지를 가질 수 있게 될 수도 있다. 내가 바보를 만났을 때에도 바보
의 장점을 키워줘야 한다. 남에게 도움되는 사람이 되자.

생각 도우미: 사람에게는 누구나 장점과 강점이 있단다. 이를 칭찬과 격
려, 협력을 통해 사람을 성장시키는 사람이 진정 나눔과 사랑을 실
천하는 사람이란다. 부족해 보이는 친구를 위해 내가 할 수 있는
일이 무엇인가 생각하고 도움을 주는 친구가 되렴.

> **"** 성공한 사람과 실패한 사람의 능력은 종잇장 하나 차이다.
> 이 차이는 '자신감'이다. **"**

승재: 보통 사람들은 천재와 바보가 하늘과 땅 차이라고 알고 있다. 하지만 그렇지 않다. 천재와 바보의 차이는 '자신감'의 차이다. 자신감이 있는 사람은 자신 있게 일을 끝낼 수 있지만, 자신감이 없는 사람은 일을 시도조차 못 한다. 자신감은 일을 할 수 있게 해주고, 걱정을 덜어준다. 그 때문에 우리는 무슨 일을 할 때 자신감을 가져야 한다. 자신감이 성공을 주도한다.

승철: 우선 성공한 사람들을 살펴보면 여러 가지 공통점이 나온다. 성공하겠다는 자신감과 의지, 책을 읽는 습관 등이 나온다. 반면에 실패한 사람들을 살펴보면 여러 가지 공통점이 나온다. 책을 안 읽는 것, 부끄러움을 많이 타는 것 등이 있다. 하지만 이 사람도 자신감이 부족했기 때문에 성공하지 못한 것이다. 언제나 항상 자신감을 가지자.

생각 도우미: 아무리 많은 공부와 노력을 기울여도 자신감이 없으면 일을 실패하게 된다. 약간 부족하더라도 강한 자신감으로 일을 추진할 때 성공이라는 달콤한 열매가 기다리고 있단다.

> **"** 힘들고 피곤해도 아들딸 잘 먹고 공부 열심히 하면 피곤함을 모르는 게 엄마다. **"**

승재: 자식들이 공부를 잘하고, 음식도 골고루 먹고, 운동도 잘하면 누가 좋아할까? 바로 어머니이다. 항상 자식들에게 기대하는 사람은 어머니이다. 어머니가 나를 혼내도, 잔소리를 해도 항상 어머니는 우리를 걱정하시고, 사랑스러워한다. '어머니'라는 소리는 세상에서 가장 아름다운 말이고, 세상에서 제일 값진 말이다. 자식에 대한 어머니의 사랑은 누구도 이길 수 없다. 어머니 감사합니다!

승철: 엄마가 우리를 낳아주셔서 열심히 생활하면 엄마가 힘들어하지 않는다. 하지만 올바른 생활을 하지 않으면 엄마가 힘들어 할 수 있다. 우리가 열심히 공부하고, 잘 먹으면 잘 키웠다는 보람을 가질 수 있다. 부모님에게 효도하는 것은 좋은 것이다. 부모님이 힘들면 나도 힘들 수밖에 없다. 항상 기쁘게 해드리자.

생각 도우미: 항상 감사한 마음과 행동으로 자기의 자리에서 최선을 다하는 아들들 되렴. 엄마의 행복은 너희들이 만들어주는 것이란다.

> " 일단 멈춤. 쉼표 없이 달리다 보면 앞만 보게 된다. 멈추면
> 비로소 보이는 것이 많다. "

승재: '빨리 가는 것 보다, 천천히 가는 것이 중요하다.'라는 말이 있다. 이 말은 과연 무슨 의미일까? 예를 들어서 기차가 있는데 그중에서 빠른 기차가 있고, 느린 기차가 있다고 보면 어느 기차가 더 좋을까? 대부분 사람들은 빠른 기차가 더 좋다고 한다. 목적지에 빨리 갈 수 있기 때문이다. 하지만 빠른 기차로는 아름다운 풍경을 볼 수가 없다. 아름다운 풍경은 느린 기차로 볼 수 있는 것이다. 아무리 느리지만 더 꼼꼼하게 할 수 있는 것이 진정으로 정성을 다하는 마음이고, 성공한 마음이다. 나의 인생을 한번 둘러보자.

승철: 자동차를 타고 가다 보면 운전기사는 앞만 보게 된다. 뒷좌석에 앉은 사람들은 옆도, 뒤도 볼 수 있다. 갓 태어난 아기도 앞만 보고 기어 다니게 된다. 하지만 성장할수록 옆, 뒤도 보면서 걸을 수 있게 된다. 차가 신호등을 지나치면 옆을 못 보지만 교통질서를 지켰을 경우에 옆을 볼 수 있다. 신호 지키고, 풍경을 보고 자연을 무시하지 말고 일단 멈춰 보아라.

생각 도우미: 가끔은 휴식을 통해 주변을 돌아볼 필요가 있단다. 나 자신만을 위해 생활하고 있지는 않은지, 주변에 도움이 필요한 사람은 없는지, 또는 잘못된 길로 가고 있지는 않은지 등…. 적당한 휴식은 인생의 활력소란다.

> " 집집마다 다른 성씨를 쓰는 사람이 있지만 진정한 가족이
> 있다. 바로 우리 어머니…. "

승재: 우리를 낳아준 사람은 바로 어머니…. 유일하게 우리와 성이 다르
지만 가장 사랑 주는 사람…. 바로 어머니시다. 비록 성이 다르고,
여자의 신분이지만, 가장 중요한 역할을 하시는 분이다. 지금부터
라도 부모님, 아니 어머니를 미워하지 말고 사랑해야 한다. 항상 어
머니를 존경하자.

승철: 성이 다르다고 가족이 아닌 것은 아니다. 우리의 중심인 어머니는
우리 가족 중에서 가장 중요한 역할을 한다. 다른 성이라고 차별하
고, 이러면 안 되는 것이다. 인종차별과 똑같은 것이다. 피부색이 다
르다고 차별하면 벌을 받게 돼 있다. 오바마 대통령이 대통령이 된
건 기쁜 일이다. 성이 다르거나 피부색이 다르다고 차별하지 말자.

생각 도우미: 어머니를 중심으로 화합하는 가정은 행복이 넘치는 가정이
란다. 항상 감사. 감사….

2012년 3월 13일 화요일

> " 하루에 천 리를 간다고 뽐내지 마라. 누구든 열심히 열흘
> 가면 너끈히 도달할 수 있다. "

승재: 사람이 한순간에 전문가가 되거나, 최고가 될 수 없다. 천천히 갈고 닦아 온 실력으로 인해 최고가 될 수 있다. 아무리 빨리 간다 해도 좋은 것은 없다. 그냥 천천히 해도 언젠가 우리는 최고의 자리에 올라와 있다. 오히려 빨리 가는 것이 더 위험할 수도 있다. 우리 속담에 "천 리 길도 한 걸음부터"라는 말이 있다. 이 말은 한번에 천 리를 가는 것보다 천천히 가는 것이 더 효과적이라는 뜻이다. 아무리 빠르다고 자만하지 마라. 언젠가 다른 사람들도 이뤄낼 수 있다.

승철: 뽐내는 것은 나대는 것, 자만하는 것과 같은 것이다. 뽐낸다고 잘되는 것은 없다. 물론 될 수 있는 건 있지만, 대부분이 되지 않는다. 못난 사람도 열심히 하면 잘난 사람을 따라 잡을 수 있다. 공부를 못해도 따라 잡을 수 있는 능력을 가진 것이 바로 사람이다. 항상 노력하자.

생각 도우미: 내용을 이해하기 힘들었나 보구나. 최고가 됐다고 자만하면 안 된단다. 누구든지 노력하면 나보다 더 나은 실력을 가질 수 있기 때문이란다. 최고의 자리를 계속 지키기 위해서는 꾸준한 노력이 필요하다는 것을 명심하기 바란다.

> " 사람의 돈과 지식을 얻기보다는 마음을 얻어라. 마음을 얻
> 으면 돈과 지식은 함께 온다. "

승재: 사람이 살아가기 위해서는 무엇이 필요할까? 돈? 지식? 정답은 바로 사람의 마음이다. 마음이 없으면 아무것도 얻을 수 없다. 물론 돈과 지식도 필요하지만 이를 갖기 위해서는 마음이 필요하기 때문이다. 그리고 돈과 지식은 한순간에 없어져 버릴 수 있지만, 마음은 그렇지 않다. 마음은 항상 존재하고 바꿀 수 있다. 사람의 마음은 다른 사람을 바꿀 수 있고 발전시킬 수 있다. 그 때문에 돈과 지식을 얻기보다는 마음을 얻어야 한다. 우리가 살아가는 지금, 사람의 마음은 계속 변하고 있다. 이 마음으로 사람과 나를 변화시켜 보자.

승철: 한마디로 사람의 마음을 획득한 것은 돈, 지식을 획득한 것과 마찬가지이다. 돈과 지식 말고도 또 다른 것을 얻을 수 있다. 가장 중요한 거 하나면 된다. 그럼 내가 원하는 것을 얻을 수 있다. 두 가지를 한꺼번에 얻으려고 하지 말고 하나를 얻고 또 하나를 얻는 것이 좋은 것 같다. 욕심부리지 말자.

생각 도우미: 상대방의 마음을 얻으면 그 사람과 주변 사람들의 모든 것을 얻은 것과 같다. 사람의 마음을 얻기 위해서는 거짓 없고, 진실된 마음과 행동이 있어야 한단다. 또한, 내 마음도 열어 놓아야 한다.

> " 말은 끝까지 들어야 참뜻을 알 수 있다. 귀가 두 개인 것은
> 많이 듣고 말하라는 것이다. "

승재: 우리들은 살아가면서 힘들고 어려운 일이 닥쳐옵니다. 하지만 우리
들은 이 일들을 이겨내야 합니다. 아니, 이겨낼 수 있습니다. 바로
나의 희망과 주위의 힘을 이용해서 말입니다. 내가 힘들 때 가장
힘이 되어주는 것은 바로 가족입니다. 가족은 나의 심장과도 같습
니다. 우리들의 가족은 나에게 제일 많은 힘을 줍니다. 가족은 함
께 줄 수 있으니까요.

승철: 귀가 있는 것은 위와 같은데 한 귀로는 듣고 한 귀로 흘려보낸다.
선생님이 말한 것을 귀로 듣고 머릿속에 저장해 두어야 원할 때 쏙
쏙 나온다. 하지만 한 귀로 흘려보내면 기억하지 못한다. 공부를 잘
하는 방법도 이것인 것 같다. 말을 해주면 뜻을 이해하고 그것을
풀어나가야 한다.

생각 도우미: 사람들은 자기주장이 강하기 때문에 종종 상대방의 말에
귀 기울이지 않는 경우가 있다. 상대방을 존중하고 끝까지 듣다 보
면 상대방을 빨리 이해할 수 있어 다툼이 사라지고 좋은 관계를 유
지할 수 있다.

> " 정상에 서 있는 자신의 미래를 상상해봐라. 그를 위해 오늘
> 도 꾸준히 노력하는 하루. "

승재: 내가 정상에 서 있으면 얼마나 뿌듯할까? 항상 꾸준히 노력하면
이렇게 살 수 있다. 정상은 아무나 가는 것이 아니다. 정상이란 결
코 쉬운 것이 아니다. 최선을 다하고, 꾸준히 노력하는 사람만이
정상에 갈 수 있는 것이다. 그러면 꾸준한 노력은 어떤 것을 말하
는 것일까? 내가 말하는 꾸준한 노력은 우선 목표를 이루기 위해
서 무슨 일을 하는 것이다. 그리고 시간을 낭비하지 않는 것이다.
이렇게 이런 노력들은 절대로 없어지지 않는다. 항상 존재한다. 오
늘도 꾸준히 노력하는 하루를 보내자.

승철: 오늘 하루를 열심히 해야 미래에 잘 될 수 있다. 나의 미래를 상상
하면서 오늘을 열심히 하고 내일도 열심히 할 생각을 가져야 한다.
하루라도 열심히 하지 않으면 결코 이룰 수 없다. 100번 중 99번만
열심히 하고 한번 열심히 하지 않으면 무의미가 되어 버리는 것이
다. 항상 열심히 해서 우리의 꿈을 이루도록 하자.

생각 도우미: 자신의 꿈을 구체적이며 뚜렷하고 강렬히 원하면 이루어진
단다. 밝은 미래를 꿈꾸고 실천하는 사람이 되자. 울 막둥이 승철
파이팅…. —엄마가—

> " 아빠보다 너희들을 열 배 사랑하는 사람이 엄마란다. 너희
> 들은 엄마 말을 열 배 안 듣지! "

승재: 우리에게 수많은 가족이 있다. 엄마, 아빠, 이모, 이모부, 할아버
지, 할머니…. 이 중에서 나를 가장 사랑하는 사람은 과연 누구일
까? 바로 엄마이다. 항상 우리를 보살펴주시고, 걱정해주시고, 잘
되라고 가끔은 잔소리도 해주시는 엄마란 말이다. 그런데 우리는
엄마 말을 제일 듣지 않는다. 그러면서 또 아빠 말은 정말 잘 듣는
다. 이것은 '성별 차별'이라는 심각한 문제이다. 우리를 제일 사랑
하시는 분이 엄마인데 엄마의 말을 제일 안 듣다니 정말 심각하다.
나도 역시 엄마 말을 잘 듣지 않는 편이다. 왠지 모르게 노력을 해
도 그렇게 되지 않는다. 결론은 엄마를 소중히 여겨야 한다. 항상
나를 제일 사랑하고 챙겨주시는 분이 엄마라고 생각하고, 엄마를
사랑해야 한다. 엄마의 사랑은 죽을 때까지 자식의 곁을 떠나지 않
기에 우리도 엄마를 사랑하자.

승철: 오늘 메시지 내용은 어제 개그콘서트의 '불편한 진실'을 보고 보낸
것 같다. 잠자고 있는 나를 엄마가 깨우면 우리는 대부분 화를 낸
다. 하지만 아빠가 깨우면 벌떡 일어나게 된다. 왜 그러는 걸까? 우
리는 아빠보다 엄마를 더 많이 찾는다. 그런데 왜 아빠 말을 잘 듣
는 것일까? 대부분 아빠가 무섭다고 생각하지만, 엄마, 아빠는 같
은 사람이다. 엄마도 항상 기쁘게 해드리자.

생각 도우미: 말보다는 행동이 우선이란다. 작은 것부터 엄마를 위해 노력하는 아들 되렴. 예) 말대꾸 안 하기, 불평 안 하기, 스스로 하기, 특히 거짓말 절대로 안 하기 등.

> " 산에 메아리가 있듯이 관심이란 상대방의 말과 행동에 반
> 응하는 것이다. 표현해라. "

승재: 대부분 사람들에게 관심이 무엇인지 말하면 "그냥 뭔지 궁금해서
알아보려고 물어보는 거죠." 이렇게 말한다. 물론 이런 뜻도 맞지만
정확한 뜻은 아니다. 정확한 뜻은 상대방의 말과 행동에 반응하는
것이다. 그럼 '관심'은 상대방에게 어떤 영향을 줄까? 관심은 상대
방의 기분을 더 좋게 할 수 있다. 왜냐하면, 관심은 도움과 비슷하
기 때문이고 상대방을 더 적극적으로 행동할 수 있게 해준다. 이렇
게 관심을 주는 사람도 좋은 사람이며, 관심받을 수 있게 말과 행
동을 한 사람도 좋은 사람이다. '말', 그리고 '행동' 이런 두 단어가
'관심'이라는 큰 단체를 형성해주고 결국에는 나를 좋은 사람으로
만들어 준다.

승철: 산에서 소리를 지르면 따라서 누군가가 또 소리를 지른다. 이것이
메아리이다. 왕따는 관심을 받지 못해도 산에라도 가서 관심을 받
을 수 있다. 다른 사람이 말을 건네면 우리가 그 사람의 메아리가
되어주자. 이런 뜻인 거 같다. 하지만 무시하는 사람들이 있다. 이
사람들은 산에 가서 소리를 지르면 무시를 당할 수도 있다. 항상
관심을 가지고 잘 대해주자.

생각 도우미: 상대방의 작은 것이라도 관심과 경청은 상대방과 나를 연결

하는 고리가 된단다. 또한, 상대방을 아무리 사랑해도 표현하지 않으면 상대방이 모른다. 표현도 사랑이다. 가끔 "엄마, 아빠 사랑해요."라고 말하는 것도 필요하지 않을까?

> " 내가 가지고 있는 것들을 당연하게 여기지 마라. 누군가에게는 평생의 소원이기도 하다. "

승재: 나한테 연필이 있으면 '다른 사람도 당연히 연필 정도는 있겠지.'하고 생각한다. 쉽게 말하면 당연한 일로 생각을 한다. 하지만 현실은 그렇지 않다. 돈이 없어서 연필을 쓰지 못하는 사람들이 있기 때문이다. 우리는 항상 생각을 넓게 가져야 한다. 그리고 항상 가난하게 생각해야 한다. 발명왕 에디슨도 집이 가난해서 공부도 제대로 하지 못하고 자랐고, 무언가를 만드는 것이 꿈이었다. 다른 사람들은 돈으로 제품을 사는데 에디슨은 그렇지 못했기 때문이다. 그 결과 에디슨은 1,000번이라는 어마어마한 실패를 했다. 우리들에게 아무것도 아니지만 가난한 누구에겐 평생의 소원이기도 하다. 항상 넓게 펼쳐보기를…

승철: 내가 아이폰 4S를 가지고 있다고 가정하자. 이건 당연한 것이 아니다. 돈이 모자란 사람들은 사지 못한다. 이 사람들은 아이폰 4S가 소원일 수 있다. 내가 가지고 싶은 것을 다른 사람이 가지고 있는 것을 볼 때 정말 부러워진다. 그러니 다른 사람한테 자극을 주면 안 된다. 그런 것을 잘난 척이라고 하는 것이다. 내가 가지고 있다고 당연하게 여기면 안 된다.

생각 도우미: 우리가 가진 것이 꼭 돈만은 아니란다. 가족이 없는 아이는

부모님이 있었으면 하는 마음이 소원이 될 수 있단다. (소중한 가족에게 더 잘하자.) 또한, 장애우들은 자신의 장애가 없어지기를 평생 소원으로 생각하지 않을까? (건강한 육체를 가지고 태어난 것에 감사하자.) 항상 나보다 부족한 사람에게 따뜻하게 다가가는 사람이 되자.

엄마 아빠와 두 아들의 **행복한 생각나눔**

> " 화가 나고 짜증이 나고 미워함이 일어나는 원인은 나를 중심에 놓고 있기 때문이다. "

승재: 위의 말을 들으면 사람들은 '대체 무슨 말이지.'하고 생각합니다. 나도 처음에는 그랬습니다. 해석하기가 정말 어려웠죠. 그래서 계속 생각했습니다. 그 결과 정확한 뜻은 아니지만, 대충의 뜻은 알 수 있었습니다. 이 말의 뜻은 나의 잘못이 뭔지 생각도 하지 않는 사람에게 하는 말이었습니다. 무슨 일이 있으면 자신의 잘못도 생각해야 합니다. 내 잘못이 없다고 생각하면 다른 사람에 대해 화가 나고, 짜증 나고, 미워함이 일어나죠. 잘못은 누구에게나 있는 법, 다시 한 번 자신의 행동을 뒤돌아보세요.

승철: 나는 오늘 아침에 기분이 별로 좋지 않았다. 화가 나고 짜증 난 상태였다. 오늘은 특별히 학교에서도 조금 조용했다. 엄마에게 문자가 와도 기분은 별로 풀리지 않았다. 내가 왜 다른 사람을 미워했을까? 내가 잘못한 것을 나는 남을 탓한 셈이다. 화가 나고 짜증이 나도 나를 원인으로 생각하고 극복해낼 것이다.

생각 도우미: 승철아, 고맙다. 사랑한다. 바다같이 넓고 태산같이 높은 마음으로 생각하기를 바라…. 모든 일의 잘못된 점을 나에게서 찾으면 서로 편안한 시간이 되지 않을까? 배려하는 사람이 되어보자.

> **강한 자가 살아남는 것이 아닌 살아남은 자가 강한 것이다.
> 최종 승리를 위해 파이팅!**

승재: 강한 자가 살아남을 수 있을까요? 그렇지 않습니다. 약한 자도 살아남을 수 있는 법입니다. 그럼 강한 자는 대체 어떤 사람일까요? 바로 살아남은 자가 강한 사람입니다. 강한 자가 싸움에서 이길 수 있을까요? 보통 사람들은 '그렇다'고 얘기합니다. 하지만 그렇지 않습니다. 강한 자도 질 수 있으니까요. 즉, 이긴 자가 강한 사람입니다. 그 때문에 우리는 최종 승리를 위해 열심히 해야 합니다. 항상 자기가 강한 자라 생각하지 말고, 다음에 있을 일을 생각하세요. 그곳에서 강한 자가 나오니까요.

승철: 모든 사람은 할 수 있다. 그리고 강한 자가 될 수 있다. 하지만 노력이 필요하다. 학교 짱이라고 강한 것이 아니다. 어려운 환경을 겪어내고 위험을 다 거친 자가 진정한 짱이라고 생각한다. 이런 자가 강한 것이다. 위험 속에서 빠져나가는 방법을 모르면 강한 자가 될 수 없지만, 빠져나가면 강한 자가 될 수 있다. 항상 열심히!

생각 도우미: 최종 승리자는 누구도 알 수 없다. 보기에는 약해 보여도 자신만의 장점을 잘 활용하는 사람들이 있기 때문이다. 최고라고 방심하다가는 노력한 자에게 패배하게 된다. 자신을 꾸준히 단련하는 사람이 되어 보자.

> " 부모님의 무조건적인 사랑을 받아온 나. 부모님을 위해 내가 해야 할 일은 무엇일까? "

승재: 우리들은 지금까지 부모님의 사랑을 많이 받아 왔습니다. 아플 때, 슬플 때, 상장을 받았을 때 부모님은 나를 더 많이 사랑해주셨습니다. 그럼 우리가 부모님께 해야 할 일은 무엇일까요? 우리가 할 일은 바로 부모님께 사랑을 주는 것입니다. 부모님이 우리에게 사랑을 주듯 우리도 부모님께 사랑을 주는 것입니다. 사랑은 어느 선물보다도 더 값진 선물입니다. 함께 사랑을 나누어 좋은 가정을 이끌 수 있습니다.

승철: 부모님은 우리가 해달라는 것이 있으면 뭐든지 해준다. 하지만 우리는 부모님이 해달라는 것이 있으면 대부분 해주지 않는 경우가 많다. 우리가 부모님께 충성심이 부족했던 것 같다. 우리도 효도를 해야 한다는 것을 알고는 있지만 잘하지 않는다. 우리가 부모님을 기쁘게 해드리는 방법을 연구하여 항상 웃음이 가득 찬 집을 만들어 가자.

생각 도우미: 부모님은 자식이 건강하게 열심히 사는 모습에서 행복을 느낀단다. 물론, 공부까지 잘하면 최고지…. 너무 과한 욕심인가?

> 사람은 누구나 좋은 유혹에 빠지기 마련이다. 욕심을 버리면 마음의 눈이 밝아진다.

승재: 사람의 욕망은 끝이 없기 때문에 가지고 싶은 것도 끝이 없이 나타납니다. 이런 욕망은 사람들의 마음을 편하게 해줄 수 있고, 새로운 지식이나 물품 등을 알 수 있게 해줍니다. 하지만 욕망이 더 커져서 욕심이 되면 사람의 눈이 어두워지고 성격이 악화합니다. 이렇게 되면 결국에는 인생을 망칠 수 있고, 사람들에게부터 인정을 받지 못하게 됩니다. 즉, 욕망은 가지되 욕심을 가지면 안 된다는 것입니다. 과한 욕심은 우리들을 지금보다 더 비참하게 만들 수 있다는 것을 명심하세요.

승철: 쉽게 넘어오는 사람이 있고 유혹에 빠져 넘어오는 사람이 있다. 이들은 TV 광고 같은 것에 빠져버려서 어쩔 수 없이 충동구매를 하게 된다. 하지만 이것을 사고자 하는 욕심을 버리면 이 돈으로 다른 데다가 쓸 수 있다. 쉽게 넘어가지 마라. 쉽게 넘어가면 결국 다친다.

생각 도우미: 놀고 싶고, 컴퓨터 하고 싶은 유혹을 뿌리칠 수 있는 강인한 정신력을 키울 필요가 있단다. 좀 더 나은 미래를 위해서는 나의 성장에 방해되는 나쁜 욕심을 버리자. 지금부터 당장….

> **자신의 소망과 행복을 담은 자기 암시를 규칙적으로 반복하면 실제 삶이 바뀐다.**

승재: "꿈은 이루어진다."라는 말이 있습니다. 정말 자신들의 꿈이 이루어질까요? 당신이 진정으로 원한다면 그 꿈은 이루어집니다. 삶 또한 그렇습니다. 당신이 진정으로 원하고 노력한다면 삶은 바뀔 수 있습니다. 삶은 다른 사람들이 대신해주는 것이 아닙니다. 나 자신이 살아가는 것입니다. 지금이라도 자신의 삶을 외쳐 보세요. 그러면 당신의 삶은 특별해질 테니까요.

승철: 자기가 원하고자 하는 바를 규칙적으로 하면 원하는 것을 얻을 수 있다. 하지만 대충 대충하면 원하던 것을 얻을 수 없다. 세상에 열심히 하지 않는다고 되는 것 없다. 뭐든지 다 열심히 해야만 하는 것이다. 매일 말로만 하고 실천하지 않는 우리들…. 마지막 기회라고 생각하고 꿈과 희망을 향해 달려가자.

생각 도우미: 꿈을 이루기 위해 기록하고 주변에 두어 스스로 되새기며, 마음속에 담아두고 간절히 원하면 꼭 이룰 수 있단다. 자신이 원하는 모든 일에 있어 꿈을 현실로 만드는 사람이 되자.

> " 내가 찡그리면 세상도 찡그리고, 내가 웃으면 모든 사람들이 웃을 수 있다. 밝은 미소…. "

승재: 실제로 지하철에서 한 남성이 만화책을 보다 웃긴 장면이 나와서 웃었는데, 다른 사람들까지 웃게 되었다는 이야기가 있습니다. 이처럼 나의 행동은 다른 사람들에게 전파됩니다. 내가 어떻게 하느냐에 따라 주변 환경과 주위 사람들의 행동이 바뀐다는 것입니다. 이 때문에 우리는 좋은 일만이 아니더라도 90% 이상을 좋은 일로 보내야 합니다. 사람의 행동, 말투, 눈빛이 다른 사람들을 행복하게 해야 한다는 말입니다. 항상 밝은 미소로 하루를 보내면 다른 사람들의 하루도 꽃필 수 있는 것입니다.

승철: 내가 싫어하는 것은 남들도 싫어하고, 내가 좋아하는 것은 남들도 좋아한다. 내가 맞는 것을 싫어하면 다른 사람들도 맞는 것을 싫어한다. 예외도 있다. 내가 싫어한다고 다른 사람이 꼭 싫어하는 것만은 아니다. 하지만 대부분 싫어하니까 이렇게 얘기하는 것이다. 남이 싫어하는 행동을 하지 말자.

생각 도우미: 세상의 모든 사물은 서로의 영향을 받아 반응한단다. 나의 좋은 생각과 행동이 두루 퍼져나가 밝은 세상으로 바뀌는 그 날까지 미소를 잃지 말자.

> " 상대를 이해하고 생각하면 모든 일이 순조롭고, 나의 마음
> 으로만 생각하면 답답하다. "

승재: 모든 일은 혼자 하는 것보다 함께 도와주는 것이 더 빨리 끝나고 더 순조롭습니다. 이것을 바로 '협동'이라고 합니다. 그런데 '협동'이란 위의 말처럼 도와준다는 의미가 정확한 의미는 아닙니다. 진짜 의미는 상대를 이해하고 생각하면서 이루는 함께하는 마음이 진정한 협동입니다. 즉, 협동은 사람들의 마음을 하나로 모으는 것을 말합니다. 이 '협동'을 하게 되면 손쉽고 빠르게 일을 끝낼 수 있습니다. 나 혼자만의 힘으로 이겨 내려 하지 말고 다른 사람의 도움을 받아보세요. 그것이 진정한 사람, 아니 성공입니다.

승철: 축구 생중계하는 TV를 보는데, 우리나라가 패스를 답답하게 하는 것을 보고 내 마음 또한 답답해질 수 있다. 내가 저 운동장에 가서 뛰고 싶은 생각이 든다. 하지만 이런 성격보다, 다른 사람을 잘 이해할 수 있는 성격이 필요하다. 잘 풀리지 않더라도 마음으로만 생각하고 표현하지 말자.

생각 도우미: 생각의 중심이 나를 위한 것인지, 상대방을 위한 것인지에 따라 다른 결과가 나올 수 있단다. 상대를 배려하고 아끼는 마음에서 상대방의 동의와 협조를 얻을 수 있는 것이란다.

2012년 3월을 마무리하며…

아직은 추운 날씨지만 너희들의 글을 정리하다 보니 마음의 따뜻함이 느껴진다. 학교에서 공부하랴, 학원가랴 시간이 부족할 텐데 열심히 따라와 줘서 고맙다. 단순히 메시지와 글을 쓰기 위한 것이 아니라, 내가 행동하고 내 생각을 발전시키기 위한 공부라고 생각하렴. 시간 되면 다시 한 번 읽어보는 습관을 가져보자.

4 월

"

힘들어도 웃고 슬퍼도 웃으면 즐거운 일이 만들어진다.

웃으면 행복은 나와 친구다.

> 너희도 공부하기 힘들 때 있지? 엄마, 아빠도 부모 하기 힘들 때가 있단다. 서로 잘하자!

승재: 세상 모든 사람들에게는 힘든 일이 한가지씩 있는 것이다. 학생들에게는 공부하는 것이 힘들 것이고, 직장인들은 회사 다니는 일이 힘들 것이고, 정치인들은 정치하는 것이 힘들 것이다. 그런데 이렇게 힘들다고 해서 포기하는 사람들이 아주 많다. 이럴 때는 지금보다 더 열심히 해야 한다. 서로 열심히 해야 한다. 서로 열심히 하는 것이 힘든 것을 이겨내는 자세이다.

승철: 우리나 부모님이나 선생님이나 힘든 건 다 똑같다. 하지만 힘들지 않은 게 있다. 우리가 잘하면 부모님은 절대 힘들지 않고, 우리가 잘하면 선생님도 절대로 힘들지 않다. 원인은 우리다. 그런데 한 명이 잘한다고 안 힘든 것은 아니다. 부모님이 잘해준다고 우리도 잘하는 것은 아니다. 선생님이 수업을 잘 가르쳐 주시는데 안 들으면 소용없는 것이다. 항상 서로 잘하자.

생각 도우미: 사람은 아무리 힘들어도 상대방이 인정해주고, 격려해주며, 잘 따라오면 행복을 느낀단다. 서로의 마음을 이해하고 상처를 주는 행동을 하지 않는 것이 상대방에게 주는 최고의 선물이란다.

> 내가 잘나고 예쁜 것은 내가 아닌 남들이 인정해주는 것이다. 혼자 잘났다고 생각 마라.

승재: 우리말에 '공주병 왕자병'이라는 말이 있다. 이는 자기가 잘났다고 생각하고 예쁘다고 생각하는 것을 말한다. 하지만 이것은 자기만의 생각이지 남들이 잘났다고, 예쁘다고 생각하는 것은 아니다. 혼자 잘났다고 생각하지 마라. 그러면 성공의 길을 막아 놓는 셈이다. 내가 아닌 남이 인정을 해줘야 진정한 인정이다. 생각을 더 넓혀서 남들도 생각하자.

승철: 미스코리아를 뽑는 것은 내가 아니라 남들이다. 회장 선거가 같은 예이다. 회장에 뽑힐 때는 내가 뛰어나서 된 것이 아니라 남들이 인정하여 뽑아주는 것이다. 자기가 잘났다고 하면 부끄러운 것이다. 이렇게 자기만 생각하는 것이 자만심이다. 자기만 생각하고 남들은 봐주지도 않는 것이다. 쉬운 말로 이기주의자이다. 나보다 잘난 사람도 있으니 잘난 척하지 말자.

생각 도우미: 남들이 인정해주는 진정한 승자가 돼야 한다. 작은 성공에 거만해지기보다는 겸손하게 받아들여 더 큰 성공의 발판으로 삼아야 한다.

> " 상상하고 말한 대로 된다. 나쁜 친구, 망할 놈이라 하지 말고 항상 좋은 말을 하자. "

승재: "말이 씨가 된다."라는 말이 있다. 이 말은 말하는 것이 사실이 된다는 말이다. 정말로 말이 현실이 될까? 사람이 말을 던지면 어떤 말을 하느냐에 따라서 상대방의 심리가 달라진다. 나쁜 말을 하면 자기는 나쁜 놈이라고 하고, 착한 말을 해주면 자기는 착한 사람이라고 생각한다. 즉, 친구나 다른 사람들에게 나쁜 말이 아닌 좋은 말을 하자.

승철: "꿈은 이루어진다."는 말이 있다. 이렇듯 꿈은 상상하면 되는 것이다. 상상하는 것은 쉽다. 하지만 상상한 것은 머릿속에서 지워버리기는 힘들다. 망할 놈이라고 하면 망할 놈이 되는 것이다. 장애인이 장애인 소리 들으면 기분이 나쁘듯이 망할 놈이 망할 놈이라고 들으면 역시 기분이 나쁘다. 입에 나쁜 말보다 좋은 말을 담아 놓으면 좋은 말만 나오는 법이다.

생각 도우미: 항상 바른 생각과 바른말을 하면 바른길로 갈 수 있다. 특히 상대방에게 좋은 얘기와 희망을 주는 대화를 많이 하면 성공으로 이끌 수도 있다. 나 또한 그 영향으로 성공하게 되는 것이다.

> " 똥에는 파리와 구더기가 모이고 꽃에는 나비와 벌들이 모인
> 다. 나를 꽃으로 만들자. "

승재: 똥을 깡패라고 하고, 꽃을 모범생이라고 하자. 깡패들의 곁에는 어떤 사람들이 있는가? 당연히 깡패 부하들이 있고 이 부하들은 모두 깡패 같은 짓만 한다. 그리고 모범생이 있다. 이 모범생 곁에는 어떤 사람들이 있는가? 모범생 친구들은 모두 공부를 열심히 하고 성실한 친구들이다. 이와 같이 똥과 꽃의 관계와 사람들 사이의 관계는 똑같다. 나를 꽃으로 만들면 나를 도와주는 나비와 벌 같은 사람들이 올 것이고, 나를 똥으로 만들면 더 귀찮게 하고 암흑으로 몰아넣는 파리와 구더기 같은 사람들이 올 것이다. 나를 꽃으로 만들자.

승철: 사람들은 파리와 구더기는 더러운 것으로 보고 나비와 벌들은 깨끗한 것으로 본다. 맞는 말이다. 자기가 꽃이 된다면 어떨까 생각해 보자. 꽃이 되면 다른 곤충들에게 먹이를 공급할 수 있고 주변 환경을 아름답게 만들 수 있다. 하지만 내가 똥이 되면 어떨까 생각해 보자. 똥이 된다면 도움을 주는 것은 파리와 구더기뿐이고 주변 환경을 아름답게 만들 수 없다. 항상 남에게 도움을 주고 주변을 깨끗하게 하자.

생각 도우미: 같은 부류의 사람들이 모이게 마련이다. 그 환경은 내가 만드는 것이다. 나를 귀하고 아름답게 치장해야 주변 환경도 좋아지듯이 나의 발전을 위해 노력하는 생활을 하자.

엄마 아빠와 두 아들의 **행복한 생각나눔**

> **무조건 열심히 한다고 다 잘되는 것은 아니다. 원리를 알고 핵심을 이해해야 한다.**

승재: 무조건 열심히 한다고 해서 다 잘되는 것은 아니다. 축구를 열심히 한다고 해서 축구 선수가 되는 것도 아니고 축구를 잘하게 되는 것도 아니다. 이유는 축구에 대한 원리, 핵심을 모르거나 이해하지 않았기 때문이다. 모든 일은 원리와 핵심이 가장 중요하다. 그 원리와 핵심을 알고 열심히 해야 목표를 이룰 수 있다. 항상 열심히 하지 마라. 그 일에 대한 정보를 알고 들어가라.

승철: 나는 매일 영어 학원에서 단어 시험을 본다. 이 영단어들을 외울 때 외우는 원리를 알고 외우는 것과 모르고 외우는 것은 차이가 엄청나게 크다. 막 외우다 보면 읽는 발음도 모르고 시험 볼 때 기억이 나지 않는다. 원리를 알고 외우는 것의 예는 발음과 함께 외우거나, 그 단어와 비슷한 쉬운 단어를 찾아 외우는 것이다. 이렇게 외우면 시험 볼 때 금방 생각이 난다. 항상 어려운 방법으로 하려 말고, 쉬운 방법을 찾아서 쉬운 것부터 풀어나가자.

생각 도우미: 공부나 운동이나 세상 모든 일들이 시간을 많이 들인다고 성과가 높은 것은 아니다. 얼마나 집중하였으며 이해를 했느냐가 더 좋은 결과를 얻을 수 있는 것이다. 한 가지를 하더라도 그 원리와 핵심을 정확하게 파악하는 연습을 하자.

> " 엄마, 아빠의 다정한 모습과 너희의 글 읽는 소리, 공부하는 모습이 가정의 행복이야. "

승재: 가정의 행복은 어떻게 해야 만드는 걸까? 바로 자신들의 역할을 잘 알고 실천해야 한다. 부모님은 부모님으로서의 역할을 하고, 자식들은 자식의 할 일을 하는 것이 행복이다. 행복이란 것은 나의 할 일을 할 때, 이루었을 때 나타난다. 가정도 마찬가지이다. 각자 자신의 할 일을 알고 열심히 하면 자신도 모르게 행복이 온다. 우리가 할 일이 무엇인지 생각하고 이를 실천하자.

승철: 위의 메시지는 화목한 가정을 말하는 것이다. 불행한 가정은 엄마, 아빠가 다정하지 않고 자녀는 글을 안 읽고 공부도 하지 않는다. 엄마, 아빠가 다정하면 우리도 보기 좋고 다른 사람들도 보기 좋다. 우리가 글을 읽고 공부하면 우리도 마음이 좋아지고 다른 사람들도 보기 좋은 것이다. 화목한 가정이 아니라면 그렇게 한번 만들어 보자.

생각 도우미: 부모님이 돈 많고 아이들이 1등 하는 가정이 최고의 가정은 아니란다. 각자 자기의 역할에 충실하고 서로 위해주는 가정이 최고로 화목한 가정의 모습이 아닐까?

> " 진정한 협력자는 일이 끝나봐야 알 수 있다. 마지막까지 남은 사람과 다음 일을 해라. "

승재: 처음에는 같이 도와주다가 중간에 힘들다고 나가버리면 이것이 진정한 협력자일까? 그렇지 않다. 진정한 협력자는 마지막까지 남아있는 사람을 말하는 것이다. 중간에 포기하는 사람은 진정한 사람이 아니다. 마지막까지 남아있는 사람이 진정한 사람이다. 포기는 자신을 벼랑으로 떨어뜨리는 것과 같다. 한번 시도를 하면 끝까지 하는 사람이 좋은 일을 얻을 수 있다.

승철: 전쟁 영화에서 보면 장군과 부하들은 협동심을 잃지 않고 자기 인생이 끝날 때까지 함께 한다. 혼자 살려는 사람은 절대로 살아나지 못한다. 여러 사람이 함께해야 이길 수 있다. 이런 말도 있다. "뭉치면 산다." 이 말이 꼭 좋은 말은 아니다. 나쁜 곳에서도 쓰인다. 대장을 따르고 다음 일을 하자.

생각 도우미: 마지막까지 함께 할 수 있는 사람이 진정한 동반자란다. 이런 친구 한 명은 꼭 사귀어 두자.

> " 행복이나 불행이나 나를 찾아오면 맞아들이고 가버리면 깨끗이 보내 마음에 두지 마라. "

승재: 행복과 불행이 오면 맞아들여야 한다. 왜냐하면, 이것이 인생이고, 인생을 살아가면서 겪어야 하는 일이기 때문이다. 보통 사람들은 불행을 싫어해서 받아들이지 않으려고 하는데 잘못 생각하는 것이다. 불행은 행복의 거름이 되어주는 것이다. 즉, 행복과 불행 중 한 가지만 받아들이면 일정하지가 않고, 진정한 행복도 찾기 어렵다. 반대로 둘 다 받아들이면 진정한 행복을 얻을 수 있는 것이다.

승철: 멋진 남자가 되려면 올 때는 받아들이고, 갈 때는 쿨하게 보내면 멋진 남자가 될 수 있다. 그리고 보내면 끝난 것이다. 머릿속에서 생각이 나지 않게 싹 다 지워버려야 한다. '쿨가이'라는 말이 있다. 올 때도 쿨 하게 오라하고, 갈 때도 쿨 하게 보내주는 사람이다. 과거는 다시 돌아오지 않는다.

생각 도우미: 행복이나 불행은 나의 생활과 행동에 의한 것이다. 지나간 과거에 연연하여 현재나 미래를 망치지 말아라. 내 인생에 있어서 하나의 과정일 뿐이다. 가끔 되돌아보고 추억에 잠기는 것으로 대신해라.

> " 매번 잘 된다는 생각은 가장 큰 욕심이다. 안될 때를 대비하고 늘 준비해야 한다. "

승재: 매번 잘 안 된다는 생각은 욕심이 많기 때문에 생기는 것이다. 욕심이 많으면 모든 일이 잘되지 않는다. 그 이유는 계속해 무언가를 해야 한다는 생각이 들기 때문이다. 이럴 때는 욕심을 가지지 말고, 늘 대비하고 준비해야 한다. 준비하는 것은 일을 할 수 있는 자세가 되어있는 것이다. 욕심은 나를 망치는 것이다. 준비는 나를 좋게 만들어 주는 것이다. 준비가 최선이다.

승철: 축구를 하다 보면 가끔 골키퍼를 하는 경우가 있다. 그런데 공이 멀리 있을 때는 공이 잘 안 올 줄 알고 패널티박스 밖으로 나왔다가 매번 먹히고 만다. 나와 있어도 막을 수 있다는 그 자만심 때문에 매번 안 되는 것이다. 항상 미래에 올 위기를 준비해 주자.

생각 도우미: 아무리 위대한 사람도 실패할 수 있다. 다만 그들은 이를 미리 알고 철저하게 준비하기 때문에 실패에서 안전할 뿐이다. 좋은 일이나 성공이 있을 때 더욱 조심하고 미래를 준비하는 사람이 되자.

> 66 엄마, 아빠는 준비된 은행이 아니란다. 너희들을 위해 아끼
> 고 절약한 돈을 쓰는 거야. 99

승재: 보통 청소년들은 일주일마다 한 번씩 부모님께 용돈을 달라고 한
다. 그리고 그 용돈을 받으면 일주일도 되지 않아서 금방 써 버린
다. 여기서 부모님은 자식들을 위한 은행이 아니다. 돈은 소중하기
때문에 부모님들 또한 머리가 아플 것이다. 그래도 우리 자식들을
위해 돈을 절약해서 용돈을 마련하신다. 우리는 항상 돈이 소중하
다고 생각해야 한다. 돈이 없으면 살 수가 없다. 우리도 언젠가 부
모님을 위해 돈을 써보자. 그리고 돈의 소중함을 깨닫자.

승철: 부모님이나 선생님들은 '내가 있을 때보다 없을 때 열심히 하라.'고
한다. 부모님들도 우리가 없을 때 열심히 하는 것이다. 엄마, 아빠
도 맛있는 것을 먹고 싶지만, 우리 먹으라고 많이 먹지 않는다. 우
리는 부모님이 있을 때만 잘하지, 계시지 않을 때는 잘하지 않는다.
언제 한번 용돈을 모아서 맛있는 것을 사드릴 것이다.

생각 도우미: 용돈이란 계획적으로 사용하는 습관과 소중함을 알아야 한
다. 무분별하게 사용하고 불필요한 곳에 사용하면 꼭 필요한 곳에
사용하지 못해 어려움에 처할 수 있다.

" 나만 짜증 난다고 생각하고 행동하지 마라. 나로 인해 더 불편한 건 내 주변 사람이다. "

승재: 항상 나만 생각하지 말자. 내 주위 사람들의 관점으로 생각하자. 아예 '나만'이라는 단어를 빼자. 짜증 난다고 화났다고 나를 위해 화풀이하지 말자. 그러면 나도 손해를 보고 주변 사람들도 손해를 본다. 즉, 나만 생각한다고 자신이 좋아지는 것은 아니다. 오히려 더 나빠지고 다른 사람들에게도 피해를 준다. 항상 생각하자. '내가 아니라 다른 사람들을 위해 내가 할 수 있는 일은 무엇인가?'라고.

승철: 내가 옛날에 말했듯이 내가 싫어하는 것은 남도 싫어하고, 내가 좋아하는 것은 남도 좋아한다. 상대방에게 싫어하는 행동을 하면 상대방에게 피해를 주는 것이랑 똑같다. 내가 불편하다고 다른 사람에게 피해를 주는 것은 나쁜 일이다. 내가 죽는다고 다른 사람까지 죽이는 것이랑 같은 것이다. 남에게 피해를 주지 말고 나 혼자만 생각하자.

생각 도우미: 살다 보면 짜증 나고, 화나는 일을 겪을 수도 있다. 이로 인해 모든 일이 귀찮고, 신경질 적이 된다. 하지만 그 화는 나뿐만 아니라 주변 사람에게 피해를 줄 수 있다. 남을 위해 조금은 화를 참아보고 운동이나, 산책 등을 통해 해소하는 방법을 찾아보자.

> " 작은 실수 하나가 내 기분과 인생을 바꿀 수도 있다. 분노
> 하지 말고 실수를 인정해라. "

승재: 사람이라면 실수는 당연히 할 수 있다. 실수가 없으면 성공하기 어
렵기 때문에 거의 대부분의 사람, 천재들도 한 번쯤 해보았을 것이
다. 그런데 실수를 인정하지 않는 몇몇 사람들이 있다. 실수를 인
정할 줄 알아야 한다. 실패 하나로 인생이 바뀔 수 있다. 실패를
인정할 줄 알면 인생을 바꿀 수 있다. 지금이라도 당장 실패를 인
정하고, 실수를 인정하고, 자신의 부족한 점을 깨달아서 미래를 대
비하자.

승철: "작은 고추가 맵다."라는 말이 있다. 큰 실수보다 작은 실수가 더
위험할 수 있는 것이다. 자기는 작다고 생각하지만, 원래는 큰 것이
다. 작은 실수던, 큰 실수던 다 같은 실수이다. 작은 실수 하나 가
지고 분노하면 큰 실수는 아주 미쳐 버릴 것이다. 기회는 다시 찾
아온다. 인정할 건 인정하고 다음에 실수하지 말자.

생각 도우미: 누구나 실수와 실패를 경험한단다. 이를 두려워 말고 다음
성공의 발판으로 삼아야 한단다. 또한, 실수를 감추기보다는 이를
떳떳이 인정하고 다시 시작하는 사람이 되자.

> **❝** 반성하는 사람은 모든 일이 약이 되고 남을 원망하는 사람
> 은 모든 생각이 독이 된다. **❞**

승재: 반성과 원망, 얼핏 들으면 큰 차이가 없는 것 같은데 사는 데는 아
주 큰 차이가 있다. 반성은 잘못을 알고 고침으로써 약이 될 수 있
지만, 원망은 남을 싫어하는 생각에 온갖 나쁜 생각이 섞이면서 독
이 될 수 있다. 그래서 반성하는 사람은 즐겁게 살 수 있지만, 남을
원망하는 사람은 나쁘게 사는 것이다. 반성과 원망. 이 중 하나는
약이 될 수 있지만 다른 하나는 독이 될 수 있다. 어느 것을 선택
할 것인가?

승철: 반성하는 사람과 원망하는 사람의 머릿속은 나 자신 말고 아무도
모른다. 하지만 안 봐도 다 알 수 있다. 표정을 보고 대부분 알 수
있다. 반성하는 의미가 있는지 없는지 다 알 수 있다. 나만 생각하
고 있다고, 남이 모를 것 같다고 생각하지 말고 표정관리를 하자.

생각 도우미: 스스로 반성하는 사람은 성장할 수 있는 기회가 많은 법이
다. 또한, 자신의 실수를 남 탓으로 돌려 원망하는 사람은 자신의
발전뿐만 아니라 다른 사람의 발전까지 막는 사람이 될 수 있단다.
반성을 통해 성장하는 사람이 되자.

> " 먼지 쌓인 거울은 사물을 잘 비추지 못하듯이 혼탁한 정신
> 으론 상대방을 알기 어렵다. "

승재: 위의 말처럼 먼지 쌓인 거울은 사물을 잘 비추지 못하듯이 혼탁한 정신으로는 상대방을 알기 어렵다. 우리는 마음에 쌓인 쓸데없는 것을 버리고, 맑은 마음으로 상대방을 알아야 한다. 상대를 알기란 마음을 비우면 가능한 것이다. 이로 인해 내가 상대를 알 수 있고 상대방도 나를 알 수 있다. 명심하라. 혼탁한 정신으로는 상대를 알 수 없다. 반대로 빈 마음으로는 상대를 쉽게 알아볼 수 있다.

승철: 내가 거울이라고 생각하고 상대방이 나를 본다고 해보자. 내가 더러우면 상대방은 나를 알아보지 못하고, 내가 깨끗하면 상대방도 나를 알아볼 수 있다. 내가 눈앞이 깜깜할 때 못 보는 것이다. 사람들은 대게 앞을 보지 뒤는 잘 보지 않는다. 앞을 보더라도 제대로 보자.

생각 도우미: 나 자신이 바르게 서야 상대방을 정확히 알 수 있다. 모든 일에 있어 항상 바른 자세와 정신으로 세상을 정확하게 보는 힘을 기르자.

> 여자는 약하지만 엄마는 강하며 엄마의 행복은 자식 사랑
> 이다. 그 사랑에 감사하자.

승재: 옛날 조선 시대 때는 '여자'라는 말이 '일을 하는 사람'이라는 뜻이
었다. 옛날 여자는 직장도 다니지 못했다. 정치도 하지 못했다. 그
리고 매일 남편에게 꾸짖음을 당했다. 그러나 지금은 어떠한가? 옛
날의 여자인가? 그렇지 않다. 지금 여자들은 모두 강하다. 그중에
서 가장 강한 것은 바로 엄마이다. 엄마는 강하기 때문에 잔소리를
할 수 있고, 엄마라는 칭호를 달 수 있는 것이다. 여기서 이 모든
것은 바로 자식에 대한 사랑이다. 매일 매일 엄마에게 감사하자.

승철: 우리는 대부분 아빠를 부르기 전에 엄마라는 말을 먼저 한다. 엄
마가 먼저 나오는 이유는 엄마가 아빠보다 우리에게 사랑을 주고
더 잘해주기 때문이다. 만약 아빠가 더 사랑을 주고 더 잘해주면
아빠라는 말이 먼저 나올 수도 있다. 우리에게 사랑을 주신 어머니
께 항상 감사하는 마음으로 살자.

생각 도우미: 부모님의 자식 사랑은 그 끝이 없지만, 특히 엄마의 자식 사
랑은 그 누구보다 크고 넓단다. 힘들고 어려워도 자식의 성장하는
모습에서 기쁨을 느끼는 것이 부모님이다. 항상 감사하는 마음으
로 살자. 말썽 피우지 말고….

> ❝ 만나는 모든 사람에게서 무엇인가를 배울 수 있는 사람이
> 세상에서 가장 현명하다. ❞

승재: 지금까지 만났던 사람들에게 무엇인가를 배운 일이 있는가? 아니면 그저 놀기만 했는가? 보통 사람들은 그저 놀기 위해서 친구를 만나는 경우가 많다. 그럼 이렇게 하면 나에게 좋은 이익을 불러들일 수 있을까? 물론 스트레스를 해소할 수 있지만, 이것은 진정한 이익이 아니다. 반대로 내가 다른 사람에게 무엇을 배우고 가면 어떨까? 이것은 내가 모르는 것을 배울 수 있기 때문에 자신에게 이익을 불러들일 수 있다. 내가 상대방에게 어떻게 하고 노력하느냐에 따라서 나의 이익이 달라진다. 다른 사람에게서 무엇인가를 배울 수 있는 사람이 되자.

승철: 위의 메시지 내용은 용감한 사람을 뜻하는 것 같다. 왜냐하면, 부끄러움을 많이 타는 사람은 잘 못 물어보지만 용감한 사람은 무엇이든지 물어보아서 배우고 익히고를 반복하기 때문이다. 세상에서 현명한 사람이 되고 싶은 사람은 많다. 그러면 용감해야 한다. 용감하지 않으면 결코 현명해지지 않는다. Brave Guys.

생각 도우미: 어린아이에게도 배울 점이 있다. 항상 배우고자 하는 자세로 타인의 장점을 자신의 것으로 만들고 단점은 자기반성의 기회로 삼는 사람이 되자.

> " 지금 하고 있는 일, 행동이 다른 사람들도 하기를 원하는
> 것이라면 그것은 의미 있는 일이다. "

승재: 사람들은 욕망이 끝이 없기 때문에 새로운 것을 좋아하고 원한다. 이처럼 우리도 새로운 일, 새로운 행동을 하면 다른 사람들도 하기를 원한다. 아니면 의미 있는 일이나 사람들에게 도움이 되는 행동도 하기를 원하는 사람들이 많다. 우리는 항상 도움과 의미 있는 일을 할 줄 알아야 한다. 사람들이 원하는 일, 도움이 되는 일, 이런 것들이 바로 의미 있는 일이다.

승철: 오늘 메시지 내용은 잘 모르겠지만 그래도 써보는 데까지 한번 써보겠다. 내가 지금 하는 일을 다른 사람들도 같이 따라 하면 중요하단 뜻이다. 내가 공부를 할 때 다른 사람들도 공부를 하면 공부는 중요하단 뜻이다. 남이 한다고 하지 말고, 남이 하는 것 중에 좋은 것이 있으면 보고 배우자.

생각 도우미: 나 자신만의 행복을 위해 사는 것보다는 타인과 함께 행복한 삶을 사는 것이 진정한 행복이란다. 지금 하는 일이 다 같이 행복한 일인지 돌아보는 자세로 생활하자.

> 내가 잘하면 말하지 않아도 주변에서 도움을 주고 내가 못하면 내 것도 지키기 어렵다.

승재: 내가 무엇인가를 잘하면 주변 사람들의 반응은 어떨까? 나를 많이 도와주고 관심을 가질 것이다. 왜냐하면, 나에게서 배우고 싶고 잘하는 것에 반했기 때문이다. 반대로 내가 무엇인가를 못하면 주변 사람들의 반응은 어떨까? 나에게 비난과 실망과 욕을 하게 될 것이고, 결국 나 자신도 지키지 못하게 될 것이다. 모든 사람들에게는 재능이라는 것이 있다. 이 재능을 잘 활용하면 무엇인가를 잘할 수 있다. 나의 재능을 알고 이득을 찾아보자.

승철: 나는 내가 생각하기에 청소를 잘한 것 같다. 하지만 내가 내 입으로 청소를 잘했다고 하면 좀 그렇다. 이럴 때 친구가 필요하다. 친구가 내가 잘한 점을 말해주면 나는 칭찬을 받을 수 있다. 다른 예로, 나와 엄마는 약속을 하였다. 그런데 내가 엄마에게 약속을 지키지 못하였다. 그렇다면 엄마도 내 약속을 안 지켜도 되는 것이다. 그러니 정직하게 살자.

생각 도우미: 나에게 일어나는 모든 결과는 나로부터 시작된다. 결과가 나쁜 것은 내가 못했기 때문이다. 스스로 잘할 때 주변의 도움도 얻을 수 있다는 것을 명심하자.

> 힘들어도 웃고 슬퍼도 웃으면 즐거운 일이 만들어진다. 웃으면 행복은 나와 친구다.

승재: "웃음은 전파된다."라는 말이 있다. 그리고 자신도 행복하게 해준다. 힘들고 슬퍼도 웃으면 즐거운 일이 찾아온다. 웃을 수 있기 때문에 즐거움이 찾아오는 법이다. 무슨 상관이 있든 없든 항상 웃으면 항상 즐거운 일이 찾아오고, 이로 인해 행복은 나와 친구가 된다.

승철: 모든 일을 할 때에도 웃으면서 하면 좋은 일, 재미있는 일이 되고 얼굴을 찡그리거나 대충 일을 하면 일이 싫어진다. 웃으면 기분이 좋아진다. 웃을 때 기분이 나빠지는 사람은 아마도 없을 것이다. 웃음은 나도 행복하게 만들고 다른 사람도 행복하게 만든다. 항상 웃자.

생각 도우미: 웃음은 성공을 불러들이는 마술이 있단다. 항상 웃음이 가득한 생활을 하자.

> " 밥하고 빨래하고 청소하는 것이 엄마의 행복일까? 엄마의
> 행복을 위해 내가 할 일은? "

승재: 위의 말처럼 밥하고 빨래하고 청소하는 것이 엄마의 행복일까? 이
것은 사람들의 생각마다 다르다. 행복한 사람도 있고 나쁜 사람도
있을 것이다. 그러면 이와 상관없이 우리가 엄마에게 해줄 수 있는
것은? 바로 효도이다. 밥하는 것을 돕고 빨래를 돕고 청소를 도와
주는 것이다. 이때 무엇을 바라고 도와주는 것은 효도가 아니다.
엄마를 진정으로 도와주고자 하는 마음이 효도이다. 진정으로 부
모님을 사랑하자.

승철: 며칠 있으면 시험이다. 엄마를 기쁘게 해드리는 방법은 효도, 공부
잘하기 등등 많이 있다. 하지만 엄마가 우리보다 하는 일이 더 많
다. 더 많으면 많을수록 우리가 할 일을 우리는 더욱더 잘해야 한
다. 엄마가 지금까지 우리에게 준 것을 우리는 그것을 갚아주자.

생각 도우미: 부모님을 위해 내가 할 수 있는 것은 지금의 자리에서 최선
을 다하는 것이다. 부모님은 큰 것을 바라지 않는다. 작은 것에서
행복을 느끼는 것이 부모님이다.

2012년 4월을 마무리하며…

        생명의 신비를 가득 담은 온갖 생물들이 요동치는 봄날에 우리들의 마음과 희망에 씨앗을 뿌리는 한 달이 마무리되었구나. 지금의 노력이 가을에 결실로 다가온다는 것을 명심하고, 특히 나를 위해 노력하는 부모님과 선생님, 주위 분들에게 감사하는 5월을 맞이했으면 한다. 늘 파이팅!

5 월

"

책을 소리 내어 읽으면 발음이 좋아지고 발표력이 향상된다.

소리 내어 읽는 습관을….

> " 타인과의 생각이 틀린 것이 아니라 다른 것이다. 서로 다름
> 을 이해하며 함께 성장하자. "

승재: 타인과 나의 생각이 맞지 않다고, 틀린 말을 하지 말라고 그러는데 이것은 올바른 행동이 아니다. 단지 타인과 나의 생각이 다를 뿐이다. 항상 나의 생각이 옳다고 생각하면 안 된다. 나와 타인의 다른 점을 비교하여 차이점을 알아내고 이해하는 것이 맞다. 그리고 항상 타인의 생각을 존중하고 귀 기울여 들어야 한다. 사람은 지식, 경험이 다르기 때문에 생각하는 것도 다르다. 그러니 나의 의견만 존중하지 말고, 타인과의 차이를 알아가면서 성장하자.

승철: '틀리다'와 '다르다'의 뜻은 완전히 반대다. 나도 이 단어들의 뜻은 잘 모르지만 일단 아는 대로 말하자면, 틀린 것은 나 자신이 틀린 것이고 다르다는 남과 비교할 때 쓰는 말이다. 남과 비교할 때 물론 '틀리다'는 말도 맞긴 맞다. 하지만 '다르다'가 더 적합한 것이다. 우리 말을 이해하자.

생각 도우미: 습관적으로 "틀렸는데요."라고 사람들은 말을 한다. 서로의 생각이 조금 다를 뿐이다. '틀리다'는 부정적인 생각과 말을 버리고, '다르다'는 이해를 바탕으로 상대의 진심을 알기 위해 노력하는 사람이 되자.

> **"** 시험은 나를 힘들게 괴롭히는 것이 아닌 그동안 갈고 닦은
> 내 실력을 뽐내는 것이다. **"**

승재: "시험은 나에게 무엇인가?"라고 말하면 대부분은 힘들고 괴롭히는
　　것이라고 한다. 정말 그럴까? 나의 생각으로는 힘들다고 생각하면
　　정말 힘든 것이고 실력을 뽐내는 것이라고 생각하면 정말 실력을
　　뽐낼 수 있다고 생각한다. 물론 시험기간이 되면 공부해야 하고 긴
　　장감도 오고 스트레스를 받게 된다. 이럴 때는 시험을 즐겁게 생각
　　하자. 그러면 공부도 재미있어진다. 아니면 생생하게 나의 꿈을 상
　　상해보자. 아주 절실하게, 그리고선 노력하자. 나를 위해서…

승철: 시험은 누가 만들었을까? 시험은 필요도 없는데 누가 만들었을까?
　　나도 모른다. 그저 시험은 나를 귀찮게 만드는 것이다. 하지만 이를
　　긍정적으로 생각하면 나는 시험을 치기 위해 엄청난 공부를 한 것
　　이다. 그런데 만약 시험이 없어진다면 그렇게 공부한 것이 헛수고
　　가 되고 만다. 시험이 있을 때 내 것을 자랑해야 한다.

생각 도우미: 시험에 대한 막연한 두려움과 긴장감이 오는 것은 사실이지
　　만 이를 극복해야 한다. 방법은 단 하나 '최선을 다하는 것'이다. 준
　　비를 충분히 하면 두려울 것이 없는 것이 아닐까?

> 66 못났다고 걱정하지 마라. 어두운 방을 밝히는 데 필요한 것
> 은 작은 양초 하나면 충분하다. 99

승재: 세계에는 못생겼다고 재능이 없다고 걱정하는 사람들이 많다. 그
러나 재능이라는 것은 누구나 가지고 있다. 단지 그것을 찾지 못
하면 실패를 할 뿐이다. 못났다고 걱정하지 마라. 하늘이 무너져도
솟아날 구멍이 있는 법, 내 몸속에 작은 희망이 있을 것이다. 항상
노력하자.

승철: 오늘 메시지는 내가 생각하기에 앞뒤가 잘 맞지 않는 것 같다. 그
래서 메시지를 쓰기가 어렵다.

생각 도우미: 작은 양초는 화려한 조명보다 초라해 보이지만, 방을 밝히
는 것은 똑같다. 자신의 외모나 재능 등이 부족해 보일지라도 세상
에서 필요한 사람이므로 자신감을 가지고 열심히 살아가야 한다.

> " 책을 소리 내어 읽으면 발음이 좋아지고 발표력이 향상된
> 다. 소리 내어 읽는 습관을…. "

승재: 책을 소리 내어 읽으면 어떤 점이 좋을까? 우선 책을 재미있게 볼 수 있고 발음도 향상될 수 있다. 물론 마음속으로 읽는 것도 좋은 방법이지만 지루할 수 있고 답답할 수도 있다. 하지만 소리 내서 읽는 것은 다르다. 자신감이 생기고 더 흥미롭게 읽을 수 있다. 옛날 우리 조상들도 책을 거의 소리 내서 읽었고, 그것도 아주 큰 소리로 독창을 했다. 이처럼 소리 내서 읽기는 기억력도 상승시켜 준다는 것을 알 수 있다. 책은 마음속으로 읽어도 좋지만, 소리가 더 좋은 것이다. 소리 내어 읽는 습관을 기르자.

승철: 우리 반에 선생님께서 책을 읽으라고 시키실 때 잘 읽지 못하는 애가 있다. 나는 항상 답답하다. 아마 그 아이는 책을 많이 보지 않았을 것이다. 그 아이에게 책을 읽으라고 말하고 싶지만, 말을 잘 듣지 않을 것 같다. 말하는 것의 근원은 책이다.

생각 도우미: 옛날 서당에서는 큰 소리로 책을 읽게 하였다. 공부하는 학당이라는 효과를 기대하기도 했겠지만, 소리 내어 읽는다는 것은 학습에 도움이 되지 않았을까? 소리 내어 읽는 것은 눈과 귀와 입이 한 번에 공부하는 것으로 매우 좋은 학습 방법이다. 가끔은 소리 내어 책을 읽어 보자.

> " 한 문장을 읽을 때 띄어 읽지 못하면 다른 내용이 전달되듯
> 띄어쓰기는 꼭 필요하다. "

승재: 띄어쓰기는 가장 중요한 것이다. 띄어쓰기를 잘하지 못하면 나의 생각과 전혀 다른 내용이 전달된다. 이 띄어쓰기 하나를 잘못해서 시험, 면접 등에서 떨어질 수도 있다. 우리는 한국인이기에 띄어쓰기를 틀리면 안 된다. 띄어쓰기가 별거 아니라고 생각하지만, 띄어쓰기 하나로 인생이 달라질 수도 있다. 한국인에게 기본인 국어. 우리 말을 먼저 짚고 넘어가자.

승철: 이런 경우는 매우 많다. 나도 띄어쓰기를 자주 하지 않는다. 그러나 다른 사람에게 내용을 전달할 때는 띄어쓰기를 잘해야 한다. 띄어쓰기를 잘하는 방법? 그런 건 없다. 내가 수준이 높으면 어떻게 하는지 잘 알 것이다. 띄어쓰기를 안 해서 괜히 혼나지 말고 잘 좀 하자.

생각 도우미: 한 문장을 만들기 위해서는 많은 생각이 필요하지만, 특히 정확한 전달을 위해서는 어법에 맞는 단어와 띄어쓰기, 쉼표 등 많은 것이 필요하다. 이는 많은 글쓰기 연습을 통해 완성된다. 많은 시간을 활용해 글쓰기를 연습하는 것이 필요하지 않을까?

> 66 훌륭한 사람에게는 배울 점이 많기 때문에 성공한 사람의
> 자서전을 많이 읽어라. 99

승재: 훌륭한 사람에게는 공통점이 있다. 그것은 배울 점이 많다는 것이다. 이 때문에 일반 책도 많이 봐야 하지만 성공한 사람의 자서전도 볼 필요가 있다. 그 안에는 내가 배울 말이 많이 나와 있다. 그리고 지은이의 어릴 적 형편, 노력 과정들도 나와 있다. 사람은 혼자 쉽게 살아갈 수 없다. 때로는 도움을 받아야 하고 도움을 주어야 한다. 이처럼 성공한 사람의 자서전은 나에게 도움이 된다. 자서전을 읽고 많이 변하기를….

승철: 성공한 사람들은 어떻게 성공했을까? 책을 읽고 안 것을 깨달았기 때문이다. 성공한 사람들도 성공한 사람의 책을 읽은 것이다. 우리도 성공하고 싶으면 위대한 영웅의 책을 읽자. 책 읽는 것을 싫어한다면 책을 즐겁게 읽을 수 있도록 노력하자.

생각 도우미: 자서전을 통해 내가 직접 경험하지 못한, 성공한 사람의 습성과 생각을 알 수 있는 것이다. 성공하는 사람은 평범한 사람과는 조금이라도 특별한 것이 있고, 그 특별한 것을 내 것으로 만드는 것이 성공으로 이끄는 지름길이 될 수 있다. 책과 가까운 친구가 되라.

> " 항상 좋은 생각과 좋은 모습만 보며 미래를 꿈꾼다면 성공
> 적인 삶을 살 수 있단다. "

승재: 성공한 사람들을 보면 실패는 많이 했지만, 생각은 항상 좋은 생각과 좋은 모습을 봤다는 것이다. 그럼 항상 좋은 생각과 항상 좋은 모습을 보면 뭐가 좋을까? 우선 자신의 기분도 좋아진다. 다음은 일이 쉽게 풀리고 일이 즐거워진다. 이처럼 좋은 생각, 좋은 모습을 보는 것은 성공적인 삶의 실마리가 된다. 항상 좋게 생각해라. 그리고 좋게 보아라. 자신의 생활 모습이 확 달라질 수 있다.

승철: 모든 사람들은 행복한 삶을 원한다. 행복한 삶을 가지는 것은 어려운 것이 아니다. 가족이 화목한 삶을 가지는 것은 어려운 것이 아니다. 가족이 화목하고 다정하면 된다. 그리고 항상 좋은 것만 생각하고 꿈을 위해 노력하면 행복한 삶을 살 수 있다. 좋은 미래를 꿈꾸고 행복한 삶을 누리자.

생각 도우미: 생각은 행동을 지배하고, 행동은 습관을 지배하며, 습관은 성공으로 가는 지름길이란다. 좋은 생각과 큰 꿈을 지니고 그를 향해 날마다 노력하는 생활을 하길 바란다.

> " 행복이 성적순은 아니지만, 행복으로 가는 지름길이다. 단, 공부의 노예는 되지 마라. "

승재: 우리가 태어나서 죽을 때까지 철석같이 붙어 다니는 공부라는 것이 있다. 그럼 공부를 잘하면 행복해질까? 꼭 그렇지만은 않다. 공부를 못해도, 공부를 하지 않아도 행복해질 수 있다. 단지 공부를 잘하면 행복해지기 유리할 뿐이다. 공부가 인생의 전부는 아니다. 세계에서 유명한 에디슨, 처칠, 아인슈타인 등의 학자들도 학생 시절 가난해서 공부를 못했거나 학교에서 쫓겨나기도 했다. 하지만 그들은 훗날 최고의 사람이 되었다. 어떻게? 이유는 간단하다. 공부의 노예가 되지 않았기 때문이다.

승철: 요즘은 세상이 변해서 공부를 못해도 기술만 좋으면 취업하는 사람들이 많이 있다. 하지만 공부를 못하고 기술도 없으면 취직하기 어렵다. 공부를 잘해야지 취직할 수 있는 확률이 높아진다. 공부를 너무 많이 하는 것도 좋지 않기 때문에 공부만 하는 공부 빠돌이가 되지 말자.

생각 도우미: 성적을 올리기 위해 공부하는 것이 아니라 공부는 나의 미래를 위한 씨앗 뿌리기라는 것을 알아야 한다. 공부라는 씨앗을 뿌리지 않으면 성공과 성취, 행복이라는 수확을 거둘 수 없기 때문이란다. 공부를 위한 공부가 아닌 나의 미래를 위해, 오늘도 파이팅!

> " 부족하고 잘나지 못하면 그 누구라도 도움을 줄 수 없다.
> 최고가 되도록 노력해라. "

승재: 자신이 부족하고 잘나지 못하면 상대방에게 도움을 줄 수 있을까? 정답은, 도움을 줄 수 없다. 이렇게 되면 오히려 상대방에게 도움을 받고 살아야 한다. 그럼 반대로 자신이 최고가 되면 어떨까? 이런 경우에는 상대방에게 도움을 줄 수 있다. 즉, 우리는 최고가 되기 위해서 노력해야 한다. 그럼 최고가 되기 위해서는 어떻게 해야 할까? 1960년대까지도 남에게 얻어먹고 살던 우리나라가 지금은 다른 나라를 먹이는 나라가 됐다. 우리나라처럼 우리는 절망하지 않고 최선을 다해야 한다.

승철: 왕따를 알아주는 사람을 별로 많지 않다. 주변에서 왕따에게 도움을 주지 않고 관심조차도 주지 않았기 때문이다. 하지만 최고가 되면 주변에서 관심도 주고 도와주기도 한다. 항상 최고가 되도록 노력하자.

생각 도우미: 내가 최고일 때 남들도 나를 인정해주고 나를 위해 헌신하는 것이란다. 나를 통해 자신이 배울 점이 있기 때문이다. 최고가 된다는 것은 나뿐만 아니라 주변 사람에게 많은 것을 베풀 수 있기에 항상 노력을 통해 최고가 되자.

> **❝** 부족해 보이고 건방진 사람도 진심으로 대해라. 진심은 상 대방을 허무는 도구이다. **❞**

승재: 부족해 보인다고, 건방져 보인다고, 장애인이라고 진심을 다하지 않는다면 이것은 '차별'입니다. 우리는 모든 사람들에게 진심을 다 해야 합니다. "진심이 사람을 바꾼다."라는 말이 있습니다. 아무리 나쁜 사람이라도 우리들의 진심은 이기지 못합니다. '진심'은 우리 가 사람들에게 쓸 수 있는 굉장히 큰 무기입니다. 상대에게 진심을 보여준다면 상대도 역시 진심으로 대할 것입니다. 항상 진심 있는 마음으로 삽시다.

승철: 부족해 보이고 건방진 사람들도 성공이 가능한 사람들이다. 성공 한 사람만 잘 대해주지 말고 다른 사람들도 잘 대해주도록 하자. 차별하지 말고 다른 사람들도 잘 대해주도록 하자. 차별하지 말자 는 소리다. 성공한 사람과 실패한 사람 모두 같은 사람이므로 같게 대해야 한다.

생각 도우미: 진심은 모든 것을 얻을 수 있다. 꼭 명심하길 바란다.

> " 나이와 경륜은 훈장이 아니다. 이해하고 또 이해하면 그 사람도 내 마음을 이해한다. "

승재: 나이와 경륜은 훈장이 아니다. 이해하고 또 이해하면 그 사람도 내 마음을 이해한다. (메시지만 썼네?)

승철: 나이와 경륜은 훈장이 아니다. 이해하고 또 이해하면 그 사람도 내 마음을 이해한다. (똑같이 메시지만 적었네. 내용이 힘들었나?)

생각 도우미: 선배라고, 어른이라고, 부모라고 다 최고라는 생각을 버려야 한다. 부족하지만 상대방을 이해하고 그와 한마음이 되면 그 마음을 이해하고 그도 내 마음과 진심을 받아들인단다.

> " 행복한 결과를 얻기 위해서는 서로 협력해야 한다. 나보다
> 부족한 사람에게 더 잘하자. "

승재: 행복은 자신의 노력에 따라옵니다. 그리고 상품, 선물 등도 같이 따라오죠. 여기서 행복은 혼자보다는 같이 협력하는 것이 더 효과적입니다. 협력을 하면 행복이 더 빨리 오고 더 오래 행복을 유지할 수 있t습니다. 그런 행복을 얻으면 어떻게 해야 할까요? 행복을 얻었다면 나보다 부족한 사람들에게 기부하세요. 그러면 더 많은 행복이 찾아올 수 있습니다. 행복은 함께 나누는 것이 가장 좋은 방법입니다. 행복으로 기부천사가 되어 보세요.

승철: 체육대회 때 축구는 우승할 것 같은데 농구는 못할 것 같다. 그러면 부족한 농구에다가 잘하는 사람과 호흡이 척척 맞는 사람을 둬서 이기고자 하는 것이 중요하다. 잘하는 것엔 연습을 덜 하고 남은 시간에 못하는 것을 보충하자.

생각 도우미: 나보다 잘난 사람에게 잘하는 것은 '아부'이고 나보다 부족한 사람에게 잘하는 것은 '사랑'이다. 사랑은 베풀면 두 배로 나에게 돌아온다. 물론 받기 위해 베푸는 사랑은 사랑이 아니다. 조건 없는 사랑을 베풀자.

> 열심히 하는 것보다 즐기면서 하는 것이 더 효과적이다. 긴장하지 말고 즐겨보렴.

승재: 열심히 하는 것과 즐기면서 하는 것은 무엇이 다를까요? 열심히 하면 머릿속에 온갖 생각이 맴돕니다. 즐기면서 하면 아무 생각도 나지 않고, 마냥 즐겁다는 생각밖에 들지 않습니다. 그리고 스트레스가 풀립니다. 긴장은 금물! 모든 일은 즐기면서 하는 것이 가장 효과적입니다. 오히려 즐기면서 하는 것이 더 잘 될 수도 있겠네요. 즐기는 것은 최선을 다하는 것입니다. 즐깁시다!

승철: 오히려 열심히 하는 것보다 즐기는 것이 경기에서 이기는 방법이 된다. 하지만 무조건 이기려고 열심히 하는 사람들이 더 많다. 지더라도 즐기고 짜증을 내면 안 되는 것이다. 다른 종목도 남았기 때문에 즐기면서 해도 상관없다.

생각 도우미: 내가 좋아하는 일을 하다 보면 금방 시간이 지나가고 억지로 하는 일은 길게 느껴진다. 모든 일을 할 때 그 일에 흥미와 재미를 느끼고 하는 것이 더 효과적이다. 물론 하기 싫은 일도 있을 수 있다. 어차피 해야 할 일이라면 즐기며 하자.

> " 몸만 크다고 다 어른이 아니다. 몸과 마음이 함께 성장해야
> 완전한 어른이 된다. "

승재: 요즘 청소년들은 자신들이 다 컸다고 생각하고 집을 나가서 외박
하거나 부모님께 반항을 하며 자기가 알아서 판단해서 생활하고 있
다. 우리들은 아직 어른이 아니다. 몸과 마음이 어른이 되려고 조
금 바뀌었을 뿐 아직 완전한 어른이 되지 않았다. 내가 미국에 갔
다고 미국 사람인가? 아니다. 영어를 잘하고 국적을 바꿔야만 미국
사람이다. 이처럼 우리는 한 부분만 아니라 모든 면을 생각해야 한
다. 몸이 컸다고 어른이 아니다. 어른은 몸과 마음이 함께 성장한
것이다.

승철: 해외에 나가면 덩치 큰 사람들이 아주 많이 있다. 그중에서 성인인
사람은 별로 되지 않는다. 어른이 되면 마음가짐이 변하고 어떤 사
람은 성격까지도 변하곤 한다. 사춘기가 지났으니 다 컸다고 생각
하지만, 아직 부모님에 비하면 어린 것이다. 다 컸다고 자랑하지 말
고 마음도 변해보고 말과 행동도 변해보자.

생각 도우미: 나이가 많다고 어른이 아니다. 키가 크다고 어른은 더욱 아
니다. 생각과 사회에 대한 책임감을 다 할 수 있을 때만이 진정한
어른이라고 할 수 있다. 자신의 일에 책임을 다할 수 있는 그때까지
는 좀 더 배우는 자세를 가져라.

> **기쁨과 괴로움의 교차! 신용카드와 봉급명세서, 성적표 등. 무엇을 올리고 내릴까?**

승재: 메시지 오지 않음.

승철: 기록 없음.

생각 도우미: 보냈는데 받지 못했다니 어쩔 수 없지…. 내가 노력한 만큼 내가 받을 수 있는 것이 많아지고, 내가 아낀 만큼 지출해야 할 부분이 적어지는 것이다. 아무것도 하지 않고 성적이나 봉급이 오르기를 바란다는 것은 요행을 바라는 것이다. 노력하자.

> " 바다같이 모든 것을 품고 태양처럼 세상을 비추며 공기처럼 나누어주는 인생을 살자. "

승재: 우리가 살아가면서 꼭 필요한 것은 바다, 태양, 공기이다. 위에서 바다같이 모든 것을 품고 태양처럼 세상을 비추고 공기처럼 나누어 살자고 했는데 이것은 무슨 말일까? 바다같이 품는다는 것은 바다가 많은 어류를 품고 있듯이 많은 지식을 깨닫고, 그 지식으로 태양처럼 세상을 놀라게 해 훌륭한 사람이 되어, 공기가 숨을 쉬게 해주듯이 불편한 사람들을 돕는 삶을 살라는 얘기다. 삶은 내가 만든다. 최선을 다하자.

승철: 아주 옛날에는 만물의 근원을 물이라고 생각하는 사람들이 많았다. 바다는 물을 공급해주고 물속에 사는 생물들을 살려내기도 하는 역할을 한다. 세상에 태양이 없으면 밝지 않을 것이고 식물들이 자라지 못한다. 공기가 없으면 숨을 쉬지 못한다. 남들에게 베풀면서 살자.

생각 도우미: 바다는 생명의 근원이면서 세상의 모든 것을 아무런 조건 없이 받아들여 정화하는 능력을 가지고 있다. 태양이나 공기는 세상에 꼭 필요하지만 누구나 자유롭게 이용할 수 있다. 우리들도 세상에 꼭 필요한 사람이 되도록 항상 노력하는 삶을 살자.

> " 남의 손을 씻어주다 보면 내 손도 깨끗해지듯이 남을 위한 일은 결국 나를 위한 일이다. "

승재: 남의 손을 씻어주면 내 손도 깨끗해진다. 남을 도와주면 나도 행복하고 이득이 온다. 이처럼 남들에게 주는 도움은 결국 나를 도와주는 일과 같은 것이다. 즉, 우리는 나만을 생각하지 말고 남도 생각해주어야 한다. 남을 생각해주는 삶은 곧 나를 생각해주는 삶이기 때문이다. 삶을 베풀면서 사는 사람이 진정한 삶을 사는 것이다. 남을 도와주자.

승철: 반대로 말하면 남이 내 손을 씻다 보면 남의 손도 깨끗해진다. 남이 내 일을 한 것처럼 좋은 것이다. 내가 하는 일은 남을 위한 것이고 남이 한 일은 나를 위한 것이다. 나에게 전혀 도움이 오지 않는다고 뭐라 말고 나에게도 좋은 점이 있으니 감사하게 생각하자.

생각 도우미: 남을 도와주고 이해하며 배려하는 것은 나 자신에게도 큰 도움이 된다. 한 것 이상으로 돌아오는 것이 자연의 이치이다. 아무것도 하지 않고 받기만을 바라는 사람이 세상에서 제일 어리석은 사람이라는 것을 알자.

> 바다와 육지는 경계가 있지만, 하늘은 구분이 없다. 서로 하늘같이 한마음이 되자.

승재: 하늘에는 사람이 살지 않지만, 경계선이 없다. 하늘에는 길이 없지만, 하늘을 통해 여러 나라를 방문할 수 있다. 하늘은 새가 날아다니지만 아주 평화롭다. 이처럼 우리는 하늘같이 한마음으로 살아가야 한다. 우리나라 사람이든 북한 사람이든 모두 한민족이고 같은 핏줄이기 때문에 한마음으로 살아가야 한다. 더 나아가 아시아, 유럽 사람들까지도 모두 한마음이 될 수 있다. 하늘에서 하나님이 모든 나라를 지켜보듯이 우리들도 한마음이 되자.

승철: 바다는 물이 있고 육지에는 모래, 흙, 돌 등이 있다. 딱 봐도 구별이 된다. 하지만 하늘은 우주를 들어가기 전까지가 모두 하늘이다. 하늘과 구분되는 곳은 없다. 우리도 구분하지 말고 살아가자.

생각 도우미: 바다, 땅, 하늘은 모두 하나로 연결되어 있다. 눈으로 보이는 경계가 있을 뿐이다. 특히 하늘은 눈으로 보이는 경계를 찾을 수가 없다. 우리들도 이 지구를 전부 덮고 있는 하늘처럼 큰마음으로 하나가 되도록 하자.

> 66 재능은 다르다. 잘 활용하면 이득을 얻을 수 있고 서로 시
> 기하면 위험에 처한다. 99

승재: 모든 사람들은 재능을 가지고 있다. 하지만 이 사람들 중 성공을 못
하는 사람들이 있다. 이유는 무엇일까? 바로 자신만의 재능을 잘 활
용하지 못했기 때문이다. 재능은 남이 찾아주는 것이 아닌 자신이
찾는 것이고 자신이 활용하는 것이다. 자신만의 재능을 잘 활용한다
면 이득을 얻을 수 있고, 이것을 상대방과 서로 시기하면 오히려 위
기에 빠질 것이다. 재능은 발전시키라고 있는 것이지 다른 사람과 시
기하라고 있는 것이 아니다. 항상 재능을 내 것으로 간직하자!

승철: 사람마다 하나의 재능은 다 가지고 있다. 재능은 있지만 어떻게 활
용하는지를 잘 모르면 아무 의미가 없는 것이다. 나의 재능이 축
구이면 축구를 열심히 해서 선수가 될 수도 있고, 축구를 찾지 못
하면 다른 잘하는 것이 없다. 재능을 발견하지 못했으면 찾아서 잘
활용해보자.

생각 도우미: 사람마다 다른 재능을 가지고 있다. 자신의 재능을 모르거
나, 남의 재능을 따라 하는 것은 발전에 도움이 안 된다. 또한, 남
의 재능을 시기하여 상대의 성장을 가로막는 행동을 한다면 이는
큰 불행이 될 수 있다. 나의 재능을 발전시키고 남의 재능이 발전
하도록 도움을 주는 사람이 되자.

2012년 5월 30일 수요일

> 1등만 기억하고 우대받는다고 불평하지 마라. 내가 1등이
> 되거나 최선을 다하면 된다.

승재: 1등만 기억하고 우대받는다고 불평하는 사람들이 있다. 뭐, 보통 사람들이나 아깝게 2등을 한 사람들은 그럴 수 있을 것이다. 만약 우리가 지금보다 열심히 한다면 1등을 할 수 있을까? 당연한 말이 다. 우리가 노력하고 최선을 다하면 1등을 할 수 있다. 즉, 1등이 부러우면 우리 자신이 1등을 하면 된다. 항상 1등 하는 자신의 모습을 상상하라. 그리고 노력하라. 1등은 쉽게 되는 것이 아니다. 위의 말처럼 노력으로 이루어지는 것이다. 그러니 1등을 불평하게 생각하지 마라. 오히려 1등을 하지 못한 나를 반성하라. 나의 부족한 점을 깨달아라. 이것이 나를 1등을 만들어 줄 수 있다.

승철: 세상은 1등을 중심으로 간다. 이런 말도 있다. '1등만 기억하는 이 거지같은 나라', 맞는 말이다. 국보도 보면 국보 1호는 잘 알지만 2호를 아는 사람은 별로 많지 않다. 하지만 나를 기억하게 하고 싶으면 내가 1등이 되면 되는 것이다.

생각 도우미: 최선의 노력도 하지 않고 남을 시기하는 것은 발전에 도움이 안 된다. 1등이 기억되고 칭찬받는 것은 당연한 것이다. 그들의 노력과 수고에 박수를 보내고 나를 돌아보아 부족한 부분에 더 많은 노력을 기울여 1등의 자리에 당당히 서자.

> " 내 것이 영원하다고 생각 마라. 내 노력과 주변의 도움이 사라지면 한순간에 없어진다. "

승재: 내 것이 영원하다고 생각하지 마라. 오히려 그런 생각이 내 것을 잃을 수도 있다. 아니, 내 것은 영원할 수 없다. 물론 자신의 노력으로 내 것을 만들었지만, 인생은 만남이 있으면 헤어지는 법이고, 기쁨이 있으면 슬픔이 있는 법이고, 내 것이 돌아오면 떠나가는 법이기 때문에 내 것은 영원할 수 없다. 그렇다고 내 것을 만들지 말라는 것은 아니다. 내 것을 만듦으로 나의 위상이 높아지고, 사람들의 귀에 남게 되고, 내가 자랑스러워지기 때문에 내 것으로 만드는 것은 좋은 일이다. 내 것은 내가 만들고 내가 버리는 것이다.

승철: 우리나라와 북한이랑 싸우면 누가 이길까? 그건 모른다. 싸워봐야지 아는 것이다. 우리나라는 미국이 조금씩 도와주기도 한다. 하지만 미국이 우리를 도와주지 않는다면 우리나라는 힘도 약해지고 한순간에 없어진다. 이럴 때를 위해 노력해야 한다.

생각 도우미: 내가 가지고 있는 모든 것은 나의 노력과 주변의 도움으로 이루어진 것이다. 한순간이라도 방심하거나 소홀히 한다면 연기처럼 사라질 수 있다. 내 것을 지키는 유일한 방법은 꾸준히 노력하여 기초를 튼튼히 하는 것이다. 오늘도 파이팅!

2012년 5월을 마무리하며…

　　　　　행복과 불행은 내가 만드는 것이며, 배려와 용서는 세상을 따뜻하게 만드는 원천이다. 내가 이 자리에 있기까지 도움을 주신 분과 소중한 시간을 보냈는지 궁금하구나. 항상 감사하는 마음으로 나 자신을 오늘보다 발전된 내일이 될 수 있도록 노력하는 생활을 습관화하자.

6 월

"

행복이란…
파란 하늘이 푸르다고 느끼는 것만큼 단순하다.
오늘도 행복한 하루.

> 66 무엇인가 누군가에게 나의 열정을 다하는 것은 아름답다.
> 가까운 사람들의 이해 속에. 99

승재: 누군가에게 나의 열정을 다하는 것은 정말 좋은 일이다. 그런데 여기서 '누군가에게'가 중요하다. 어떤 사람에게 나의 열정을 다하느냐에 따라 결과가 달라지기 때문이다. 좋은 방법은 나를 잘 알고 가까이 사는 사람들에게 하는 것이 효과적이다. 우선 나를 잘 알고 믿는 사람은 칭찬을 잘해줄 수 있기 때문이다. 열정은 좋은 것이지만 모르는 사람들한테 하면 해가 될 수도 있다. 즉, 내가 잘 아는 사람, 믿는 사람에게 나의 열정을 나눠주자. 더 수월하게 열정을 줄 수 있다.

승철: 메시지 내용을 모르겠음.

생각 도우미: 자신의 열정을 쏟아 붓는다는 것은 좋은 것이다. 하지만 그 열정으로 인해 가까운 사람들이나 타인에게 피해와 실망을 주어서는 안 된다. 모두가 행복하고 희망하며 서로의 성장에 도움이 되는 열정이 최고의 열정이다.

> " 내가 파란 마음이면 가족과 친구들이 파란 마음이 된다. 세
> 상 시작은 내 마음부터다. "

승재: 한 사람이 웃기 시작하면 다른 사람들과 다 같이 웃게 된다. 이와
똑같이 내 마음이 파란 마음이면 가족과 친구들도 파란 마음이 된
다. 세상의 전파는 모두 한 사람으로부터 시작된다. 우리나라의 경
제성장 또한 마찬가지이다. 이처럼 시작은 한 사람에 불과하지만,
시간이 점점 흐르면 모든 사람이 함께할 수 있다. 즉, 나부터 실천
하는 삶을 살아야 한다는 것이다. 나부터 실천한다면 다른 사람들
도 같이 따라 한다. 세상은 나의 마음부터 시작된다.

승철: 나의 일은 내가 결정하는 것이다. 내가 마음을 사로잡아야지 남들
도 나를 도와준다. 바른 마음을 가져야지 남들도 바른 마음을 가
지고 도와주게 되는 것이다. 붉은 마음이 되면 속이 타오르는 것이
다. 검은 마음이면 마음이 나쁘다는 것을 알 수 있다. 항상 나부터
파란 마음을 가지고 살자.

생각 도우미: 세상의 중심은 나부터 시작한다. 내 마음과 행동이 올바르
면 세상은 밝은 세상이 될 수 있다. 항상 좋은 생각과 올바른 행동
으로 세상을 변화시키는 사람이 되자.

> " 남을 돕는 것은 일을 도와주는 것뿐 아니라 따뜻한 말 한마디도 도움을 줄 수 있다. "

승재: 도움이 무조건 일을 도와주는 것일까? 그렇지 않다. 도움은 몸이 아닌 말로도 줄 수 있다. 격려나 칭찬을 해주거나 위로하는 말 등이다. 이렇게 말로 칭찬을 하는 것도 상대에게 도움을 줄 수 있다. 나는 상대방에게 가장 큰 도움을 주는 것이 말이라고 생각한다. 말로 인해 상대방에게 아주 큰 용기를 줄 수 있기 때문이다. 비록 말이지만 훗날 작은 말이 큰 말이 될 수 있다. 항상 상대에게 좋은 말을 해주자.

승철: 억지로 남을 도와주는 것은 도와주는 거라고 말할 수 없다. 남이 시켜서 도와주려고 하는 것과 내가 진심으로 도와주려 하는 것의 차이는 크다. 도움을 받는 사람도 진심이 담겨있는지 알 수가 있다. 그런데 도와주는 것 중에서 일을 해서 도와주는 것과 말로 도와주는 것이 있다. 진짜 도움을 주는 한마디를 하면 그 사람은 기뻐한다.

생각 도우미: 돈이 많아야 남을 도울 수 있다는 생각은 작은 생각이다. 비록 아무것도 가진 것이 없다고 하더라도 마음과 정성을 다해 남에게 도움을 줄 수 있다. 힘든 친구에게 따뜻한 위로의 한마디는 억만금을 주는 것보다 값진 것이다. 도움을 주는 따뜻한 사람이 되자.

> " 욕심과 유혹은 사람과의 관계를 망치고 따돌림을 야기할
> 수 있다는 것을 명심해라. "

승재: 욕심과 유혹이 많으면 어떤 일이 일어날까? 욕심이 많으면 다른
사람과 사이가 나빠질 것이다. 그러면 유혹은 어떨까? 유혹은 다
른 사람을 끌어들이는 것이다. 즉, 유혹이 지나치면 나도 불편하고
다른 사람과의 관계도 좋지 않을 것이다. 이렇게 욕심과 유혹은 사
람과의 관계를 망치고 따돌림을 불러올 수 있다. 무조건 욕심과 유
혹이 좋은 것은 아니다. 이것이 지나치면 오히려 악이 될 수 있다.

승철: 다른 말로 하면 호기심이 있다. 호기심이 많으면 위험에 처할 수
있다. 호기심이 많은 사람은 실이 튀어나온 것을 보면 그 실을 당겨
본다. 궁금하기 때문이다. 하지만 그러면 옷은 망가지고 일만 망친
다. 유혹에 넘어가는 사람들은 더욱더 위험해진다. 욕심을 부리지
말고 궁금은 하지만 일을 망칠 것 같으면 아예 하지 말자.

생각 도우미: 욕심에도 여러 가지가 있을 수 있다. 자신과 세상을 발전시
키려는 욕심은 좋은 욕심이지만, 자신만을 위한 욕심은 좋지 않은
욕심이다. 또한, 성장을 방해하는 나쁜 유혹은 나뿐만 아니라 주변
사람들도 힘들게 만들고 그로 인해 주변 사람에게도 피해를 줄 수
있다는 것을 명심하자.

> " 쥐가 쥐약을 먹는 것은 죽으려고 먹은 게 아니고 음식과 독
> 약을 구분하지 못한 것이다. "

승재: 전 세계 생물 중에서 일부러 죽으려고 무엇인가를 먹는 생물이 있
는가? 그런 생물은 어디에도 찾아볼 수 없다. 생물들을 죽는 이유
는 그들이 잘못했기 때문이다. 사람도 이와 같다. 사람도 일부러
죽지 않는다. 자신이 잘못한 것이 있기 때문에 죽는 것이다. 그리고
구분을 하지 못하기 때문이다. 우리는 사람이기에 구분을 할 수 있
다. 지금이라도 정신을 차려서 똥오줌을 구별할 수 있게 참된 사람
이 되자.

승철: 동물들은 구별하기 어려운 것들이 있다. 그나마 원숭이, 개 등은
잘 구별하기도 한다. 쥐는 쥐약과 음식을 구별하지 못했기 때문에
자기 목숨이 날아간 것이다. 사람들도 실수할 때가 있다. 사람도
동물과 마찬가지로 잘못하다가 목숨을 잃을 수도 있다. 먹는 것은
잘 보고 먹도록 하자.

생각 도우미: 모르면 세상을 살아가기 어렵다. 사소한 것이라도 세심하게
살피고 그 지식을 습득하는데 소홀함이 없어야 한다. 무심코 지나
친 작은 지식도 꼭 필요할 때가 있게 마련이다. 무엇이든지 배우고
익히는데 소홀히 하지 말자.

" 행복이란…, 파란 하늘이 푸르다고 느끼는 것만큼 단순하
다. 오늘도 행복한 하루. "

승재: 행복이란 어렵게 이룰 수 있는 것이 아니다. 단지, 생각만으로도
행복을 느낄 수 있다. 그저 행복은 단순한 것이다. 항상 기쁜 일을
생각해라. 그러면 저절로 행복해진다. 생각은 우리들의 마음을 바
꿀 수 있다. 그 때문에 우리는 항상 생각해야 한다. 바로 즐거운 생
각을 해야 한다. 우리가 알고 있는 행복은 그저 단순한 것이다. 행
복은 생각하는 것만큼 이루어진다. 행복은 내가 만든다.

승철: 행복한 하루가 되려면 하루 전부를 행복하게 만들어야 한다. 한
번이라도 잘못하면 행복할 수가 없다. 하늘이 푸를 때랑 검을 때랑
보면 어느 것이 더 좋으냐고 물어보면 사람들은 거의 대부분 푸를
때가 좋다고 한다. 이처럼 푸른 하늘을 바라보며 살자.

생각 도우미: 우리는 큰 것만을 추구하는 생활에 익숙해져 있다. 집도 커
야 하고 차도 커야 하고 공부를 잘해야 하고 회사에서는 더 높은
자리에 진급해야 하고…. 하지만 행복은 아주 작은 내 주변에 많이
있다. 단순함에서 행복을 찾아서 내 것으로 만드는 생활을 하자.

> " 오늘은 누구에게 행복과 희망을 나누어줄까 생각하며 하루 를 시작하자. "

승재: 우리는 하루를 시작하면서 어떤 생각을 하는가? 사람마다 생각은 다를 수 있다. 그러나 우리가 똑같이 생각해야 할 것이 있다. 우리 는 하루를 시작할 때 상대에게 행복과 희망을 나누어 줄까를 생각 하면서 시작해야 한다. 행복과 희망의 시작은 곧 나의 시작이다. 파이팅!

승철: 이기주의자 같은 사람들은 자기만 행복하게 살고 혼자만 기쁨을 취한다. 이것보다는 행복과 기쁨을 같이 즐기면 더 행복하고 기쁠 수도 있다. '내가 어떻게 해야지 나만 행복할까?'같은 생각은 집어 치우고 '내가 어떻게 해야 남들과 행복을 나눌까?'라는 생각으로 항상 시작하자.

생각 도우미: 행복과 희망은 나누면 배가 된다. 타인에게 나누어주면 더 큰 기쁨이 나에게 돌아온다. 주변을 돌아보고 힘들어하는 모든 사 람에게 기쁨을 주는 삶을 살자.

> 66 친구의 축구화를 빌려 축구를 하면 모두가 행복할까? 친구
> 의 행복도 소중함을 알자. 99

승재: 내가 친구의 축구화를 빌리면 친구는 행복할까? 그렇지 않다. 남
의 물건을 다른 사람이 쓴다고 생각을 하면 기분이 정말 나쁜 것이
다. 여기서 주는 교훈은 나만 생각하지 말고 다른 사람들도 생각하
라는 것이다. 즉, 이기적인 마음을 가지면 안 된다. 항상 남의 입장
이 되어서 생각해보고 그것이 옳은 판결이라면 실천을 하는 것이
다. 무조건 남의 물건을 쓰지 말자. '역지사지', 입장을 바꿔서 생각
해보자.

승철: 체육 시간에 축구를 하는데 축구화는 없고 축구는 하고 싶다면
어떻게 할까? 맞다. 친구 것을 빌리는 것이다. 하지만 같은 반 친구
것을 빌리면 그 친구는 축구를 하고 싶어도 못하게 된다. 축구화나
다른 물건을 빌릴 때는 같은 반 친구에게서 빌리는 게 아니라 다른
반 친구한테 빌리는 게 맞다.

생각 도우미: 나의 행복을 위해 상대방의 행복을 무시하는 행동을 하는
지 생각해보자. 나의 행복만큼 상대방의 행복도 중요하다.

> " 생각 없는 습관이 타인에게 불쾌감을 줄 수 있다. 트림하기, 코 파기, 휴지 버리기 등. "

승재: 때때로 사람들은 상대방이 있을 때 눈치 없이 트림하고 코를 파고 함부로 휴지를 버리곤 한다. 이것을 보고 우리들은 생각이 없다고 한다. 생각 없는 행동을 하면 상대방에게 불쾌감을 줄 수 있다. 또한, 이것이 습관이 되면 심각한 문제로 이어질 수 있다. 우리는 항상 생각하면서 살아야 한다. 상대방에게 피해가 되는 짓은 하지 말고 도움이 되는 일과 행동을 해야 한다. 생각이 있음과 없음의 차이는 성공과 실패를 가를 수 있다.

승철: 트림하기, 코 파기, 휴지 버리기 등을 누구나 한 번쯤은 해보았을 것이다. 이 행동들을 사람들 앞에서 하면 어떻게 될까? 욕먹고 맞고 사람들은 별짓을 다 할 것이다. 사람들 앞에서 이런 행동을 삼가야 한다. 해도 되는 일과 안 되는 일이 있다. 깨끗하게 살자.

생각 도우미: 나의 습관적인 행동이 사회 규범이나 미풍양속을 해치는 경우가 없는지 조심스럽게 관찰해야 한다. 혼자 있을 때는 아무런 문제가 되지 않지만, 공동생활에서는 큰 실례가 될 수 있다. 사소한 나쁜 습관 하나를 고치는 것이 좀 더 나은 세상을 만드는 것이다.

> " 주인공이 아니면 주목받지 못한다. 하지만 최선을 다하는
> 조연은 주연보다 아름답다. "

승재: 주연은 주인공을 말한다. 조연은 주인공이 아닌 사람들은 말한다. 그렇다면 당연히 주연이 제일 많이 나오고 주목도 많이 받을 것이다. 하지만 아무리 주연이라도 최선을 다하지 않으면 아름답지 않다. 반대로 조연이라도 최선을 다하면 주연보다 아름다워질 수 있다. 이처럼 우리들의 최선에 따라 아름다움이 바뀐다. 명심하라. 아무리 작아도 최선을 다하면 더 크게 만들 수 있다.

승철: 드라마나 영화에서 꼭 주인공만 주목받아야 한다는 것은 없다. 주인공 말고 다른 사람들도 주목받을 수 있다. 어떻게 주목받느냐면 연기를 하더라도 최선을 다하면 된다. 눈물 연기, 웃는 연기 둘만 잘한다고 주목받지 않고 자기가 맞는 모든 연기를 최선을 다해서 하면 더욱더 아름답고 화제가 될 수 있다.

생각 도우미: 내용이 다소 어려웠나? 세상에서 모두 주인공은 될 수 없다. 때로는 내가 주인공이 되기도 하지만 대부분의 삶은 들러리로 사는 경우가 많다. 하지만 그 순간에도 나 자신이 후회 없는 삶을 산다면 주인공보다 더 멋진 삶을 사는 것이다.

> " 물같이 유연한 사람이 되라···. 물은 높은 곳에서 낮은 곳으로 흐른다. "

승재: 사람이 물같이 유연하면 어떨까? (오늘 메시지는 이해가 안 되네요.)

승철: 물은 무지 유연하다. S자 곡도 버텨낸다. 그리고 흐를 때는 높은 곳에서 낮은 곳으로 흐른다. 낮은 곳에서 높은 곳으로 흐르는 물은 없다. 사람이 물이라면 좋은 것이다. 유연하고 식수 걱정이 없어진다. 사람이 물이 되기는 어려운 일이지만 물처럼 되는 것을 가지자.

생각 도우미: 연속으로 힘든가? 성공하고 출세하고자 하는 마음은 누구나 가지고 있다. 항상 높은 곳을 향해 노력하는 것이 당연한 것이다. 하지만 마음이 넓은 사람들은 자신을 낮추며 자신보다 부족한 사람에게 사랑을 쏟아 붓는다. 이를 겸손이라 부르지 않을까?

> 물같이 유연한 사람이 되라…. 물은 장애물을 만나면 다투지 않고 돌아간다.

승재: 물이 가다가 장애물을 만나면 어떻게 할까? 물은 장애물을 만나도 그대로 피해서 간다. 이처럼 우리들도 물처럼 짜증 내지 않는 사람이 되어야 한다. 장애물이 있다고 투덜대지 말고 포기하지 말고 계속 가야 한다. 어차피 성공하기 위해서는 장애물을 만나야 한다. 그리고 그 장애물을 하나의 경험으로 삼아야 한다. 명심하라. 성공은 장애물을 만나고 장애물은 경험이다.

승철: 경사가 급한 냇가를 보면 바위 같은 것들이 많다. 하지만 물은 바위를 만나면 두 갈래로 갈라진 다음 다시 만나게 된다. 물은 바위를 배려할 줄 아는 마음을 가지고 있다. 사람이 물처럼 된다면 좋은 점이 있다. 배려하는 마음이 보충된다.

생각 도우미: 세상과 타협하라는 것이 아니라 상대를 감싸 안아 문제를 해결하는 능력을 키우라는 것이다. 서로의 잘잘못을 가리기 전에 상대방을 먼저 이해하면 다툼이 없어지는 것이다.

> " 물같이 유연한 사람이 되라…. 물은 담아두는 그릇의 모양
> 에 자신을 맞춘다. "

승재: 물은 어떤 그릇에 가든 그 그릇의 모양에 자신을 맞춘다. 이처럼 사람들도 마찬가지여야 한다. 상황이 바뀔수록 그 상황에 따라서 행동하고 대처해야 한다. 이뿐만이 아니다. 상황이 바뀌면 사람, 장소 등 많은 것이 바뀐다. 우리는 이 모든 것에 적응해야 한다. 그리고 자신에게 알맞은 스타일을 맞추어서 행동해야 한다. 이런 행동 양식은 나를 좋은 길로 가게 해준다. 항상 노력하자.

승철: 물은 액체이기 때문에 담는 그릇에 따라 모양이 변하게 된다. 하지만 사람은 그렇지 않다. 사람도 물론 변하긴 하지만 오랫동안 유지할 수 없다. 이번 주의 메시지 주제는 물의 유연성인 것 같다. 내일도 물의 유연성을 표현하겠지?

생각 도우미: 승철이는 센스쟁이인가 보다…. 개성이 없는 것이 아니며 주관이 없는 것도 아니다. 환경과 상황에 따라 최고의 상태를 만드는 것이 현명한 것이다. 부드러움을 더해 상대방에게 힘이 되어주는 것이 더 아름다운 것이란다.

> 물같이 유연한 사람이 되라…. 물은 세상에서 없어서는 안 되는 소중한 자원 중 하나이다.

승재: 해마다 아프리카에서는 물이 부족해서 먹지도 못하고 말라 죽는 사람들이 많이 나온다. 즉, 물은 없어서는 안 될 아주 소중한 자원이다. 이처럼 우리도 물처럼 없어서는 안 될 소중한 사람이 되어보자. 그럼 소중한 사람은 어떻게 될 수 있을까? 친절하게 대해주면 된다. 또, 친구들, 사람들의 일을 도와주면 된다. 그러면 사람들은 나를 소중하게 여길 수 있을 것이다. 명심하라. 도움은 나를 위한 것도 있다.

승철: 세상에 사는 데 가장 필요한 것은 물, 불, 흙, 공기이다. 물이 없으면 목말라 죽고, 불이 없으면 어두워서 볼 수가 없게 되고, 흙이 없으면 나무를 심지 못해서 숨을 쉬지 못하게 된다. 그리고 공기가 없으면 숨을 쉴 수가 없다. 최소한 이 네 가지가 있어야 살 수 있다.

생각 도우미: 이 세상에 태어나서 꼭 필요한 사람으로 일생을 살아야 하지 않을까? 누군가에게 힘과 꿈이 된다면 더없이 행복한 삶을 살았다고 자부해도 될 것 같다. 그러기 위해서는 무엇을 해야 할까? 공부하고 노력하고 봉사하고 베풀며 사는 것이 아닐까?

> 웃는다고 행복하고 운다고 불행한 것일까? 가까운 사람들은 표현을 잘 안 할 뿐이다.

승재: 웃는다고 행복하고 운다고 불행한 것일까? 꼭 그런 것만은 아니다. 행복해서 울 수도 있고 감격해서 울 수도 있다. 또, 어이가 없어서 웃을 수도 있고 상대가 너무 못해서 비웃을 수도 있다. 하는 것은 똑같으나 상황이 다른 것이다. 항상 상황에 알맞게 대처를 해라. 그리고 생각을 넓게 해야 한다. 즉, 고정된 생각을 버리는 것이다. 항상 계속 생각하자. 무엇이든….

승철: 웃으면 행복이 찾아온다는 말이 있다. 하지만 억지로 웃는다고 행복해질까? 아니다. 웃음과 불행을 표현하지 못하는 사람들이 많다. 억지로 웃는 것도 어려운 것이다. 하지만 억지로라도 웃으려는 사람은 행복이 찾아올 수 있다. 울지 말고 항상 웃으면서 생활하자.

생각 도우미: 가족이나 친구들은 자신의 감정을 감출 때가 있다. 왜일까? 상대를 배려하는 마음으로 자신의 감정을 억제하고 있는 것이다. 눈에 보이는 표정보다는 진심을 이해하려고 노력하자.

> 급성 폐렴 증상으로 입원 중. 메시지 작성 못 함.
> (22일 금요일 오후 입원)

승재:

승철:

생각 도우미: 아프지 말자!

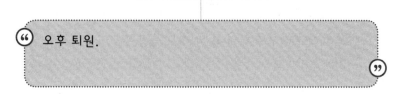

오후 퇴원.

승재:

승철:

생각 도우미: 메시지 기다리신 분들께 죄송!

2012년 6월 27일 수요일

> **물같이 유연한 사람이 되어라…. 물은 얼음이나 수증기가 되지만 본질은 변하지 않는다.**

승재: 위의 말과 같이 물처럼 본질이 변하지 않는 사람은 누가 있을까? 바로 우리나라의 위인들이다. 비록 세상을 떠났지만, 그 사람들의 이름은 아직 남아 있다. 이처럼 우리들도 물처럼 본질이 변하지 않는 훌륭한 사람이 되기를 꿈꾸어야 한다. 지금은 가난뱅이라도 절실하게 바라고 노력하면 성공할 수 있다. 항상 자신을 헛되이 보지 말고 훌륭하게 보아라. 그러면 물처럼 될 수 있다.

승철: 물은 여러 가지 형태로 변화할 수 있다. 고체, 기체, 액체 모두 다 된다. 그러나 물은 기체가 되어도 물이고 고체로 변해도 역시 물이다. 모양은 변할 수 있어도 본질은 변하지 않는다. 물이 그만큼 유연하다는 것이다. 잘리지도 않고 담는 그릇에 따라 모양도 변하고….

생각 도우미: 상황이 변했다고 사람이 변하면 안 된다. 착한 품성 그대로를 유지하는 것이 최고이다. 항상 자신의 본성을 잃지 말자. 성실하고 진실하고 착하게….

> " 하루 종일 집중할 수는 없다. 단 1분이라도 혼을 다해 집중
> 한다면 못 이룰 것이 없단다. "

승재: '3시간 앉아 있는 것보다 10분 집중해서 공부하는 것이 훨씬 낫다.'
라는 말이 있다. 이 말은 곧 '1분이라도 혼신을 다해서 집중하자.'는
말과 같은 말이다. 사람은 하루 종일 계속해서 집중만 하고 살 수
는 없다. 때로는 가끔씩 쉬어야 한다. 그래서 1분이라도 집중해서
해야 한다. 비록 1분은 짧은 시간이지만 많은 것을 알 수 있는 시
간이다. 항상 집중하자.

승철: 만약 내일 방학이 끝난다고 가정할 때 여태까지 못 썼던 일기를 한
번에 몰아 쓸려고 하는 것은 나쁜 짓이다. 일기를 쓰더라도 쉬엄쉬
엄 나눠서 쓰는 것이 좋은 것이다. 공부도 하루 종일 집중하는 것
이 아니라 쉬었다가 공부하고 마지막 1분 남았을 때도 열정을 퍼부
어야 한다.

생각 도우미: 무엇인가를 할 때 많은 시간을 건성으로 한다면 좋은 결과
를 얻을 수 없다. 짧은 시간이라도 집중하고 열과 성의를 다하면
좋은 결과로 돌아온다. 할 때는 하고 쉴 때는 쉬자.

2012년 6월 29일 금요일

> " 잘 모르고 부족하면 질문하고 부탁해라. 상대방은 나의 상
> 황을 잘 모르기 때문이다. "

승재: 만약 내가 자신이 없고 잘 모르는 것이 있으면 어떻게 할까? 당연
히 부모님, 친구, 선생님들께 질문하고 부탁해야 한다. 상대방은 나
의 상황을 잘 모르기 때문에 내가 '나'의 상황을 알려줘야 한다. 무
조건 상대방의 도움을 기다리지 마라. 그러면 상대방은 나에게 오
지 않는다. 내가 먼저 상대에게 알려야 한다. 상대방이 도와줄 거
라는 고정관념을 깨라. 항상 넓게 생각해서 도움을 받자.

승철: 문제를 풀고 있는데 모르는 문제가 나왔을 경우 대부분 사람들은
질문하거나 물어본다. 모르는 문제가 나왔는데 그냥 가만히 있으면
다른 사람들이 절대로 알려주지 않는다. 가만히 앉아 있다고 해결
되는 것은 없고, 질문을 해야만 한다. 위기에 처해 있을 때도 마찬
가지이다. 위기에 처했다고 말을 하지 않으면 구해줄 수 없다. 항상
말을 하자.

생각 도우미: 사람이 성장하는 힘은 질문에서 나온다. 아이들도 부모님에
게 계속해서 질문하고 그를 바탕으로 새로운 지식을 얻는 것이다.
또한, 모르는 상태로 지나치면 다음에 닥치는 문제는 더욱 해결하
기 어려워진다. 나의 상황을 상대에게 알려 적당한 도움을 받는 것
은 나의 발전을 위해 꼭 필요하다.

2012년 6월을 마무리하며…

　　　　다소 힘들어 보이던 출발이 절반을 지나가고 있구나. 지나간 시간보다 남아있는 시간이 짧아지는 시기가 온 것이다. 메시지를 자신의 생각으로 재탄생시키는 작업이 힘들다는 것은 누구나 알고 있다. 전혀 엉뚱한 생각, 무성의한 글들도 있었지만 올 한 해 마지막까지 힘내주길 바란다.

7 월

"

천국, 지옥의 음식과 식사 도구는 똑같단다.
혼자 먹으려는 욕심이 없는 곳이 천국이다.

> '피그말리온 효과'에 의하면 꿈은 이루어진다. 성공은 간절히 원하고 행동하면 된다.

승재: 성공을 하기 위해서는 간절히 원하고 열심히 노력하면 된다. 성공은 노력만 하면 누구나 할 수 있는 것이다. 그런데 몇몇 사람들은 너무 힘들다고, 귀찮다고 포기한다. 성공은 당연히 장애물이 있는 법이다. 이 때문에 사람들은 포기하는 것이다. 항상 생각해라. '장애물을 넘을 수 있다'고 말이다. 성공은 쉽지 않지만 노력하면 된다.

승철: "꿈은 이루어진다."라는 말은 많이 들어 보았다. 노력하면 안 되는 것은 없다. 하지만 노력이 중간에 끊기면 안 된다. 끝까지 노력하고 최선을 다해야 한다. 꿈을 그렇게 원한다면 이루어진다. 단, 최선과 노력이 필요한 것이다. 꿈을 이루고 싶다면 노력해라.

생각 도우미: 그리스 신화에서 유래된 말로 간절히 원하는 것이 이루어질 때 사용하는 말이다. 진정 원한다면 꿈에서 나타날 정도의 간절함이 있어야 한다. 물론, 그것을 얻기 위한 노력을 필수적이다. 원하는 것이 있으면 기록하고 자주 소리 내어 읽고 노력하고 간절히 원해라.

> '넘버원의 법칙'에 의하면 1등만 기억된다. 1등은 최고의 노력에 의해서 만들어진다.

승재: 보통 사람들은 '1등만 알아주는 이 더러운 세상'이라고 말한다. 도 대체 왜 1등만을 알아줄까? 1등은 최고의 노력에 의해서 만들어지 기 때문이다. 만약 내가 열심히 했는데도 1등을 하지 못했다면, 그 것은 내가 1등보다 노력을 적게 했기 때문이다. 우리도 물론 1등을 할 수 있다. 단, 열심히 노력했을 때만 말이다. 노력은 1등을 만들 고 1등은 최고를 만든다. 최고는 1등이고 1등은 노력이다. 항상 열 심히 노력하자.

승철: 국보 2호가 뭔지 아시나요? 국보 3호는요? 물론 아는 사람들도 있 겠지만 모르는 사람이 훨씬 많을 것이다. 역사책에서 보면 전쟁에 서 승리한 사람이 기록되지 패배한 사람은 기록되지 않는다. 내가 미래에도 남고 싶으면 1등을 해야 한다. 1등이 되는 것은 어렵지만, 노력이라도 해보자.

생각 도우미: 1등, 1호, 첫 번째, 최초 등은 사람의 기억 속에 오래 남는 다. 또한, 기술이나 디자인 등은 특허를 통해 그 권리를 보호받을 수 있다. 1등과 2등은 그 차이가 아주 작지만, 결과는 엄청 크다. 1 등을 시기하지 말고 노력을 통해 1등이 되도록 하자.

> ❝ '머피의 법칙'은 나쁜 결과만 이어지는 경우며 반대는 '샐리
> 의 법칙'이다. 샐리가 되자. ❞

승재: 나쁜 결과만 이어지는 경우의 반대는 좋은 결과가 이어지는 경우
이다. 그럼 좋은 결과만 이루어지게 하려면 어떻게 해야 할까? 당
연히 처음부터 좋은 일을 시작해야 한다. "가는 말이 고와야 오는
말이 곱다."는 말이 있다. 이처럼 시작이 좋아야 결과도 좋은 것이
다. 좋은 결과를 위해 항상 좋게 생각하고, 좋은 일을 하자.

승철: 머피의 법칙의 반대가 샐리의 법칙이라는 것은 샐리의 법칙이 좋은
결과만 이어진다는 경우를 뜻한다는 뜻이다. 원인이 나쁘면 결과도
나쁘고 원인이 좋으면 결과도 좋다. 우리들은 좋은 결과를 원하기
때문에 샐리가 되어야 한다. 머피를 원하는 사람들은 나쁜 사람들
이고, 샐리를 원하는 사람들은 착한 사람이다.

생각 도우미: 머피의 법칙이란 없다고 생각한다. 왜 나에게는 나쁜 일이
반복되는 것일까? 그것은 미리 내가 그 상황을 상상하고 원했기 때
문에 일어난 것이다. 머피의 법칙을 벗어나는 순간, 내가 바로 샐리
가 된다. 생각이 나를 지배한다는 것을 알자.

> " '250명의 법칙'은 한 사람의 확실한 신뢰가 250명의 친구를 얻는 것과 같다는 말이다. 반대는? "

승재: 우리들이 살아가는 데 위의 말이 좋을까? 아니면 위의 반대 상황이 좋을까? 당연히 위의 말이 좋을 것이다. 한 사람의 신뢰가 250명의 친구를 얻는 것과 같다면 그 사람은 정말 훌륭한 사람이라는 뜻이다. 단, 친구들이 어떤 친구냐가 중요한 것이다. 좋은 친구를 만나면 좋은 사람이 될 것이고 나쁜 친구를 만났으면 나쁜 사람이 될 것이다. 명심하라. 친구를 얻는 것은 좋지만, 친구의 성질이 더 중요하다.

승철: 메시지 내용을 잘 모르겠습니다.

생각 도우미: 너무 어려운 내용이었나 보다. 한 사람에게 믿음을 주는 사람은 더 많은 사람에게 믿음을 줄 수 있고 반대로 한 사람에게 실망을 준 사람은 다른 사람에게도 실망을 줄 수 있다는 내용 아닐까? 신뢰를 얻더라도 좋은 것으로 신뢰를 얻어야 한다는 생각은 매우 바람직한 생각이라고 생각한다.

> " '프레임의 법칙'은 동일한 현상도 관점에 따라 다르게 보이는 것이다. 긍정으로 보자. "

승재: 동일한 현상이어도 관점에 따라 다르게 보이는 현상들이 있다. 부자가 골프를 치면 멋있어 보이고 거지가 골프를 치면 더러워 보인다. 이처럼 보는 관점에 따라서 다르게 보이는 것은 매우 안 좋은 것이다. 항상 긍정적으로 생각해서 좋은 생각을 해야 한다. 그런 생각들이 우리를 더 좋게 만들기 때문이다.

승철: 제시된 문제는 같은데 푸는 방법이 다르다는 것과 비슷한 것 같다. 어느 한 사람은 천천히 다 풀어보고 어느 한 사람은 공식을 이용해서 푼다. 어떤 것이 더 빠를까? 당연히 공식을 이용한 것이 더 빠르다. 일일이 다 풀어보는 것은 바보 같은 것이다. 기초가 탄탄해야 한다. 긍정으로 생각하자.

생각 도우미: 내 생각이 어떤 틀 속에 갇혀 있다면 누가 뭐라 해도 이해가 힘들 수 있다. 세상은 다양하기에 여러 가지 형태로 바뀔 수도 있다. 고정된 생각은 편협한 생각을 만든다. 좀 더 크고 넓은 생각과 모든 것을 수용할 수 있는 커다란 마음으로 세상을 살아가자.

> " 곰도 백 일 동안 기도하면 사람이 된다는 설화가 있단다.
> 꾸준한 노력으로 성공된 삶을…. "

승재: 지금까지 성공한 사람들의 공통점을 보면 모두 꾸준한 노력을 했다는 것이다. 즉, 꾸준한 노력은 성공의 바탕이 된다. 아무리 많은 장점이 있어도 노력을 하지 않으면 성공을 할 수 없다. 그럼 노력은 어떻게 해야 할까? 노력은 자신이 간절히 원하면 된다. 그러면 저절로 노력할 수 있는 힘이 나온다. 노력이 최고의 힘이다. 파이팅!

승철: 동물이 사람이 된다는 것은 어마어마한 일이다. 백 일 동안 빛이 없는 곳에서 마늘과 쑥을 매일 먹고 기도하면 사람이 되는 것이다. 하지만 그만큼 노력을 하지 않으면 절대 되지 않는다. 내가 무지 원하는 것이 있으면 그것에 대한 최선과 노력이 필요하다. 항상 노력하자.

생각 도우미: 건국 신화에 나오는 곰과 호랑이의 이야기에서 우리가 배울 점은 끈기와 인내라고 생각한다. 둘 중에 마지막으로 모든 것을 참아내고 이겨낸 곰이 사람이 되었듯이, 우리들도 목표와 발전을 위해서는 꾸준하고 지속적인 노력과 자기 희생이 필요하다는 것을 알자.

> " 나를 떠난 목표는 항상 옆에 있다. 지치고 힘들 때 살짝 옆
> 을 보면 내 갈 길이 보인다. "

승재: 나의 목표는 항상 나의 곁에서 기다리고 있다. 힘들 때는 나의 옆
을 쳐다보자.

승철: 나의 목표를 그만두고 싶은데 그만두질 못한다. 목표는 항상 내 옆
에 남아 있는 것이다. 조금만 더 노력하면 성공하는데 그만두는 것
은 바보 같은 것이다. 옆에 목표가 있는데 실패라니…. 힘들더라도
포기하지 말고 목표를 향해 달려나가자.

생각 도우미: 대다수의 사람들은 목표는 나의 앞에, 그것도 아주 멀리 있
다고 생각한다. 하지만 목표는 내 옆에서 이끌어주는 친한 친구라
는 것을 바로 알자. 내가 힘들고 지칠 때 나의 마음을 일깨워주는
것이 목표다. 목표와 함께할 때 내가 성장하는 것이다. 항상 기억하
자. 목표는 먼 곳의 이상이 아니라 나와 함께하며 이끄는 친구라는
것을….

> "이 세상은 내가 주인이기에 누가 보든 안 보든 내 생각과 의지대로 해야 한다."

승재: 항상 이 세상의 주인은 '나'라고 생각하자. 내 생각과 의지대로 하자. 이것이 진정한 삶을 살아가는 방법이다. 많은 사람들이 이것을 보고 이기적이라고 하지만 이것은 이기적인 것이 아니다. 자신의 바람직한 삶을 사는 것이다. 삶은 자기 자신이 살아가는 것이기 때문에 항상 자신의 생각을 중시하자. 이런 생각이 훌륭한 '나'를 만든다.

승철: 내 삶을 다른 사람들이 살아주는 것은 아니다. 내가 어떤 길을 가든, 어떤 물건을 선택하든 그건 내 생각과 선택이다. 로보트가 내 인생을 대신 살아주나? 아니다. 엄마, 아빠가 시키는 대로 하는 것이 옳지 않은 것이다. 내가 살아가는 것이기 때문에 인생은 각자 알아서….

생각 도우미: 내 삶은 내가 만드는 것이다. 하지만 부모님이나 선생님, 또는 성현들은 내 인생에 있어 등불과 같은 역할을 한다. 혼자 인생을 만들어가는 것보다는 도움을 받고 내 생각과 조언자의 가르침을 잘 조화해서 내 것으로 만드는 것이 중요하다. 내가 주인이지만 필요한 도움은 감사하게 받자.

> " 나도 생각하고 상대방도 생각한다. 누가 중심이냐에 따라
> 행동이 결정지어진다. "

승재: 항상 나도 생각하고 상대방도 생각한다. 하지만 누가 중심이냐에 따라 행동이 결정된다. 만약 '나'가 대장이라면 '나'의 생각대로 행동할 것이고, 상대방이 대장이라면 상대방의 생각대로 행동할 것이다. 즉, 쉽게 말하면 계급이 높은 사람의 생각대로 행동이 바뀐다는 것이다. 여기서 말하는 것은 내가 최고가 되자는 말이다. 내가 최고가 돼서 상대방을 지도하자는 말이다. 명심하라. 중심은 곧 최고이다.

승철: 토론을 할 때 각자의 주장과 의견을 말하고 찬반 투표를 통해 적용된 것에 따라 실천하게 된다. 내가 생각하는 것을 말하고 상대방이 생각하는 것을 말하는데 자기주장이 옳다고 우기면 안 되는 것이다. 적절한 주장을 선택해서 행동하자.

생각 도우미: 승재가 이해한 것은 아빠의 의도와는 조금 달라 보인다. 최고가 되어 모든 일을 내 주관으로 처리하라는 내용을 전달하고자 한 것이 아니라 내가 한 행동이 과연 상대방을 배려한 행동일까, 아니면 나를 위한 행동일까를 생각하라는 것이었다. 나만을 위해 행동하기보다는 상대방과 모두를 위한 행동을 하자는 것이다. 배려는 사랑이다.

> " 상대를 이용하려 하면 상대방이 모를까? 진실해야만 조건
> 없는 도움을 받을 수 있다. "

승재: 거짓을 하면 상대방이 모를까? 그렇지 않다. 거짓은 언젠가 밝혀진
다. 거짓을 하면 상대에게서 도움을 받을 수 없다. 오직 진실만이
조건 없는 도움을 받을 수 있다. 항상 진실을 말할 수 있게 노력을
하자. 또, 그 진실로 상대방에게 도움을 얻거나 도움을 주자. 상대
방이 나를 믿을 수 있게, 다가올 수 있게 할 수 있는 것은 진실뿐
이다. 진실이 최고다.

승철: 상대방 것을 훔치는 것과 상대방에게 빌려 간다고 말하는 것은 같
은 것일까? 훔쳐가면 그만큼의 어마어마한 대가가 주어진다. 하지
만 말을 하고 빌려 가면 대가가 따르지 않고 그대로 진행된다. 훔
칠 생각은 접고 빌려 갈 긍정적인 생각을 하자.

생각 도우미: 상대방에게 도움을 주는 사람이 최고의 사람이다. 물론 도
움을 주지 못하고 피해를 줄 때도 있다. 하지만 그 피해도 나의 무
지함과 실수로 인한 경우는 용서받을 수 있다. 만약 그 사실을 모
두 알면서 상대를 이용하려 한다면 큰 잘못을 하는 것이다. 대부분
의 사람은 그 사실을 알면서도 상대방을 위해 속아주는 경우가 있
다. 한 번은 속아주지만 두 번은 없고 믿음을 저버렸기 때문에 도
움도 주지 않는다. 명심해라. 내 양심을 속이지 말자.

> " 사람은 자기가 필요하고 원하는 것만 본다. 항상 누군가의
> 도움과 희생에 감사하자. "

승재: 자기가 필요하고 원하는 것만 보는 행동은 이기적인 행동이다. 이
　　로 인해 오히려 자신에게 큰 피해를 줄 수 있다. 내가 어려움에 처
　　했을 때는 누군가에게 도움을 청하고 상대가 어려움에 처했을 때
　　에는 내가 도와주어야 한다. 또, 항상 누군가의 도움에 감사해야
　　한다. 자기만 생각하는 마음을 버리고 때로는 누군가 생각해야 한
　　다. 누군가를 생각하면 나한테도 이득이 온다.

승철: 야구 중계를 보면 남이라도 살리기 위해 희생타, 희생번트를 하는
　　사람들이 있다. 나는 자장면보다 짬뽕을 원하는데 자장면이 눈에
　　들어올까? 내가 원하고 먹고 싶은 것을 먹게 된다. 짬뽕이 있기에
　　짬뽕을 먹을 수 있다. 물건을 만들어 주신 분께 감사하자.

생각 도우미: 희생번트가 있었기에 내가 홈에 들어올 수 있다는 것을 안
　　다는 것은, 나를 위해 누군가가 도움이 되어 주었다는 것이다. 혼
　　자 살기 위해 번트를 이상하게 댔다면 나뿐만 아니라 선행 주자도
　　아웃이 될 것이다. 나에게 필요한 것만 추구하지 말고 같이 도움이
　　되는 일을 많이 만들며 사는 사람이 되자.

> ❝ '아니.'같이 부정적인 말을 사용하지 말고 서로 틀린 것이 아니라 다르다는 것을 알자. ❞

승재: 대부분의 사람들은 자신과 생각이 맞지 않으면 자신의 생각이 옳고, 상대방의 생각이 틀렸다고 주장한다. 이것은 올바르지 않은 행동이다. 상대방과 생각이 틀렸다 생각하지 말고 다르다고 생각하자. 사람들은 경험, 지식 등이 다르기 때문에 생각이 다를 수 밖에 없다. 즉, 상대와 무엇이 다른가를 구별하고 자신의 생각에 대해서도 생각해보는 것이 좋다. 함께하는 생각이 더 좋은 생각을 만드는 것이다.

승철: '아니.'는 다른 사람이 듣기에 별로 좋지 않다. '아니.'보다는 좀 더 긍정적이고 비슷한 말을 사용하는 게 좋을 거 같다. '답이 아니야.'/ '이건 틀렸어.'보다는 '답과는 다르다'고 하는 것이 적절하다고 생각한다. 내가 하는 말에서 성격을 알 수 있는 말이 있다.

생각 도우미: 아빠도 습관적으로 '아니.'와, '틀리다.'는 많이 사용한다. 이 두 단어는 부정적인 생각과 상대를 인정하지 않는 의미가 담겨 있기 때문에 사용해서는 좋지 않다고 생각한다. 항상 긍정적이며 상대를 인정하는 언어를 사용하도록 하자.

> " 공부는 머리 좋은 사람이 아니라 엉덩이가 무거운 사람이
> 하는 것이다. 몰입해보자. "

승재: 공부는 꼭 머리 좋은 사람들이 하는 것이 아니다. 공부는 누구나 할 수 있는 것이다. 그중에서 엉덩이가 무거운 사람이 진정으로 공부를 하는 사람이다. 여기서 말하는 엉덩이가 무거운 사람은 끈기가 있고 집중력 있게 하는 사람을 말한다. 즉, 공부는 누구나 할 수 있지만, 끈기 있는 사람들이 하는 것이다. 우리도 엉덩이가 무거운 사람이 되자.

승철: 엉덩이가 무겁다는 뜻은 의자에 착 달라붙어 있다는 뜻이다. 열심히 하면 해낼 수 있는데 나는 잘되지 않는다. 코피 나게 몰입을 해야 성공할 수 있다. 머리가 좋다고 공부를 잘하는 것이 아니다. 머리가 좋으면서도 공부에 열공하는 사람들이 공부를 잘하는 사람들이다. 나도 이렇게 되고 싶지만 잘되지 않는다. 그래도 최선을 다할 것이다.

생각 도우미: 승철이는 자신의 단점을 알고 있기 때문에 스스로 노력하면 잘할 수 있다고 생각한다. 열심히 하기를 바란다. 아무리 머리가 좋아도 최선의 노력을 하는 사람을 이길 수는 없다. 조금 부족해도 꾸준히 노력하면 그 누구보다 더 좋은 성과를 낼 수 있다는 것을 명심하자.

> '나 같았으면….'이라는 생각을 자주 하다 보면 오해가 생길 수 있다. 상대는 내가 아니다.

승재: '나 같았으면….'이라는 생각은 자신의 관점만 보는 것이다. 이런 생각은 확실히 오해를 부를 수 있다. 우리들은 관점을 넓게 봐야 한다. 나의 관점과 상대방의 관점을 비교하면서 상대방과 같이 생각해야 한다. 항상 '상대는 내가 아니다.'는 생각을 '상대는 나의 생각을 고쳐주는 기계이다.'라는 생각으로 상대방과 의논해보자. 혼자 하는 것보다 함께하는 것이 더 쉽기 때문이다. 명심하라. 진정한 정답은 '나'가 아닌 우리 모두에게 있다.

승철: 축구 경기에서 친구가 수비하다가 빼앗겨 골을 먹혔을 때 우리는 '나 같았으면 그냥….'하는 생각을 많이 떠올릴 것이다. 하지만 이런 상황이 오면 나도 어쩔 수 없이 뺏기고 골을 허용하게 된다. 그래서 오해받을 수 있다. 상대도 쉽게 생각하는 것이 아니라 '어떻게 하면 수비를 제칠 수 있을까?' 어려운 생각을 한다. 남에게 오해받을 만한 말은 하지 말자.

생각 도우미: 나의 관점에서 보면 상대방의 행동에 부족한 면이나 아쉬운 점이 있을 수 있다. 하지만 상대방도 최선을 다하고 있으며 자신의 판단으로 행동하는 것이다. 그 상황에서는 누구라도 똑같은 행동을 했을지도 모른다. 상대의 입장에서 생각하고 그의 마음을 이해하도록 노력하자. 특히 상대를 비난하지 말자.

> 뻔뻔해져라. 사람과의 관계를 좁히는 최선의 방법이며 상대를 편하게 하는 기술이다.

승재: "뻔뻔해져라." 과연 이 말이 좋은 말일까? 긍정적으로 생각한다면 좋은 말이 될 수 있다. 우선 뻔뻔해지면 사람과의 관계를 좁힐 수 있다. 이로 인해 상대는 나에게 신경을 쓰지 않고 오히려 상대를 편하게 해줄 수 있다. 세상에는 나쁜 것, 좋은 것이 없다. 사람이 어떻게 생각하느냐에 따라 달라지는 것이다. 이처럼 뻔뻔한 것도 좋을 수 있고, 나쁠 수도 있다. 즉, 우리는 좋은 쪽으로 생각을 하자. 좋은 생각이 좋은 결과를 낳는다.

승철: 처음 만난 사람들과 이야기를 할 때 쑥스러워한다. 하지만 말을 계속하다 보면 친근감을 느껴져 몇 시간 만에 친해진다. 가면 갈수록 더욱더 편해진다. 그러니 말을 많이 해야 한다. 그렇다고 오두방정 떨면 안 된다. 오늘 메시지의 핵심은 '말'이다.

생각 도우미: 미안해서 자신의 의사를 표현하지 못하면 서로 부담을 느껴 가까워지는 데 시간이 걸릴 수 있다. 한 번 미안함으로 상대방의 마음을 빨리 열 수 있다. 소심함보다는 뻔뻔함이 상대방에게 부담을 덜 줄 수도 있다.

> **"** 중국이 땅이 좁아 이어도를 원하나? 일본이 섬이 없어서
> 독도를 넘보나? 욕심이다. **"**

승재: 세상 모든 사람들은 욕심이 있다. 욕심을 갖는 것은 좋은 것이다. 하지만 이 욕심이 너무 과하면 큰 문제가 된다. 욕심이 과하면 우선 폭력적으로 변한다. 또, 생각이 이상해지고 성공을 못 하고 장애가 올 수도 있다. 중국과 일본은 땅이 넓고 섬이 많은데도 이어도를, 독도를 원한다. 이것은 두 나라에 도움이 되지 않는다. 오히려 악화될 수 있다. 우리도 욕심을 과하게 가지지 말자. 어떤 것이든 과하면 좋지 않은 것이다.

승철: 중국과 일본 모두 우리나라보다 면적이 넓다. 그런데도 그 조그만 섬을 자기네 거라고 우기는 것은 좋지 않은 것이다. 일본이란 나라 자체는 섬이다. 그렇기 때문에 독도를 자기네 땅이라고 우길 이유가 없는 것이다. 그럼 쓰시마 섬도 우리 거라고 우기면 일본도 마음 상해 할 것이다. 그러니까 욕심부리지 말자.

생각 도우미: 각국의 영토 분쟁은 수많은 이해관계를 가지고 있기 때문에 한마디로 잘잘못을 따지기는 어렵다. 서로의 입장이 다르기 때문이다. 지금 이야기하고자 하는 것은 많이 가지고 있는 사람들이 더 욕심을 낸다는 것이다. 부족하고 연약한 사람을 위해 내 것을 내어 주는 박애 정신이 필요한 세상이 아닐까?

> 천국, 지옥의 음식과 식사 도구는 똑같단다. 혼자 먹으려는
> 욕심이 없는 곳이 천국이다.

승재: 대부분의 사람들은 천국은 착한 사람의 나라이고 지옥은 나쁜 사람의 나라라고 말한다. 당연히 맞는 말이다. 하지만 가장 중요한 게 있다. 천국은 바로 욕심이 없는 나라이다. 밥을 먹을 때 긴 젓가락이 있으면 지옥 사람들은 자기가 먹으려 하다가 놓치게 되지만, 천국 사람들은 서로 나누어 주면서 사이 좋게 먹는다. 욕심은 아주 큰 용어이다. 욕심 하나로 불행하게 살 수 있다.

승철: 마음가짐 하나로 천국과 지옥으로 나눌 수 있다. 천국의 사람들은 물론 배려하는 마음으로 살아갈 것이고, 지옥의 사람들은 서로 차지하려고 질서없이 혼란스럽게 살아갈 것이다. 천국과 지옥은 모든 것이 같지만, 마음가짐만은 다른 것이다. 마음이 좋아야 천국에 갈 수 있다.

생각 도우미: 사람들의 마음이 세상을 결정하는 것이다. 모두 올바른 마음을 가지고 있는 나라는 행복한 나라가 될 수 있다. 나보다는 남을 먼저 배려하는 사회는 범죄 없고 평화로운 세상이 될 것이다. 혼자만 차지하려는 욕심을 버리자.

> " 세상은 내가 베푼 만큼 나에게 돌아온다. 욕심을 버리고 남을 위해 나누는 마음을 갖자. "

승재: 내가 살아가면서 나의 마음대로 물건을 쓰고 행동을 하면 어떻게 될까? 나는 절대로 대우받지 못하고 나중에 들어오는 이익이 없는 것이다. 반대로 내가 베풀면서 살면 어떻게 될까? 대우를 받고 성공할 수 있고 내가 베푼 만큼의 이익이 따라올 것이다. 베푼다는 것은 불쌍한 사람을 위해서 자신의 물건을 주는 것이다. 한마디로 봉사와 비슷하다. 우리가 남에게 베푼다는 것은 자신을 위한 일일 수도 있다. 우리도 다른 사람에게 베풀어서 모두의 이익을 갖자.

승철: 남에게 베푼다는 것은 아주 좋다. 그 자체가 좋은 것이다. 내가 먼저 하면 남도 저절로 하게 된다. 욕심은 공부할 때 부리는 것이지 이런 것에는 부리면 안 되는 것이다. 착한 마음을 가지면서 살자.

생각 도우미: 남에게 무엇인가를 준다는 것은 손해가 아니다. 우선 마음의 평화가 오고 상대방의 행복한 모습에 나의 마음도 행복해진다. 또한, 그로 인해 좋은 기운이 세상으로 퍼지는 상승효과를 기대할 수 있다. 베푼 만큼 세상은 밝아진다.

> 눈앞의 작은 이익에 정신이 팔리면 멀리 있는 큰 이익을 얻
> 을 수 없다. 욕심을 버리자.

승재: 이익 중에는 작은 이익과 큰 이익이 있다. 항상 작은 이익은 큰 이익보다 앞에 온다. 만약 우리가 먼저 오는 눈앞의 작은 이익에 정신이 팔리면 아직 오지 않은 큰 이익을 얻을 수 없게 된다. 이는 이익을 빨리 보고 싶어하는 욕심과 같다. 욕심이 있으면 위의 말처럼 큰 것을 얻을 수 없다. 항상 얻고자 하는 것이 있을 때 기다리는 것이 가장 좋은 방법이다. 즉, 우리는 큰 것을 얻고자 한다면 기다리자. 기다림은 큰 결과를 낳는다.

승철: 욕심을 가져야 할 때가 있고 버려야 할 때가 있다. 이것을 잘 활용하면 큰 것을 가질 수 있다. 5분만 기다리면 음료수를 한 컵을 주고, 10분을 기다리면 음료수 두 잔을 준다. 참지 못하는 사람들은 한 컵만 마시게 되지만, 참을성 있고 욕심이 없는 사람들은 두 컵을 먹을 수 있다. 욕심을 버리자.

생각 도우미: 현재의 편안함은 작은 이익이 될 수 있다. 큰 이익을 위해서는 현재를 희생하고 참고 견디는 작은 고통도 필요하다. 지금 쉬는 10분은 시험 문제 1문제를 틀리는 것과 같다. 눈앞의 이익과 편안함을 위해 미래를 버리는 어리석은 사람이 되지 말자.

> " 착한 일 하기, 남을 도와주기, 공부 열심히 하기 등 자신이
> 해야 할 일은 욕심을 부리자. "

승재: 착한 일, 남을 도와주기, 공부 열심히 하기 등 나에게 도움이 되는
것은 웬만하면 욕심을 부리는 것이 좋다. 이는 욕심을 부리면 나에
게 더 좋은 일이다. '욕심'이란 단어를 대부분의 사람들은 부정적으
로 판단을 하지만, 좋은 일에 욕심을 부리는 것은 긍정적으로 생각
해야 한다. 욕심은 무조건 나쁜 것이 아니다. 어떤 일에 욕심을 부
리느냐에 따라 가치가 달라진다. 필요한 것에 욕심부리자.

승철: 자기가 할 일 중에서 제일 욕심을 부려야 할 것은 공부이다. 공부
에 욕심을 부리면 좀 더 관심을 가질 수 있고, 공부에 관심을 가지
면 좀 더 잘하게 될 수도 있다. 앞에서 말했듯이 욕심부려야 할 것
이 있고, 부리지 말아야 할 것이 있으니 가려서 하자.

생각 도우미: 욕심이란 마냥 나쁜 것은 아니다. 자신만의 행복과 성공을
위해서 하는 일은 욕심일 수 있지만, 사회를 따뜻하게 만들기 위한
행동이나 자신의 발전을 통해 사회에 환원하기 위한 자기 계발 욕
심은 긍정적인 욕심이다. 물론 나만의 생각이 아닌 남들이 이해해
주는 착한 욕심은 세상을 즐겁게 할 수 있다.

> 운동을 통해 몸짱이 되는 것도 중요하지만, 독서를 통해 좋은 생각의 근육을 키워 보자.

승재: 사람들이 살아가는 데 필요한 것은 건강과 생각이다. 건강은 운동을 통해서 지키면 된다. 그러면 생각은 어떻게 키울까? 생각은 꾸준한 독서를 통해서 키워야 한다. 독서는 글을 쓰는 능력도 길러준다. 건강의 비결이 운동이라고 한다면 좋은 생각의 기본은 바로 독서다. 공부의 기본도 독서이다. 독서를 꾸준히 하지 않으면 단어의 뜻을 몰라서 글을 쓰지 못하게 되고 공부하거나 생각할 때 많은 어려움을 겪는다. 독서는 단순히 책을 읽는 것이 아니다. 내용을 기억하고 생각하면서 읽는 것이다. 우리도 이같이 읽어 자신만의 장점을 살려보자.

승철: 책은 운동의 밑바탕이 된다. 책에서 읽은 기술들을 운동에 써먹을 수 있다. 지식이 없으면 운동도 할 수 없다. 독서를 통해서 지식을 쌓아가고 운동을 통해 몸짱이 되자. 그러면 성공할 수 있다.

생각 도우미: 육체적 성장은 생활의 기본이다. 틈틈이 운동하는 것은 건강한 삶을 위해 필요하다. 정신적 성장을 위해서는 책과 공부를 통한 지속적인 에너지 공급이 필요하다. 평생을 공부한다는 생각으로 자신의 지적 능력을 키우는데 소홀히 하지 말자.

> 책 속에는 세상 이치가 숨어 있다. 형식적인 책 읽기보다는 정독하는 습관을 들이자.

승재: 책 속에는 세상 이치가 숨어 있다. 그럼 책을 읽을 때는 어떻게 읽어야 할까? 보통 사람들도 그렇고 나 또한 책을 읽을 때 거의 글만 읽는 편이다. 또, 자세는 누워서 보는 스타일이다. 책을 읽을 때는 자세가 가장 중요하다. 어떤 자세에서 책을 보느냐에 따라서 머릿속에 들어오는 것이 다르다. 책을 읽을 때는 정독하는 것이 옳다. 좋은 자세를 갖추면서 생각하며 읽는 것이다. 정독은 나를 더 똑똑하게 만들 수 있다. 정독을 하면서 책에 숨어있는 세상 이치를 찾아보자.

승철: 책 안에는 우리가 모르는 것들이 많이 들어있다. 책을 읽으면 세상을 어떻게 살아가야 하나 알 수 있다. 미래에 대해서 나오는 책을 보면 미래에 어떤 재앙이 일어날지 알 수 있기 때문에 그것에 대해 미리 대비할 수 있다. 책은 장점이 많다. 이 장점들은 모두 세상을 살아가는 데 써먹을 수 있다. 책을 많이 읽자.

생각 도우미: 책을 읽다가 중요하고 참고할 만한 내용을 발견하면 메모하는 습관이 중요하다. 또한, 책을 다 읽은 다음에는 독서기록장이나 서평을 작성하는 것도 매우 좋은 방법이다. 올바른 독서 습관은 더 많은 독서를 위해 필요하며 기록을 남기는 것은 추후에 참고하기에 매우 편리하다.

2012년 7월을 마무리하며…

        날씨가 하루가 다르게 더워지는 것을 보면 계절의 변화는 막을 수 없다는 것을 깨닫게 된다. 내가 아무리 변하기 싫어도 세상은 변하게 마련이다. 변화에 순응하고 미리 준비하는 사람은 어려움을 피해가지 않을까 생각한다. 하루하루를 열심히 생활하면 어떤 상황이 닥쳐도 극복할 수 있다고 생각한다. 항상 최선을 다하는 날을 만들자.

8 월

"

잠자는 사람은 꿈을 꾸며 깨어있는 사람은 꿈을 이룬다.

깨어 행동하는 사람이 되자.

> 책을 많이 읽는 것이 미래에 대한 투자다. 틈틈이 책 읽는
> 습관은 꼭 필요하다.

승재: 지금까지 성공한 사람들을 지켜보면 모두 책을 많이 읽었다는 것이 공통점이다. 그만큼 책은 성공하는 데 있어서 큰 역할을 한다. 책을 읽으면 어휘, 독해, 읽기 능력이 향상될 뿐만 아니라 생각도 풍부해지면서 미래에 대한 풍부한 생각을 갖게 한다. 책은 단순히 글만 읽는 것이 아니다. 가상의 공간을 상상하면서 책을 읽는 것이다. 그래야 더 실감 나고 즐겁게 책을 볼 수 있기 때문이다. 책은 사람을 만들고 사람은 책을 만든다. 책을 사랑하자.

승철: 책을 읽으면 미래를 알 수 있다. 책 읽기가 습관이 되어 버리면 다른 사람이 모르는 것을 자기도 모르게 알 수 있다. 손톱 뜯기 같은 습관 말고 책 읽기 습관이 되어야 하는데…. 책을 읽어서 안 좋은 점이 없으니, 책을 많이 읽자.

생각 도우미: 오늘 읽은 책 한 권이 나의 인생을 바꿀 수도 있다. 책은 말 없는 스승이다. 좋은 책 한 권이라도 꾸준히 읽는 습관을 만들어 보자. 꼭 시간을 내서 읽는 것보다는 틈틈이 자투리 시간을 활용해 읽는 것도 한 방법이다. 손에 항상 책을 지니고 다니며 책과 가까워지자.

> " 어떤 명작을 억지로 읽는 것은 잘못이다. 독서를 사랑하는
> 것에서 시작해야 한다. "

승재: 어떤 명작을 억지로 읽는다면 잘못된 습관이고 그것은 책을 안 본 것과 같다. 반드시 독서를 사랑해야 어떤 책이라도 읽을 수 있다. 억지로라는 것은 자신이 하기 싫은데 어떤 사람들에 의해 어쩔 수 없이 하는 것을 말한다. 즉, 억지로 하는 것은 도움이 되지 않는다. 자신이 좋아하고 하고 싶은 것을 할 때가 제일 잘 된다. 항상 독서를 사랑하자. 이런 독서 사랑이 나를 더 크게 만든다.

승철: 책을 좋아하는 사람과 싫어하는 사람이 있다. 책을 좋아하는 사람은 부모님이 말하지 않아도 알아서 척척 읽는다. 하지만 책을 싫어하는 사람들은 부모님이 시켜서 읽기 싫은데 억지로 읽는다. 억지로 읽으면 집중도 되지 않고 책 내용이 머릿속에 들어오지도 않는다. 나도 책을 좋아하는 편은 아니지만, 물론 싫어하지도 않는다. 나도 책을 중요하게 생각하고 억지로 읽지 않을 것이다.

생각 도우미: 누가 시켜서 읽는 책은 감동을 주지 못하는 경우가 많다. 내가 스스로 책을 선택하고 읽는 습관을 만들어 보자. 또한, 감동적이거나 느낌이 좋은 책은 주변의 다른 사람에게 권해 보자. 그 내용을 토대로 토론을 한다면 책을 읽는 효과는 몇십 배 증가할 것이다.

> " 책을 읽은 다음에 그냥 덮지 말고 독서 노트를 작성하며 자신만의 생각을 정리하자. "

승재: 매일 똑같은 주제를 계속 쓰니까 쓸 말이 없네요.

승철: 아빠가 보내주신 메시지를 보고 우리가 이 노트에 정리하는 것과 똑같은 것이다. 여기에 나의 생각을 쓰는 것이다. 독서를 하고 자기의 생각을 정리하면 그중에 중요한 것을 모아서 책을 쓰는 좋은 기회가 올 수도 있다. 한마디로 책을 읽으면서 책을 쓰는 것이다. 자기 생각을 노트에 적어 책으로 내는 것도 좋은 방법이라고 생각한다.

생각 도우미: 기록은 세상을 발전시키는 원동력이 된다. 인간이 동물과 다른 점은 언어와 문자를 통해 그 기록을 후세에 남겼기 때문이다. 성공한 사람들의 작은 습관 중 하나가 메모하는 것에서 볼 수 있듯이, 독서 후에 자신의 생각을 기록하는 것은 좋은 습관이다.

> " 행운과 기적도 노력한 자 앞에서만 빛난다. 기적은 열심히
> 흘린 땀방울과 눈물이다. "

승재: 성공은 열심히 노력한 사람들한테 오는 것이다. 그러면 행운과 기적은 어떨까? 행운과 기적 역시 열심히 노력한 사람들에게 따라온다. 열심히 노력했기에 기회가 있었고 이것이 행운과 기적으로 연결되었기 때문이다. 명심하라. 노력이 행운과 기적을 만들고 성공을 만든다. 노력의 대가는 없어지지 않는다. 파이팅!

승철: 가끔 텔레비전을 보면 죽었다가 다시 살아나는 사람들이 많이 있다. 이 사람들은 그만큼 살고 싶었기 때문에 다시 살아날 수 있었으리라 생각한다. 게임을 하다 보면 '레어템'을 획득하는 경우도 있다. '레어템'을 획득할 수 있었던 이유는 그것을 받기 위해 열심히 노력했기 때문이다. 모든 것의 원인은 노력에서부터 시작된다.

생각 도우미: 아무것도 준비하지 않은 사람은 기회와 행운이 온다고 해도 이를 알아차리지 못하고 그냥 흘려 버리는 경우가 많다. 또한, 알았다 하더라도 그 기회를 활용할 능력이 부족하여 성공할 수가 없다. 항상 준비된 사람만이 행운과 기회를 얻을 수 있다는 것을 명심하고 매사에 노력하는 사람이 되자.

> " 세상에 공짜는 없고 우연도 없으며 행운도 없다. 하고자 하
> 는 치열한 노력만이 있다. "

승재: 우리가 살아가는 세상은 노력에 의해 만들어진다. 어느 것 하나라
　　도 그냥 만들어지는 것은 없다. 반드시 사람의 힘으로 이루어진다.
　　세상에는 공짜도 없고 우연도 없고 행운도 없다. 오로지 노력 덕분
　　에 이룰 수 있다. 노력으로 성공이 이어지고 기쁨이 이루어진다. 우
　　리들의 노력은 헛된 것이 아니다. 더 좋은 삶을 사는 것이다.

승철: 노력하면 안 되는 것이 없다. 내가 노력했기 때문에 우연도 오고
　　행운도 오는 것이다. 내가 공짜로 받은 것이 아니라 돈을 받기 전에
　　완벽히 수행하였기 때문에 나한테 돈이 들어온 것이다. 모든 것의
　　시작은 노력이 처음이다.

생각 도우미: 감나무 밑에서 감이 떨어지기를 기다리는 사람은 감을 먹을
　　수 있을까? 그 시간에 나무를 오르던지 장대를 이용해 감을 따야
　　한다. 노력 없는 행운은 없다는 것을 명심하고 항상 노력하는 사람
　　이 되자.

2012년 8월 8일 수요일

> " 내가 꼭 기억해야 할 것은 내가 다른 이에게 준 고통과 다
> 른 이가 내게 베푼 선행이다. "

승재: 내가 상대에 대해서 기억해야 하는 것은 내가 상대에게 준 고통과
상대가 내게 베푼 선행이다. 그래야 나도 상대를 도와야겠다는 생
각이 들고 상대와 더 친하게 지낼 수 있기 때문이다. 항상 상대방
을 만났을 때는 상대가 나에게 준 선행을 생각하자. 내가 상대방을
도와주는 것은 상대방이 나를 도와주는 것과 같다. 상대를 만날
때마다 상대방의 선행을 생각하면서 상대방을 도와주자.

승철: 내가 고통을 준 사람을 생각해보면, 그 사람은 나에게 고통을 주
지 않고 좋은 것을 같이 베풀어 줬다. 그 사람에게 미안한 생각이
들기도 한다. 내가 고통을 줬던 사람을 고맙게 생각하고 미안하게
생각하자.

생각 도우미: 사람은 보통 받기를 더 원한다. 하지만 따뜻한 세상을 만들
기 위해서는 내가 받은 선행을 잊지 않고 주변에 확산시키는 것이
다. 또한, 혹시라도 나 자신의 행복을 위해 타인의 행복을 빼앗지
는 않았는지 항상 생각해야 한다. 내 실수로 인한 작은 고통이라도
상대에게는 평생을 짊어지고 가야 할 큰 고통이 될 수도 있다는 것
을 명심하자.

> 66 남을 원망하고 질책하고 비난하지 말고 내가 무엇을 하면
> 도움이 될까를 생각해라. 99

승재: 내가 하고자 하는 일이 잘 풀리지 않았다고 남을 원망하고 질책하고 비난하지 말자. 이런 생각은 오히려 일이 더 잘 풀리지 않게 하고 남과의 사이도 더 악화시킨다. 이럴 때는 남을 원망하는 것이 아니라 내가 무엇을 하면 도움이 될까를 생각해야 한다. 또, 부정적인 생각 말고 긍정적인 생각을 하면서 적당한 해결책을 찾는 것도 좋은 방법이다. 우리는 무엇인가 실패로 돌아갔을 때 더 강해져야 한다. 그래야 다음 일에는 성공할 수가 있다. 남을 원망하지 말고 해결책을 남과 같이 찾아보자. 이것이 더 좋은 결말을 안겨준다.

승철: 부모님께 도움이 되는 것이 뭘까? 설거지하기, 공부 잘하기, 빨래 널기? 이런 것들이 아니라 효도하는 것이다. 효도란 잘 커서 오래오래 건강하게 사는 것이다. 이것이 어렵지도 않은데 사람들은 전혀 실천하고 있지 않는다는 이야기이다. 남들에게 도움이 되는 사람이 되자.

생각 도우미: 조금 힘들고 어려워지면 남들이나 주변 환경을 원망하는 것은 모두의 발전에 도움되지 않는다. 문제의 원인을 나에게서 먼저 찾아보고 스스로 고칠 수 있는 사람이 되어야 한다. 어렵고 힘든 이웃은 없는지 살펴보고 그 사람을 위해 따뜻한 말 한마디라도 건네주는 행복 전도사가 되어 보자.

> " 다른 사람의 사소한 잘못을 못 본 척 감싸주는 아량도 필요
> 하다. 나도 실수할 때가 있다. "

승재: 다른 사람이 사소한 실수 하나 했다고 바로 혼내버리면 이것은 바
람직한 행동이 아니다. 나도 실수할 때가 있고 모든 사람은 실수를
하기 때문에 다른 사람의 잘못을 못 본 척 감싸주는 아량도 필요
하다. 사실 실수는 나쁜 것이 아니다. 실수는 자신이 무엇을 하고
자 할 때 일어난 것이기 때문에 그다지 나쁜 것이 아니다. 우리들이
살아갈 때 항상 상대방의 잘못만 보지 말고 나의 잘못도 한번 살펴
보아라. 그리고서는 판단해야 한다. 우리들의 용서가 상대에게 큰
힘이 되기 때문이다.

승철: 남이 실수할 땐 뭐라 하고 내가 실수할 땐 모른척하는 사람들이
있다. 탁구에서 복식을 칠 때 내 파트너가 실수를 했을 경우 입에
서 비난과 욕설이 나오면 안 되고 격려가 필요한 것이다. 왜냐? 나
도 파트너처럼 실수할 수 있기 때문이다. 그리고 비난과 욕설이 나
오면 파트너는 자신감을 잃어버리고 더 못하게 된다. 하지만 격려를
해주면 나는 할 수 있다는 자신감이 찾아오게 되고 더욱더 열심히
할 수 있게 된다. 상대방에게 뭐라 뭐라 하지 말고 나부터 잘하자.

생각 도우미: 옛날 역사를 보면 신하의 사소한 잘못을 용서하고 감싸준
임금들은 그들의 충성심으로 위기를 극복하는 경우를 많이 볼 수

있다. 사람의 목숨이나 재물을 손상시키지 않는 실수에 의한 잘못
이라면 살짝 감싸주는 것도 사랑의 다른 표현이다.

엄마 아빠와 두 아들의 **행복한 생각나눔**

> 병원에 가면 환자만 보이고 도서관엔 학생만 보이듯 내 생각과 행동이 환경을 만든다.

승재: 보통 사람들은 환경이 내 생각과 행동을 만든다고 생각한다. 당연히 맞는 말이다. 그러면 내 생각과 행동이 환경을 바꿀 수 있을까? 이건 매우 당연한 말이다. 침울한 공연장도 나의 행동과 생각에 따라서 바뀔 수 있다. 환경은 사람이 만들고 환경이 사람을 만들 수도 있다. 이 중에서 좋은 것은 사람이 환경을 만드는 것이다. 사람이 환경을 만듦으로써 더 신나고 재미있게 지낼 수 있다. 항상 환경을 만들기 위해 노력하자.

승철: 좋은 환경을 만들기 위해서는 배치가 필요하다. 병원에서는 그 환경을 만들 수 있는 병실 같은 것이 배치되어야 하고 도서관은 책 같은 것들이 배치되어 있어야 한다. 그래야지 환자가 생기고 학생들이 자리 잡는 것이다. 사람들이 생각하기에 '여기는 ○○○ 같다.'라고 생각할 수 있는 환경이 되어야 한다.

생각 도우미: 가구나 자리의 배치 문제가 아니라 생각이 행동을 만들고 행동이 인생을 만든다는 것이다. 배우려고 하는 마음이 있으면 모든 것이 나의 스승이 될 수 있다. 소를 냇가에는 끌고 갈 수 있지만 물은 먹일 수 없는 것처럼 내 마음의 변화 없이는 모든 일을 이룰 수 없다.

> " 악을 악으로 갚으면 악이 돌아오고 선으로 갚으면 선이 돌아온다. 선을 행하며 살자. "

승재: 악을 악으로 갚으면 악이 돌아오고 선으로 갚으면 선이 돌아온다? 이 말이 과연 무슨 의미일까? 예를 들어보자. 어느 영감과 하인이 있다. 하인은 영감에게 갚을 빚이 많다. 이런 상황에서 하인이 영감에게 모욕하는 말로 돈을 안 갚는다면 하인은 악에 받친다. 반대로 하인이 영감에게 고운 말을 쓰고 돈을 모두 갚는다면 당연히 하인에게는 선이 돌아오고 이익도 받을 수 있다. 이처럼 악과 선이 하늘 땅 차이인 것처럼 돌아오는 결과도 하늘과 땅 차이다. 아무리 나쁜 일이라도 그 일을 해결할 수 있는 것은 오로지 선행이다. 이 선행으로 하늘과 땅 차이인 기쁨을 누릴 수 있다.

승철: 속담 중에 이런 말이 있다. "오는 말이 고와야 가는 말도 곱다." 내가 좋은 일을 하면 나에게도 좋은 것이 들어온다. '흥부와 놀부'를 보면 놀부는 자기만 이득을 얻기 위해 제비의 다리를 일부러 부러뜨린다. 놀부가 먼저 좋지 않은 것은 제비에게 준 것이다. 그러니 당연히 제비도 놀부에게 재앙을 선물해준 것이다. 오늘 메시지의 말은 정말 공감되고 맞는 말 같다. 이 메시지를 생각하고 살면 거짓말도 줄일 수 있으리라는 생각이 든다.

생각 도우미: 받은 대로 주는 것은 누구나 할 수 있다. 상대방이 나에게

해를 끼치더라도 선행을 베푼다면 상대는 미안한 마음에 다시는 해를 끼치지 않으려고 노력할 것이다. 배려보다 더 어려운 것이 용서다. 용서하는 넓은 마음으로 살아가자.

> " 부모님이기 때문에, 자식이기 때문에, 선생님이기 때문에
> 서로 이해하며 사는 것이다. "

승재: 우리 가족 간의 말이 친구들과 통할까? 사투리와 같은 것이다. 그
지역 사람들만이 아는 단어들이 있다. 그 단어들은 그 지역 사람이
기 때문에 이해하는 것이다. 나의 선생님이기 때문에 이해하는 것
이다. 가족 간에 통하는 말이 있듯이 친구들과도 통하는 말이 있
다. 야구에서 보면 코치가 선수에게 사인을 보내듯이 야구에서도
선수와 코치가 통하는 말이 있다.

승철: 메시지만 작성.

생각 도우미: 우리가 행한 일은 정당한 평가를 받아야 한다. 잘못한 일은
그에 맞는 벌이 따르는 것이 정상적인 사회이다. 하지만 우리의 친
한 주변 사람들은 잘못이 있더라도 이해하고 이를 극복할 수 있도
록 힘을 보태준다. 그분들이 있기에 내가 보호되며 성장하는 것이
다. 항상 감사하게 생각하고 그분들의 마음에 상처를 줄 수 있는
행동을 하지 않도록 노력하자.

> " 가지치기를 해야 열매가 많이 열리듯이 내 일상의 일부를 버릴 때 성과가 커진다. "

승재: "마음을 비워야 채울 수 있다." 이 말은 위의 말과 거의 동일한 말입니다. 물통을 비워야 물을 채울 수 있듯이 우리들의 마음도 비워야 새로운 무엇인가를 채울 수가 있습니다. 요즘 들어 사람들은 잦은 일로 인해 스트레스를 받고 그 스트레스를 쌓아두고 생활합니다. 이는 자신에게 불이익을 주는 것과 같은 것입니다. 항상 자신에게 쌓인 일, 스트레스 등은 버리고 생활합시다. 이런 버리는 생활이 더 많은 것을 채울 수 있게 해주기 때문입니다. 우리들의 버리는 습관이 더 좋은 환경을 만들어 갑니다.

승철: 밭에다가 심은 콩이 자라는 데 영향을 미치는 것이 있다. 바로 잡초다. 잡초가 자라면 콩에게 가야 할 양분들이 잡초로 가버린다. 잡초를 제거하면 콩이 더 많이 클 수 있다. 이처럼 우리도 두 가지 중의 하나를 포기해야 한다.

생각 도우미: 내가 가지고 있는 모든 것에 욕심을 낸다면 큰 성과를 기대하기 어렵다. 적당히 포기하고 꼭 필요한 것에 집중할 때 최고의 성과를 얻을 수 있다. 공부하는 중간중간에 쉬고 놀면 최고가 될 수 없는 것과 같다. 최고를 위해서는 공부에 집중하고 나머지는 가지치기하듯 버려야 한다. 적당한 비움은 더 큰 것으로 채워진다.

> " 세상을 구원하는 자는 재벌이나 학자가 아니라 꿈꾸는 사람들이다. 꿈은 희망이다. "

승재: 'R=VD' 공식은 어떤 사람이든 간에 생생하게 꿈을 꾸면 반드시 이루어짐을 의미합니다. 꿈꾸는 자들은 재벌이나 학자가 아닙니다. 모든 사람들이 꿈을 꿀 수 있습니다. 모든 사람들에게는 목표가 있고, 그 목표가 꿈을 만들고 그 꿈이 희망을 만듭니다. 꿈을 이루면 재벌이나 학자가 될 수 있습니다. 즉, 꿈은 학자나 재벌을 만듭니다. 꿈을 꾸면 안 되는 일이 없습니다.

승철: 꿈은 이루어진다. 생생하게 꿈꾸면 이루어진다. 하지만 그 꿈을 이루기 위해 노력하지 않으면 결코 꿈을 이룰 수가 없다. 세상을 구원하는 꿈은 참 좋은 일이다. 하지만 활동하지 않으면 되지 않는다. 모든 사람들은 꿈이 있다. 꿈이 없는 사람들은 지금 결정하고 그 꿈을 향해 노력해보자.

생각 도우미: 꿈이 있는 사람은 그 꿈을 이루기 위해 최선의 노력을 다한다. 그 결과물로 인해 세상은 풍요롭고 행복해지는 것이다. 혼자 꿈꾸기보다는 함께 꿈꿀 때 중간에 좌절하는 경우가 적고 더 빨리 이루어진다. 희망을 함께 나누는 행복한 세상을 만들어 보자.

> " 잠자는 사람은 꿈을 꾸며 깨어있는 사람은 꿈을 이룬다. 깨어 행동하는 사람이 되자. "

승재: 잠을 자면서 꾸는 꿈은 희망이 아닙니다. 단지 꿈일 뿐입니다. 반대로 깨어 있을 때의 꿈은 희망입니다. 꿈을 이루는 것은 행동으로 이루어집니다. 바로 깨어있을 때의 꿈이 그런 편이죠. 꿈은 자는 꿈이 아니라 노력입니다. 꿈을 이룬다는 것은 노력했다는 것입니다. 항상 꿈을 위해 노력합시다.

승철: 잠을 자는 도중에는 꿈을 위해 노력할 수 없다. 하지만 깨어 있으면 꿈을 위해 노력할 수 있다. 깨어 있을 때 잘해야 하는 것이다. 시간이 얼마 남지 않았다. 열심히 해서 꼭 목표를 달성하는 사람이 되자.

생각 도우미: 꿈이 있다면 깨어나서 행동해야 한다. 막연하게 꿈만 생각해서는 잠잘 때 꾸는 꿈과 같이 허상에 불과하다. 꿈이 있다면 그 꿈을 이루기 위해 자신의 모든 역량을 집중해야 한다. 꿈의 실현은 노력과 땀이라는 것을 알자.

> " 꿈을 이루려면 도움을 받을 수 있는 사람보다 도움을 줄 수 있는 사람과 함께 해라. "

승재: 내용 없음.

승철: 선을 주면 선이 오듯이 내가 도움을 주면 상대도 나에게 도움을 준다. 그러면 꿈에 대한 현실에 더 가까워진다. 하지만 내가 남을 도와주지 않으면 상대도 당연히 도와주지 않는다. 선을 주면 선이 오고 악을 주면 악이 온다는 것이 참 맞는 말 같다. 그래도 남이 도와줘서 이루는 꿈보다는 내가 스스로 노력해서 이루는 꿈이 더 좋은 것이다.

생각 도우미: 내가 성장하기 위해서는 선생님의 가르침이 필요하다. 하지만 선생님의 가르침도 나 혼자만 간직하고 있다면 죽은 지식에 불과하다. 내 지식을 알리는 사람이 올바른 교육을 받은 사람이라고 할 수 있다. 내 꿈을 위해 도움을 받기보다는 타인의 꿈을 이룰 수 있게 도움을 주다 보면 자연스럽게 내 꿈도 이루어진다.

> **❝** '무엇을 했었더라면….'같은 생각을 잊자. 지나간 일이고 앞으로도 도움이 되지 않는다. **❞**

승재: 과거에 대한 후회는 하지 말자. 이미 지나간 일이고 다시 올 수 없는 일이기 때문이다. 항상 지금 현재를 충실히 하고 열심히 하자. 그래야 나중의 미래가 더 좋아질 수 있다. 무슨 일을 해내려고 할 때 과거는 없어야 한다. 오로지 현재와 미래가 있어야 한다. 성공의 결정은 내가 어떻게 하느냐에 따라 결정된다. 현재를 충실히 살자.

승철: 과거의 좋지 않았던 기억들은 빨리 잊어버리는 것이 좋은 것이다. 좋았던 추억들만 가지고 있고 나머지는 잊어버리는 것이다. 옛날 안 좋았던 추억을 생각하게 되면 '내가 이렇게 했었으면 우리가 이겼을 텐데…'라는 생각을 가질 수 있다. 그러면 스트레스가 생기게 되어 몸에 좋지 않을 수 있다. 항상 좋은 생각만 하자.

생각 도우미: 후회는 아쉬움을 남기고 반성은 성공으로 가는 이정표다.

> " 마음만 먹으면 할 수 있다는 것을 사람이라면 행동으로 보여줘야 한다. 말로만 하지 말고…. "

승재: 세상에 실패한 사람을 보면 모두 하나같이 공통점이 있다. 모두 '열심히 해야지.' 생각을 했다. 그러나 행동으로 옮기지 않았다. 행동은 성공으로 이루어지는 데 가장 중요하고 반드시 필요한 것이다. 행동을 하지 않을 때 성공을 하기는 어렵다. 명심해라. 말로만 할 수 있다고 하지 말고 행동으로 보여줘라. 그런 후에 성공을 꿈꾸자. 우리의 성공은 생각과 행동이 만든다.

승철: 대부분의 사람들은 말로만 한다고 하고 전혀 실천에 옮기지 않는다. 이러한 것들이 잘못됐음에도 나 역시 실천에 잘 옮기지 않는다. 마음만 먹으면 할 수 있다고 하지만, 말로만 하고 결과는 같다. 나도 공부를 잘하고 싶다. 그러면 어떻게 하면 잘하느냐? 마음 먹으면 되고 그것을 실천으로 옮기면 되는 것이다.

생각 도우미: 말로 떡을 하면 대한민국 국민 전부도 먹일 수 있다. 말이 아닌 행동이 앞서는 사람만이 성장과 행복을 얻을 수 있다. 혹시나 자신이 이와 같은 행동을 하고 있지는 않은지 생각해보는 시간을 갖자.

> " 달팽이나 지렁이는 빠르지는 않지만, 남들의 길을 막지는 않는다. 걸리는 내가 문제다. "

승재: 남이 무엇인가를 하고 있을 때 아무 일 없이 끼어들지 말자. 이렇게 되면 나뿐만 아니라 상대방도 피해를 입을 수 있다. 상대방이 도와달라고 하면 도와줘도 되지만, 그렇지 않으면 상대방에게 끼어들어서는 안 된다. 상대의 인생에 내가 걸리적거리지 말자. 그저 나의 인생에만 최선을 다하자. 상대방의 인생에서 내가 걸리적거리는 것은 상대방의 잘못이 아니라 자신의 잘못이다. 지금이라도 다시 한 번 넓게 둘러보자.

승철: 달팽이는 눈에 보이지 않는 경우도 종종 있다. 달팽이나 지렁이에 걸려 넘어지는 사람도 있나? 정말 이상한 사람이다. 달팽이, 지렁이한테 걸려 넘어졌다 해도 달팽이, 지렁이에게 화를 낼 수도 없다. 내 잘못을 깨닫고 남 탓하지 말자.

생각 도우미: 사람들은 남 탓하는 안 좋은 습관을 가지고 있다. 또한, 남들의 행동이나 성격을 비난하는 경우도 있다. 하지만 상대방은 나름대로 최선의 노력을 하고 있다. 다만 우리가 보기에는 느리고 한심해 보일 뿐이다. 상대방을 인정하며 내 잘못을 남 탓으로 돌리지 말고 스스로 반성하는 사람이 되자.

> " 우리가 듣고 보는 것이 전부는 아니다. 박쥐와 돌고래가 듣는 소리도 세상의 소리다. "

승재: 우리 사람들은 자신들이 보고 듣고 경험하는 것이 세상의 전부인 줄 안다. 하지만 세상에는 자신들이 모르고 있는 것들이 존재하고 있다. 사람은 듣지 못하지만 박쥐나 돌고래가 들을 수 있는 초음파도 세상의 소리이다. 또한, 사람들은 보지 못하지만 우리 생활 속에 존재하고 있는 기체 역시 세상의 물건이다. 이처럼 우리는 아직도 많은 것을 모르고 있다. 항상 자신이 다 알고 있다고 생각하지 말자. 세상에는 많은 것들이 숨겨져 있다.

승철: 우리에겐 듣고 보는 것이 있다면 박쥐나 돌고래에게는 초음파가 있다. 이들도 우리처럼 다른 동물들에게 알리는 방법이 따로 있다. 그리고 동물도 사람처럼 들을 수 있다. 그것도 사람보다 더 예민하게 말이다. 동물들끼리만 통하는 아주 미세한 소리도 역시나 세상의 소리이다.

생각 도우미: 사람은 자신이 보고 듣고 아는 것이 세상의 전부라고 믿는 경향이 있다. 세상은 다양한 생물들이 존재하고 다양한 현상들이 있기 때문에 우리가 모르는 미지의 세계가 수없이 존재한다. 자신의 얄팍한 지식을 바탕으로 세상을 평가하지 말고, 학습을 통해 더 많은 것을 알려고 노력하는 사람이 되자.

> 모든 기계는 하나만 잘못되어도 움직이지 못한다. 나로 인해 전체가 멈추게 하지 말자.

승재: 기계는 하나만 잘못되어도 움직이지 못한다. 우리들이 하는 일도 마찬가지이다. 무언가 하나만 잘못되어도 실패로 이어지고 만다. '100-1=0' 공식이 있다. 이 말은 위처럼 하나만 잘못해도 모든 것이 잘못된다는 뜻이다. 일을 하려면 마지막까지 최선을 다하자. 아무리 작은 일이라도 최선을 다하자. 그래야 일을 끝낼 수 있다. 최선을 다하자.

승철: 톱니바퀴 하나가 잘못되면 다른 것들도 다 돌아가지 않는다. 우리도 이런 경우가 있다. 형과 나는 아침에 아빠 차를 타고 등교를 한다. 이때 한 명이 옷을 늦게 입으면 그 사람이 다 입을 때까지 기다리다가 가야 한다. 그러면 차도 막히고 우리 학교는 물론이고 아빠 회사가 늦어지게 된다. 항상 뒷사람을 생각하고 빨리빨리 서둘러서 행동하자.

생각 도우미: 서로의 조화가 아름답고 안전한 세상을 만드는 것이다. 세상의 모든 기계와 사회 질서, 가족의 행복, 친구와의 우정 등 무수히 많은 관계가 유지되기 위해서는 자신의 역할이 매우 중요하다. 나의 자존심과 게으름, 무관심 등으로 전체에게 피해를 주는 일이 없도록 생활하자.

> " 악연도 인연이다. 화내거나 슬퍼 말라. 그 악연을 통해 무엇인가를 얻으면 그만이다. "

승재: 나쁜 사람과 만났다고 악연이라고 화내거나 슬퍼하면 안 된다. 모두 인연이고 좋은 무엇인가를 캐낼 수도 있기 때문이다. 악연은 이름만 악연이지 속에 것들은 모두 악한 것이 아니다. 우리들에게 필요한 것도 숨어있기 때문이다. 악연, 불행 모두 좋은 것 한가지씩은 들어있다. 무엇인가를 더 얻고 싶다면 내가 싫어하는 일들도 한번 들여다보자. 그 속에는 좋은 것들이 있다.

승철: 안 좋았던 일이 추억으로 남아 있을 수 있고 좋았던 것도 추억에 남을 수 있다. 친구들과 대화하면서 추억을 얘기할 때 나쁜 추억이 떠올라서 짜증 나는 사람들이 있다. 하지만 이것도 경험이다. 이것을 통해 나는 다른 것을 알 수 있을 수도 있다. 나쁜 추억도 괜찮다고 생각하자.

생각 도우미: 세상을 살아가다 보면 맑은 날도 있고 흐린 날도 있고 비바람 치는 궂은 날도 있다. 좋은 날, 나쁜 날이 있는 것이 아니라 그 상황에서 나의 생활에 필요한 것을 얻으려는 자세가 필요하다. 돌부리에 걸려 넘어지면 재수 없다고 생각하지 말고 그 돌부리를 파내 다른 사람이 넘어지지 않도록 하자. 이것은 나의 악연이 다른 사람에게도 가지 않도록 하는 좋은 생활 습관이다.

엄마 아빠와 두 아들의 **행복한 생각나눔**

> 강을 건너는 다리, 높은 곳을 오르는 사다리와 같이 세상을 이어주는 삶을 살아보자.

승재: 세상을 이어주는 삶을 살기 위해서 우리들은 무엇을 해야 할까? 바로 노력이다. 노력은 강을 건너는 다리, 높은 곳을 오르는 사다리와 같은 역할을 해준다. 즉, 노력은 삶을 이어주는 유일한 다리이다. 사다리가 없으면 높은 곳을 오를 수 없고 다리가 없으면 강을 건널 수 없듯이 노력이 없으면 삶을 이어나갈 수 없다. 삶에서 나의 역할을 찾고 싶다면 지금부터라도 노력하자.

승철: 사람들 간에 말이 통하지 않을 때 사람의 마음속의 다리를 연결해주면 의사소통을 할 수 있다. 서로서로 마음을 연결하면 진짜 다리보다 더 멋있고 긴 다리가 될 수 있다. 남들과 이어지는 다리이기 때문에 더 편하다.

생각 도우미: 친구들이 싸울 때 화해를 시키는 것은 좋은 일이다. 좋은 친구 관계를 유지하기 위해서 내가 친구들의 연결점이 된다는 것은 나의 발전과 친구들의 화목을 위해 좋은 일을 하는 것이다. 세상에는 서로 다른 환경에서 생활하는 사람이 많다. 그 사람들이 모두 한 가족처럼 함께 할 수 있도록 연결해주는 조언자가 되어 보자. 서로를 막아서는 벽과 같은 사람이 되어서는 절대 안 된다.

2012년 8월을 마무리하며…

_____긴 시간을 열심히 따라왔구나 싶다. 아직 내용에 대한 이해가 부족하고 전혀 다른 내용으로 이해하는 경우도 종종 있지만, 생각 도우미를 통해 다시 한 번 정리하는 시간을 가졌으면 한다. 특히 띄어쓰기, 받침, 문맥상 단절, 앞 뒤 내용이 다른 점은 고쳐졌으면 하는 바람이다.

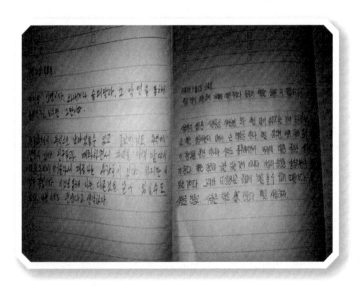

9 월

> **"**
> '경쟁'이란 동료나 친구와 하는 것이 아니라,
> 어제의 나와 하는 것이다.
> 나를 이기자.

> " 한일전 축구에선 최선을 다하는 모습을 볼 수 있다. 라이벌
> 은 나의 성장을 도와준다. "

승재: 내가 꼭 이겨야 하고 오랫동안 인연이 있는 상대라면 그들은 내 라이벌이다. 우리는 라이벌들과 경기할 때는 최선을 다한다. 왜냐하면 '반드시 이겨야 한다'는 승부욕이 생기기 때문이다. 이런 모습은 나의 성장을 도와준다. 항상 나의 곁에 라이벌이 있다고 생각해라. 그러면 급속도로 성장을 할 수도 있다.

승철: 나와 비슷한 상대나 더 잘하는 상대와 경쟁하면 내가 성장하고 있다는 느낌이 든다. 게임도 마찬가지이다. 내가 모르는 것을 상대가 쓰면 상대가 하는 것을 보고 배우는 것이다. 그리고 나보다 잘하는 상대를 만나면 더욱더 열심히 하게 된다. 내가 잘 성장하기 위해서는 나보다 잘하는 사람을 만나보고 배우자.

생각 도우미: 혼자 열심히 하는 것도 중요하지만 내가 극복해야 할 롤모델을 정해 놓는 것도 자극을 주는 좋은 방법이다. 특히나 같은 조직, 학교에서 최고인 대상을 정할 경우에는 직접적인 조언과 도움을 받을 수 있어 그 효과는 크게 나타난다. 또한, 같은 수준의 친구나 동료와 같이 도전하는 것은 서로의 격려와 협조, 경쟁을 통한 긴장감으로 즐겁게 성과를 마칠 수 있다.

> 그림을 그리거나 글을 쓰다 잘못되면 다시 하면 되나, 인생에는 '다시'가 없다. 오늘도 소중히!

승재: 어른들은 하루하루를 소중히 살라고 하신다. 그 이유는 인생은 하나이기 때문이다. 때문에 우리들은 매일 매일 신중히 생각해야 한다. 인생은 나로부터 만들어지고 나로부터 끝이 난다. 또, 중요한 것은 인생은 하나라는 것이다. 한순간이라도 잘못한다면 인생은 사라져버린다. 하루하루를 소중히 여기자.

승철: 한번 실수하면 끝나는 것이다. 전쟁에서 총 없이 전쟁터로 가는 것이랑 조금 비슷하다. 오늘 하루는 지나가면 끝나는 것이다. 과거가 되는 것이다. 과거를 잘 남기고 싶으면 실수하지 않는 것이 좋은 것이다. 그리고 실수를 하게 되더라도 그 실수를 잊어버리고 기다리면 되는 것이다. 하루하루를 소중히 활동하자.

생각 도우미: 영화나 연극은 실수하면 다시 할 수 있다. 하지만 우리의 인생은 연습이 없다. 잘하면 잘하는 대로 못하면 못하는 대로 그대로 인생인 것이다. 후회 없는 인생을 만들고 싶다면 하루하루 최선을 다해 생활해야 한다. 어제나 내일이 아닌 오늘에 충실하자.

> " 자기 스스로 일어나려고 하는 자에게만 신은 기적의 지팡이를 준다. 항상 노력하자. "

승재: 자기 스스로 일어나려고 하는 자는 분명 기회가 오고 그 기회로 성공을 할 수 있다. 이것은 하려고 하는 의지와 자신감에서 나오는 기회이다. 기적은 아무에게나 일어나지 않는다. 오직 노력하는 자에게만 일어난다. 항상 열심히 노력하자. 기적을 바라지 말자. 그러면 성공의 기회는 오지 않는다. 명심하라. 노력은 성공의 어머니다.

승철: 아침에 먼저 일어나는 새가 지렁이를 먹는다는 말이 있다. 이 새들은 부모님이 깨워서 일찍 일어나는 것일까? 절대 아니다. 스스로 일찍 일어나서 제 발길은 찾아가는 것이다. 그러니까 한마디로 부모님이 시키기 전에 자기가 알아서 스스로 하라는 것이다. 스스로 하지 않으면 미래에 어떻게 살아갈지 모르기 때문에 스스로 하는 습관을 가지자.

생각 도우미: 복권을 사야 복권에 당첨될 수 있다. 시험을 보아야 합격할 수 있다. 공부를 해야 1등을 할 수 있다. 모든 일은 하고자 마음먹고 행하는 사람에게만 결과를 주는 것이다. 나는 아무것도 하지 않고 무엇인가를 얻고자 한다면 아무 결과도 얻을 수 없다. 세상은 스스로 하는 자에게만 그에 합당한 결과를 주는 것이다. 움직이지 않는 자는 아무것도 얻을 수 없다는 것을 알고, 목표를 정하고 행동하는 사람이 되자.

> 모든 것을 가질 수 없다. 필요한 것만 원해라. 과도한 욕심은 모든 것을 잃을 수 있다.

승재: 모든 것을 가지려고 하면 오히려 모든 것을 잃을 수 있다. 우리는 필요한 것만 가지려고 해야 한다. 이렇게 되면 깔끔하게 일을 처리할 수 있고 머리가 복잡해지는 일도 막을 수 있다. 학생을 예로 들어보자. 학생들은 필요한 것은 공부이다. 그런데 학생들이 담배를 피우거나 술을 먹는다면? 이는 오히려 모든 것을 잃게 해준다. 많은 것을 바라지 마라. 필요한 것만 얻어라.

승철: 도덕 시간에 '충동구매'/ '과시 소비'/ '모방 소비'라는 것을 배웠다. 셋 다 쓸데없이 사는 것이다. 필요는 없는데 내가 사고 싶어서 사고, 남을 보여주기 위해서 사고, 남이 샀다고 나도 사는 행동은 돈을 낭비하는 것이다. 미래의 인생을 잘 살고 싶으면 과도한 욕심을 부리지 말자.

생각 도우미: 세상의 모든 것을 가지고 싶은 마음은 당연한 것이다. 하지만 세상은 너무 공평하기 때문에 한 사람에게 모든 것을 주지는 않는다. 사람이 하늘을 날 수 있는 날개나 바다를 헤엄칠 지느러미나 날카로운 이빨을 주지 않았지만, 생각하고 행동할 수 있는 높은 지능과 도구를 다룰 수 있는 손을 주었기 때문에 세상을 지배하는 것은 아닐까 생각한다. 영화처럼 슈퍼맨은 현실적으로 없다. 내가 가진 장점을 잘 활용해서 행복을 만들어가는 사람이 되자.

> " 조금만 양보하고 포기하면 모두 내 것이다. 꼭 필요한 것만
> 원해라. 나머지는 욕심이다. "

승재: 항상 나에게 필요한 것을 원하고 가져야 한다. 그렇지 않는다면 모든 것을 잃을 수 있게 될 것이다. 어제 내용과 비슷해서 쓸 말이 없네요.

승철: 필요한 것과 필요하진 않지만 내가 가지고 싶은 것 중에서 한 가지만 고르라고 할 때 욕심이 없는 사람은 필요한 것을 신속하게 선택한다. 하지만 욕심 있는 사람들은 정말 고민되기 마련이다. 한 가지를 포기하면 되는 것인데…. 포기해야 할 것도 내가 보기에는 정해져 있는 거 같다. 쓸데없는 욕심을 갖지 말고 필요한 것만 원하자.

생각 도우미: 어린아이들은 주변에 있는 모든 장난감을 자기 것이라고 생각한다. 특히 장난감 가게에 가면 모든 것을 갖기를 원한다. 과연 모두를 얻을 수 있을까? 아마 어려울 것이다. 우리도 어린아이와 같은 생각을 많이 하는 편이다. 자신이 원하는 것을 모두 자기 것으로 만들려고 한다. 나에게 필요한 것이 아닌 경우도 말이다. 꼭 필요한 것만 내 것으로 만든다면 세상은 더 여유롭고 풍요해지리라고 생각한다. 내 것이 아닌 것을 탐하지 말자.

> " 즐거운 마음으로 잠들면 잠을 잘 잔다고 한다. 잠들기 전에
> 좋은 생각과 미소를…. "

승재: 잠들기 전에 즐거운 마음과 생각을 가지면 잠을 잘 잘 수가 있다. 이유는 마음이 편해지기 때문이다. 마음이 편해지면서 걱정이 없어지고, 계속 즐거울 수 있다. 잠뿐만 아니라 모든 일에서 즐거운 마음으로 하면 잘되기 마련이다. 즉, 즐거움은 곧 나의 일을 도와주는 셈이다. 만약 일이 잘 풀리지 않는다면 즐거운 생각을 하자.

승철: 선잠 자는 사람들이 많다. 어떨 때 선잠을 자느냐면 뭔가가 불안하거나 일이 잘 풀리지 않을 때다. 하지만 행복한 사람들은 왜 행복할까? 잠을 편히 잘 잤기 때문이다. 선잠을 자면 악몽이나 이상한 꿈을 꾸게 되지만 잠을 편히 자면 행복한 꿈이나 좋은 꿈을 꾸게 된다. 항상 생각하더라도 좋은 생각을 하자.

생각 도우미: 인생의 3분의 1은 잠을 자는 시간이다. 그 시간이 힘들고 어렵다면 나머지 시간은 과연 편할 수 있을까? 너희들이 말했듯이 편안한 마음과 즐거운 생각은 생활의 활력소 역할을 한다. 항상 어렵고 힘들더라도 즐거운 마음으로 살아보도록 하자.

> " 부정적 생각, 게으름, 졸림, 편안함을 버리고 긍정적 생각
> 과 노력으로 나를 이겨라. "

승재: 부정적인 것을 이길 수 있는 것은 긍정적인 생각이다. 만약 당신이
부정적으로 살고 있다면 바로 긍정으로 바꿔야 한다. 부정적인 것
을 예로 들면 게으름, 졸림, 편안함 등이 있다. 긍정적인 것을 예로
들면 긍정적인 생각과 노력이다. 부정된 생각은 우리를 불행의 길
로 안내해 주지만, 긍정은 성공으로 이끌어준다. 긍정은 불행을 없
애줄 뿐 아니라 성공을 만들어 주는 것이다

승철: 시험 기간에 공부를 할 때 졸리기도 하고, 게으름 피우고 싶고 다
른 생각을 하게 된다. 내가 못할 것이라 생각하고 공부를 하면 잘
안 된다. 그러나 긍정적인 생각을 하면서 공부를 하면 정말로 성공
할지도 모른다는 생각이 든다. 긍정적인 생각만 하는 게 아니라 그
것을 위해 노력까지 해야 한다.

생각 도우미: 부정은 부정을 낳고 긍정은 긍정을 낳는다. 피곤하고 힘들다
고 생각하면 모든 일이 하기 싫어지고 귀찮아지기 때문에 일의 능
률을 저하시킨다. 똑같은 청소를 하더라도 돈을 벌기 위해 하는 사
람과 거리를 깨끗하게 하여 모든 사람에게 쾌적한 환경을 만들어
준다는 긍정적인 생각을 가진 사람 중에 누가 더 피곤한 삶을 살아
가고 있을까? 전자이지 않을까? 긍정은 행복을 만드는 원천이다.

> " 삶은 스스로 살아가는 것이지 부모가 대신할 수는 없다. 두
> 발에 힘을 주고 일어서라. "

승재: 삶은 다른 누군가가 대신해주는 것이 아니다. 자기 스스로 살아가는 것이다. 물론 삶을 살아가면서 상대방의 도움을 받을 수 있다. 나머지는 자신이 알아서 해야 한다. 그럼 삶을 의미 있게 살기 위해서는 어떻게 해야 할까? 방법은 항상 노력하는 것이다. 노력은 삶을 더 발전시키기 때문에 필요하다. 명심하라. 삶은 상대방의 노력이 아니라 자신의 노력으로 이끌려 간다.

승철: 삶을 살다 보면 귀찮거나 힘들어서 털썩 주저앉는다. 누군가가 내 삶을 대신 살아줄 수는 없나? 로봇? 로봇은 사람이 하지 못하는 위험한 일들을 해주는 것이지 사람의 삶을 대신 살아주는 물건이 아니다. 나의 미래는 내가 알아서 찾아가는 것이지 남이 대신 찾아주는 것이 아니다. 귀찮아도 미래를 향해 일어서자.

생각 도우미: 부모님에 의해 내가 세상에 태어났지만, 그 순간부터 세상과 싸워야 하는 것은 부모님이 아닌 바로 나이다. 배가 고프면 울며 보채 젖을 먹고 아프면 울어 병원을 가게 만드는 것도 나 자신이다. 아무 반응이 없으면 부모님도 모르기 때문이다. 지금 이 순간도 부모님이나 친구들이 나를 위해 할 수 있는 것은 좋은 충고와 위로일 뿐이다. 정신 바짝 차리고 온 힘을 다해 스스로 인생을 개척해나가길 바란다.

> ❝ 성공하지 못한 사람은 '다음에는'/ '언젠가'를 말한다. '다음'과 '언젠가'는 오지 않는다. ❞

승재: 성공을 하지 못한 사람들은 후회를 하면서 '다음에는 반드시 성공할 거야.'라고 다짐을 한다. 하지만 이런 약속은 잘 지켜지지 않는다. 왜 그럴까? 이유는 말로 다짐을 했으면 실천을 해야지 실천을 하지 않았기 때문이다. 항상 '다음'과 '언젠가'는 없다고 생각하고 현재를 열심히 하자.

승철: 기회는 단 한 번이다. 지구가 태양한테 먹히면 다시 새로운 지구가 생길까? 지구가 태양에게 먹히면 그냥 끝나버리는 것이다. '다음 삶에서는 착한 일을 하면서 살 거야.'라는 말을 하고 죽으면 무슨 소용이 있나? 죽으면 끝인데…. 지금 성공하지 않으면 다음에는 더욱더 성공하기가 어려워진다. 매장에서 신발을 안 사고 가면 신발을 못사는 것이다. 1번의 기회를 생각을 잘해서 성공하는 사람이 되자.

생각 도우미: 다음에 시간이 되면 작성하기로 하자. 과연 나의 생각이 옳은 것일까? 생각 한번 해보기….

> 실력 없으면 힘으로, 힘이 없으면 '깡'으로 해라. 최선은 아니지만 후회는 없을 것이다.

승재: 모든 사람에게 한가지씩의 재능이 있다. 이 재능을 잘 활용하면 성공을 할 수 있다. 하지만 재능을 찾지 못했다면 실력으로라도 버티자. 실력이 없다면 힘으로 살고, 힘이 없으면 '깡'으로 살자. 이것은 최선은 아니지만 성공할 길이 있을 것이고, 후회가 없을 것이다. 열심히 살자.

승철: '깡'이란 무엇일까? 죽기 살기로 열정을 다해 뛰는 것이다. 실력, 힘, 기술이 없으면 죽기 살기로 뛰어야 하는 것이다. 하지만 이것마저 하지 않으면 아쉬움이 남게 된다. 내가 조금만 더 뛰었더라면 할 수 있었을 텐데…. 후회가 된다. 뭐든지 최선을 다하는 모습을 보여줘야 한다. 항상 최선을 다하자.

생각 도우미: 사람은 능력의 한계가 있기 마련이지만, 극한 상황에서는 초인적인 능력을 발휘하는 것 또한 사람이다. 교통사고를 목전에 둔 자식을 위해 온몸으로 자동차를 막은 엄마의 이야기를 해외 토픽으로 본 적이 있다. 이는 지식과 힘이 아닌 초인적인 능력이다. 이것이 '깡'이 아닌가 생각한다.

> " 계란을 스스로 깨뜨리면 병아리가 되고 남이 깨뜨리면 프라이가 된다. 스스로 깨자. "

승재: 스스로 일을 하면 그 대가가 찾아온다. 그 대가는 분명히 좋은 것일 것이다. 여기서 스스로라는 것은 열심히 최선을 다한다는 뜻이다. 힘든 일이 있어도 좌절하지 말고 계속해서 도전해보자. 그러면 결과가 아주 좋을 것이다.

승철: 자기가 알아서 스스로 하면 성공할 수 있지만, 남이 하면 성공할 수가 없다. 남이 도와주기를 원하면 결코 성공할 수 없다. 나 혼자 스스로 노력해서 얻은 결과가 바로 성공이다. 닭은 알을 낳기 위해서 혼신의 힘을 다한다. 여기까지 와서 포기하기에는 너무 아까운 것이다. 절반은 넘게 온 것인데 최선을 다하자.

생각 도우미: 참 좋은 말인데 표현할 방법이 생각나지 않으니 이 무슨 조화인가? 나는 단지 자음과 모음을 섞어 문장을 만들고 있는 것은 아닌지 의심을 하게 되는구나. 미안하다, 얘들아. 아빠도 가끔은 하기 싫을 때가 있나 보다. 엄마에게 물어보렴. ㅋㅋ

> " 모르는 것이 부끄러운 것이 아니라 노력하지 않는 것이 부끄러운 것이다. 항상 배우자. "

승재: 모르는 것은 부끄러운 것이 아니다. 자신이 알고 있는 게 없으니 당연히 모르는 것이다. 반면에 알면서도 노력하지 않고 실천하지 않는 것은 부끄러운 것이다. 이것은 모르는 것이 아니라 하기 싫어서 안 하는 것이다. 이런 부끄러운 행동을 하게 되면 상대방은 물론이고 자신에게도 안 좋은 영향을 끼칠 수 있다. 항상 알려고 노력하고 실천하자. 이런 실천이 나를 좋게 만들 수 있기 때문이다.

승철: 모르는 것이 부끄러운 것이 아니라 그 모르는 것을 물어보지 않는 것이 더 부끄러운 것이다. 사람마다 모르는 것이 있기 때문에 전혀 부끄러운 것이 아니다. 아무리 공부를 잘한다고 해도 모르는 문제가 있을 수 있다. 그 문제를 풀기 위하여 노력하는 것은 좋지만, 미리 포기해 버리는 것은 좋지 않다. 모르는 것이 나왔다고 가만히 있지 말고 계속해서 풀어보자. 반드시 구멍은 보인다.

생각 도우미: 처음부터 잘하는 사람은 없다. 노력을 통해 달인의 경지에 오르는 것이다. 정상에 선 사람들의 특징은 끈기와 열정을 가지고 끝없이 노력을 반복했다는 점이다. 노력 앞에 실패는 설 자리가 없다. 항상 배우고 노력하는 사람이 되자.

> 66 내가 모르는 것은 질문을 통해 내 것으로 만들자. 질문은
> 나의 발전에 큰 도움이 된다. 99

승재: 질문을 한다는 것은 창피한 것이 아니다. 내가 모르는 것을 알려고 노력하는 것이다. 질문을 하면 내가 모르는 것을 알 수 있다. 나의 발전에도 큰 도움이 된다. 이뿐만 아니라 질문을 통해 상대방과의 의사소통, 친근감을 더 높일 수 있게 된다. 질문은 많이 할수록 좋다. 또, 질문할 때 사소한 것이라도 내가 모른다면 물어보는 것이 맞다. 우리가 생각하기에 질문은 별거 아닌 것 같지만, 질문을 통해 여러 일을 이득 볼 수 있다. 질문을 통해 나를 발전시키자.

승철: 축구 경기를 할 때 우리보다 강한 팀과 맞서게 되면 우리는 실력을 늘릴 수 있다. 이것과 마찬가지이다. 모르는 문제를 내 문제로 만드는 것이다. 남이 사용하는 개인기를 나도 연습해서 내 것으로 만드는 것과 같은 것이다. 그럼 나는 더욱더 발전하게 되는 것이다. 발전하기 위해서 배우자.

생각 도우미: 공부 잘하는 친구들의 특성을 보면 질문을 통해 배운다는 것이다. 모르는 것은 그냥 넘기지 말고 세상 끝까지라도 찾아가서 배우려고 하는 열정이 있어야 한다. 질문은 나의 발전에 도움이 되며, 좋은 스승을 만날 수 있는 기회도 된다. 자신이 알고 있는 것은 남에게도 전해주는 것이 진정한 교육의 목적이다. 많이 배우고 많이 전파하는 사람이 되자.

> " 내가 흘린 땀과 노력의 양에 따라 거둘 수 있는 수확량은 달라진다. 땀은 결과다. "

승재: 열심히 일을 한다면 결과는 좋을 것이다. 반면, 열심히 일을 하지 않는다면 결과는 좋지 않을 것이다. 이것은 당연한 결과이다. 결과는 내가 흘린 땀과 노력의 양에 따라 달라지기 때문이다. 즉, 노력을 하지 않는 자는 성공의 길을 걸을 수 없다는 것이다. 물론 땀과 노력은 힘든 산을 넘는 것과 다를 게 없다. 하지만 그 산을 넘으면 힘든 일이 사라지고 웃음과 기쁨이 온다. 우리도 좋은 결과를 위해서 노력하자.

승철: 고구마나 감자를 캘 때 10분만 하면 조금의 양밖에 얻지 못하지만 1시간을 하면 10분 한 것보다 6배나 더 얻을 수 있다. 일을 얼마만큼 했는지를 알려주는 것은 땀이다. 내가 흘린 땀과 노력이 성과를 좌우하듯이 열심히 하면 그만큼 더 많이 받을 수 있고 그렇지 않으면 그만큼 못 받는 것이다.

생각 도우미: 유명한 운동선수들은 평소 연습량이 어마어마하다. 그들은 일반인들이 상상할 수 없을 정도로 열정과 노력을 쏟기에 자신의 분야에서 돋보이는 것이다. 모든 세상 이치는 이와 같다고 볼 수 있다. 운동이나 공부, 성과, 재능은 열심히 노력한 땀방울이 모여 이루어지는 것이다. 열심히 노력한 사람에게는 좋은 결과가 따라온다.

> " 뛰고 놀고 쉬고 싶은 마음은 다 똑같다. 이번은 미래를 위
> 해 저축해두자. "

승재: 모든 사람들은 뛰고 놀고 쉬고 싶은 마음을 가지고 있다. 이들 중
몇몇 사람들은 열심히 노력하고 땀을 흘린다. 이 사람들은 미래를
위해 저축해놓은 것이다. 미래는 아무도 모르지만 예측할 수 있다.
그래서 이 사람들은 미래에 더 즐겁게 할 수 있게 저축을 하는 것
이다. 우리도 미래를 위해 저축해두자.

승철: 이번 주는 시험 기간이고 다음 주는 시험이다. 나는 상위 20% 안
에 들기 위해서 모든 것을 포기하고 공부만 하고 있다. 중간에 쉬
기도 하지만 하루 일과가 거의 공부인 것 같다. 계속 스트레스를
받고, 이 스트레스를 제대로 풀지 못해 계속해서 쌓인다. 포기한
모든 것을 시험이 끝나면 전부 다 해버리고 싶다. 상위 20% 안에
들어야 한다. 열심히 하자.

생각 도우미: 승철이 파이팅! (엄마가.) 확실한 목표를 정한 다음 그 목표
에 도달하는 방법은 현재에 집중하는 것이다. 불필요하고 도움이
안 되는 행동들을 자제할 수 있는 사람이 목표에 도달할 수 있다.
현재의 편안함은 목표를 가로막는 장애물이다. 최선을 다한 후에
원하는 결과와 함께 편안한 휴식의 시간을 가져보자.

> " 믿음과 신뢰와 사랑이란 나 혼자만을 위한 것이 아닌 상대
> 와 같이 성장하는 것이다. "

승재: 믿음과 신뢰, 사랑은 나 혼자만이 가질 수 있는 것도 아니고 혼자
만을 위한 것도 아니다. 이것은 누구든 함께 가질 수 있는 것이다.
우리는 살아가면서 많은 믿음과 신뢰와 사랑을 받는다. 이를 모두
함께 나누면 혼자보다 더 많은 즐거움을 누릴 수 있고 웃을 수 있
다. 무조건 혼자만 하려고 하지 말고 상대방과 같이 생각하자. 그
럴수록 나의 성장은 더 빨라진다.

승철: 다른 사람에게 믿음이 가는 행동을 하면 나만 좋을 뿐만 아니라
다른 사람들에게도 좋을 것이다. 사랑도 혼자 나누는 것보단 다른
사람과 함께 나누는 것이 행복하다. 이기주의보다는 이타주의, 남
을 생각하는 사람이 돼야 한다. 나만 살려고 함께 해온 사람들을
버리고 도망치는 것은 어리석은 것이다. 다 같이하면 모두 다 살 수
있는 것을… 나 혼자 말고 모두 같이 성장하자.

생각 도우미: 혼자 세상을 살아갈 수는 없다. 함께하고 같이하는 것이 세
상을 살아가는 것이다. 상대와 나의 재능을 함께 나누는 것이 진정
한 사랑이며 동반 성장이다. 혼자 하려는 욕심을 버리고 살자.

> "'경쟁'이란 동료나 친구와 하는 것이 아니라, 어제의 나와 하는 것이다. 나를 이기자."

승재: 대부분의 사람들은 '경쟁'이라는 단어를 사람과 사람이나 기업과 기업 간의 싸움, 갈등 같은 것으로 알고 있다. 맞는 말이다. 원래 경쟁은 싸우는 것을 의미하니까…. 그런데 이런 것 말고 아주 중요한 경쟁이 있다. 바로 나 자신과의 경쟁이다. 이때 나 자신을 이기게 되면 100% 좋은 일이 생긴다. 나 자신을 이김으로써 자존심이 살아나고 용기가 넘쳐 나오고 이긴 것만으로도 큰 도움이 되기 때문이다. 물론 나 자신을 이기는 것은 그렇게 쉬운 일이 아니다. 하지만 그 쉽지 않은 일을 해내면 이득이 널리 퍼진다. 상대방보다는 나를 먼저 이기자.

승철: 가족끼리 밤을 따러 갔는데, 어제는 104송이를 땄다. 내일 밤을 따러 갈 때에는 어제 딴것보다 더 많이 따고 싶은 욕심이 생긴다. 그렇다면 오늘의 나는 어제의 나와 경쟁하는 것이다. 그러면서 매일 매일 노력하여 많은 밤을 따게 되는 것이다. 성적도 이렇게 많이 올라가면 얼마나 좋을까? 정말로 성적을 올리고 싶다. 열심히 노력하고 좋은 결과가 나오지 않았을 때도 더욱더 열심히 할 것이다.

생각 도우미: 자신을 이기고 통제할 수 있는 능력이 있어야 한다. 나쁜 습관을 없애고 좋은 생각을 하고 어제보다 발전한 자신을 만드는 것이 진정한 경쟁이다. 자신과의 경쟁에서 이기는 삶을 살자.

2012년 9월 26일 수요일

> " 막연한 노력보다는 확실한 목표를 정해 놓았을 경우 최선과
> 열정을 다할 수 있다. "

승재: 아무것도 정해놓지 않고 무조건 노력을 했을 경우에 결과는 그렇게 좋지는 않을 것이다. 이번에는 확실한 목표를 정해놓고 열심히 노력을 한다면 결과는 어떨까? 결과는 아주 좋을 것이다. 이처럼 목표를 정해놓고 하는 것과 그렇지 않을 경우의 차이는 하늘과 땅 차이다. 만약 지금 그냥 노력하는 분이 있다면 그 노력을 접고 분명한 목표를 내세운 다음에 노력을 하자. 그 노력이 나에게 도움을 더 많이 준다.

승철: 무작정 노력한다고 실력이 느는 것은 아니다. 내가 뭘 먼저하고 뭘 나중에 할 건가를 정해 놓고 그것에 따라 최선을 다하면 되는 것이다. 10시간 의자에 앉아 있다고 공부를 잘하는 것일까? 1시간 앉아서 열심히 하는 것이 그냥 10시간 의자에 앉아 있는 것보다 훨씬 나은 것이다. 그 순간에 집중해서 빨리 끝내는 것이 좋은 것이다. 방학 때 계획표를 짜는 것은 그 시간에 맞춰서 최선을 다하라는 것이다. 언제나 최선을….

생각 도우미: 꿈을 현실화하는 방법은 그 꿈을 구체적으로 작성하고 날마다 그 꿈을 읽고 꿈을 향해 노력하는 것이다. 조금씩 꿈과 가까워지는 자신의 모습을 보면서 더욱 분발하는 힘이 생기는 것이다. 막연한 꿈이라면 지금 당장 구체적인 꿈 목록을 만들어 보자.

> 조금만 참고 기다리는 연습을 하자. 모두들 하나의 일을 완성하기 위해 노력 중이다.

승재: 세계에서 평가하기를 한국 사람들은 빠른 정보화로 인해 참을성이 부족하다고 한다. 그래서인지 우리나라에는 중간에 포기하는 사람들이 많다. 참을성은 어느 것보다 굉장히 중요한 것이다. 얼마만큼 중요한지 예를 들면, 내가 가고 싶은 학교에 가려면 열심히 글짓기를 해서 제출해야 한다. 그래서 열심히 글짓기를 마치고 결과가 나오기를 기다리는데 아무리 기다려도 결과가 나오지 않는다. 나는 그만 화가 나서 그 학교를 때려치우게 되었다. 즉, 참을성이 부족함으로 인하여 내가 하고 싶은 일을 하지 못하게 되는 것이다. 아무리 열심히 노력해도 참을성이 부족하면 모두 물거품이 되어버리고 만다. 그래서 우리는 조금만 참고 기다리는 연습을 해야 한다. 그럴수록 나도 좋아지고 대한민국도 좋아진다. 참을성을 가지자.

승철: 중간고사 기간은 이틀이다. 하지만 하루만 보고 시험이 끝났다고 노는 사람들이 있다. 이 사람들은 다음날 시험을 잘 못 본다. 이유는 간단하다. 끝까지 열심히 하지 않았기 때문이다. 조금만 참고 연습하고 노력하면 좋은 성과를 얻을 수 있지만, 참지 못하고 노는 사람은 논 만큼의 대가가 주어진다. 정말 안타까운 사람들이다. 끝났다고 생각하지 말고 끝까지 최선을 다하자.

생각 도우미: 조급함은 일을 그르칠 수 있다. 모든 일에는 시간이 필요하기 때문이다. 아이들이 걷기 위해서는 최소 1년이 필요한 것처럼 지금의 부족함을 지적하기보다는 좀 더 참고 기다려주는 여유 있는 마음으로 세상을 대하며 살자.

> " 높은 산도 한 걸음씩 가야만 정상에 오를 수 있듯이 미래를 위해 오늘도 파이팅! "

승재: 나의 성공을 위해서 한번에 높은 꿈을 꾸면 안 된다. 이러다가 실패하기에 십상이다. 무슨 일을 하든 간에 작은 것부터 천천히 시작하는 것이 좋다. "천 리 길도 한 걸음부터."라는 속담이 있듯이 모든 일은 천천히 하는 것이 옳은 일이다. 처음부터 시작하면 어떤 것이 좋을까? 성공할 확률이 높아지고 꼼꼼하게 볼 수 있다. 지금이라도 성공을 향해 나아간다면 천천히 꼼꼼하게 시작해보자. 성공의 길이 더 넓어진다.

승철: "티끌 모아 태산이다."라는 속담이 있다. 작은 것들이 모이면 큰 것이 된다. 지우개 가루가 모이면 지우개가 되듯이 천천히 차근차근하면 큰 것도 만들 수 있다. 산도 마찬가지이다. 나는 정상까지 오를 자신이 없는데 한 걸음 한 걸음씩 나아가면 어느새 나는 정상에 서 있게 된다. 차근차근 미래를 향해가면 언젠가는 도달할 수 있게 된다. 천천히 하자.

생각 도우미: 앞만 보고 열심히 가다 보면 원하는 목표에 도달할 수 있다. 오늘도 나를 유혹하는 수많은 어려움을 떨쳐버리고 정상을 향해 한발 한발, 뚜벅뚜벅 나아가는 하루를 살아보자.

2012년 9월을 마무리하며…

　　　　다소 황당하고 현실적이지 못한 내용도 있지만, 우리들이 살아 가면서 한번 생각해보면 좋은 내용들로 구성해보고 싶은 욕심에 여기까지 온 것이 아닌가 싶다. 지금은 아닐지라도 훗날 인생에 도움되며 험난한 세 상을 헤쳐나가는 데 작은 등대 역할을 했으면 한다. 마지막 마무리하는 그 날까지 최선을….

10 월

66

인생은 마라톤이다.
즐거움만 추구하고 힘들다고 포기하면 목표에 도달할 수 없다.

> " 고요함은 수행하는 분들에게 필요한 것이다. 만나면 떠들썩
> 한 대화로 활력을 주자. "

승재: 친구가 만나자고 해서 만났는데 아무 말도 하지 않는다면 분위기
가 활력이 넘칠까? 오히려 분위기가 심각해진다. 이럴 때는 시끌벅
적하게 친구와 얘기하는 것이 옳은 것이다.

승철: 대화는 말하는 것이다. 말을 많이 하면 좋다. 말을 많이 하면 수
명이 늘어나기도 한다. 그리고 기운이 없을 때 대화를 하면 기운이
나기도 한다. 탁구 시합에서 지고 있을 때 응원을 해주면 용기가
나고, 할 수 있다는 생각이 들어서 더욱더 열심히 하여 상대를 이
길 수 있는 것이다. 오랜만에 만난 친구와도 대화를 많이 하게 된
다. 대화가 삶의 활력소가 되도록 하자.

생각 도우미: 서로 바쁘고 지쳐있기 때문에 대화를 많이 나누지 못하는
것 같다. 한 가정에서 가족 간의 화목한 대화는 활력을 주는 원동
력이 된다. 대화를 하다 보면 나의 고민과 어려움을 자연스럽게 말
할 수 있고 상대방의 생각을 이해할 수 있게 되어 서로에게 도움을
줄 수 있다. 우리 가족이 거실에 둘러앉아 서로의 고민과 관심사를
나누는 시간을 많이 만들었으면 한다.

> " 우리가 좋아하는 행운은 내 작은 친절 하나로도 불러올 수
> 있다. 친절을 실천하자. "

승재: 친절은 다른 사람을 웃게 만들 수 있다. 그리고 행운도 불러올 수
있다. 친절로 인해서 다른 사람의 기분이 좋아지고 분위기가 업 되
기 때문이다. 지금까지 우리가 알고 있었던 친절은 그냥 기분이 좋
은 것의 의미였지만, 진정한 뜻은 작은 친절들로 인해서 화기애애
해지는 것이다. 항상 친절을 베풀자.

승철: 「검정 고무신」이라는 만화 프로그램이 있다. 이 만화 주인공인 기
영이는 작은 친절로 자기가 원하던 것을 얻을 수 있었다. 고작 할
아버지의 짐을 들어주었을 뿐인데, 그에 못지않게 큰 행운이 찾아
온 것이다. 하지만 일부러 행운을 얻으려고 친절을 베푸는 것은 좋
지 않은 것이다. 그것은 심술궂은 놀부가 되는 것이다. 계획하지 말
고 모든 사람에게 선한 사람이 되자.

생각 도우미: 내가 치운 돌 하나가 큰 사고를 막을 수 있고 내가 베푼 작
은 친절은 세상을 행복한 사회로 만들 수 있다. 눈사람을 만들 때
처음에는 작은 눈덩이가 큰 눈사람이 되는 것과 같은 이치이다. 작
은 실천은 큰 행복의 씨앗이다.

> **모든 사람은 이 세상에 큰일을 하기 위해 태어났다. 위기란 나를 단련시키기 위한 것이다.**

승재: 사람은 뇌가 있고 생각할 수 있고 그 생각으로 행동할 수 있다. 그렇게 사람은 큰일을 해낼 수 있다. 그리고 사람은 위기가 오면 상황 대처 능력이 활발해지고 행동이 빨라진다. 즉, 위기로 인해서 자신을 더 단련시킬 수 있다. 모든 사람에게는 능력이 하나씩 있다. 그 능력을 어떻게 쓰느냐에 따라서 성공과 실패로 나뉘게 된다. 우리가 알고 있는 성공은 위기로 인해 생겨나지 않았을까?

승철: 오늘 메시지 내용이 잘 이해가 되지는 않지만, 그래도 한번 써보겠다. 사람이 위기에 빠졌을 때 내가 배운 대로만 하면 그 위기에서 벗어날 수 있다. 위기에서 벗어나면 나는 큰일을 한 것이다. 위기 상황에서의 대처 방법. 별거 아닌 것 같지만, 큰일을 한 것이다.

생각 도우미: 머리가 똑똑한 사람, 체력이 좋은 사람, 기술이 좋은 사람, 유머가 가득한 사람, 역기를 잘 드는 사람 등 다양한 사람들이 세상에는 함께 살아간다. 각자의 자리에서 자신의 재능을 잘 활용한다면 행복하고 즐거운 세상이 만들어질 것이다. 나보다 조금 잘난 사람을 만났다고 기죽지 말고 그 위기를 나의 발전을 위한 기회로 삼아야 한다. 또한, 그를 시기하지 말고 그의 장점을 묻고 배워 내 것으로 만드는 것은 세상을 위해 아름다운 것이란다.

> " 성공은 가치관에 따라 다르다. 내가 하고 있는 일이 의미
> 있는 일이면 성공한 삶이다. "

승재: 성공한 사람들에게 물어보면 지금 하고 있는 일에 만족하고 의미
있는 일이라고 말한다. 그렇다. 내가 하고 있는 일이 의미 있는 일
이면 성공이라고 볼 수 있다. 성공은 가치관이다. 내가 성공하고 싶
다면 의미 있는 일, 나에게 필요한 일을 찾아서 하는 것이 좋다. 아
니면 내가 지금 하고 있는 일을 의미 있게 생각해라. 성공은 내 생
각에서부터 시작되는 것이다.

승철: 나는 미래에 직업을 가질 수 있고 못 가질 수도 있다. 지금 자기가
하고 있는 일을 생각해보아라. 만족하는가? 만족하지 못하는가?
물론 다른 사람의 입장에서도 생각해보아야 한다. 나 자신, 다른
사람이 만족하면 성공한 삶이다. 지금 내가 성공한 삶을 살면 미
래에 좋은 직업을 가질 수 있지만 내가 지금 성공보단 부족한 삶을
살고 있을지 모르니까 열심히 하자.

생각 도우미: 돈이 많다고 성공한 것은 아니다. 부정한 방법으로 부자가
됐다면 남의 지탄을 받을 것이다. 가난하지만 세상과 나누며 사는
사람이 진정 성공한 사람인 것이다. 물론 많은 돈을 정당한 방법으
로 벌어 기부를 통한 따뜻한 세상을 만드는 사람이면 남들도 인정
하는 성공한 사람이라고 볼 수 있다.

> " 아무리 많은 친구들과 동료들의 응원이 있어도 실력이 없으면 진다. 실력을 키우자. "

승재: 내가 무엇인가를 이루고자 한다면 노력을 해서 나의 실력을 키워야 한다. 그다음 그 실력으로 나의 목표를 향해 가야 한다. 실력은 내가 원하고 싶은 일을 할 때 아주 중요하고 결정적인 역할을 한다. 실력이 없으면 내가 원하는 일을 할 수 없기 때문이다. 다른 사람의 응원이 있어도 실력이 없으면 할 수 없다. 모든 일은 실력에 달려있다. 실력을 키우자.

승철: 시합 때 물론 응원도 중요하기도 한다. 응원을 하면 풀 죽어있는 사람도 활기차게 만들 수 있다. 하지만 사람들이 도와줘도 내가 실력이 없으면 어쩔 수 없는 것이다. 본인의 실력이 가장 중요한데 그것마저 없으면 시합에서 할 게 없다. 나가고 싶다고 시합을 나가면 우승하는 것이 아니다. 본인의 실력을 키우고 나아가자.

생각 도우미: 2002년 월드컵은 우리나라에서 개최되었다. 전 국민의 열광적인 응원이 있었기에 4강이라는 신화를 창조할 수 있었다. 하지만 우승은 하지 못했다. 전 국민이 밤낮으로 태극전사를 응원했지만, 세계 축구의 벽을 넘기에는 실력이 부족했기 때문이다. 진정한 승자는 실력을 갖춘 사람에게 돌아오는 것이다. 실력과 무한한 신뢰를 바탕으로 한 응원이 함께 있을 경우에 최고의 성과를 달성할 수 있는 것이다. 그중에서 가장 기본은 실력이라는 것을 명심하자.

> " 사흘 굶은 사람이나 하루 굶은 사람이나 똑같이 배고프다.
> 상대를 먼저 배려하자. "

승재: 대부분 사람들은 이기적이어서 자신의 것만 생각하는 경향이 있
　　　다. 이런 경향이 더 심해지고 오랫동안 이어지면서 우리 사회에 빈
　　　부격차라는 말이 생겨났다. 빈부격차란 잘사는 집안은 엄청 잘사
　　　는데, 못사는 집안은 엄청 못사는 현상으로 일명 재벌과 거지가 생
　　　겨나는 현상이다. 이런 일을 막기 위해서는 못사는 사람들을 배려
　　　해야 한다. 남을 먼저 생각하는 마음으로 도와줘야 한다. 그러면
　　　빈부격차도 줄어들고 사람들이 평등해질 것이다.

승철: 메시지 내용을 잘 모르겠습니다.

생각 도우미: 세계적인 성인으로 추앙받는 테레사 수녀님이 봉사활동을
　　　할 때의 유명한 일화가 있다. 테레사 수녀님은 언덕 위에 사흘을
　　　굶은 가족이 있다는 주변의 말을 듣고 약간의 음식을 들고 그 집
　　　을 방문했다. 사흘을 굶은 그 여인은 음식을 받자 바로 그 음식을
　　　옆집에 가져다주는 것이었다. 테레사 수녀님은 왜 음식을 가족에게
　　　먹이지 않았는지를 묻자 그 여인은 "우리는 사흘을 굶었지만, 옆집
　　　은 닷새를 굶었기 때문에 우리보다 음식이 더 필요했기 때문이다."
　　　라고 자연스럽게 말하고, "아직 우리는 이틀을 버틸 수 있는 힘이
　　　있다."고 말했다. 배고프고 가족이 우선인 것이 사람의 본 모습이

지만, 그 순간 이후 수녀님은 세상에서 가장 아름다운 모습을 보았다고 말씀하시곤 했다. 누구나 힘들긴 마찬가지이다. 나보다 어려운 사람을 위해 내 것을 아낌없이 주는 것이 세상을 초월한 사랑이라는 것을 몸소 실천하는 사람이 되었으면 한다.

엄마 아빠와 두 아들의 **행복한 생각나눔**

> ❝ 남에게 의존하거나 이용하지 않는 것이 사랑이다. 이용한 순간 미움, 다툼이 생긴다. ❞

승재: 사랑은 이용하는 것이 아니다. 서로 간에 진심으로 좋아하는 것이 진정한 사랑이다. 만약 사랑을 이용한다면 그 사랑은 오래갈 수 없고 오래가더라도 분위기 나쁜 시간을 보낼 것이다. 거짓은 숨길 수 없다. 언젠가 밝혀지게 되어 있다. 그러니 사랑으로 이용하지 말고 사랑으로 인정받아 보아라 사랑으로 인정받을 수 있다면 나는 누군가를 진심으로 사랑하는 것이다.

승철: 남이 나한테 시키는 것, 남이 나한테 뭐라고 하는 것, 이용당한다는 생각을 안 해보았나? 이런 것을 계속하게 되면 싸울 수도 있고 연인 같으면 헤어질 수도 있다. 내가 이용당하는 것도 한번 생각해 볼 필요가 있고 내가 이용하는 것도 한번 생각해 봐야 할 문제들이다. 이런 것들을 이겨내면 된다. 반드시 해결책은 있다. 부정적인 생각을 갖지 말고 긍정적으로 생각하자.

생각 도우미: 도움을 받는 것은 필요하다. 상대방의 진심과 협조를 얻기 때문이다. 하지만 상대방을 이용하여 나의 실속을 차리는 것은 아주 잘못된 것이다. 상대방이 모를 수도 있지만, 영원히 감춰지는 것은 아니다. 한두 번은 이해하고 용서하겠지만 진정한 반성과 용서가 없을 경우에는 협력자를 잃을 수도 있을뿐더러 나의 적으로 만

들 수도 있다. 진정으로 협조를 구하고 상대방의 도움을 요청하는 것은 서로의 관계를 영원히 지속시킨다는 것을 명심하자.

> 66 완벽한 어른은 없다. 조금씩 부족하지만 노력하고 다듬어
> 서 완벽한 어른이 되어간다. 99

승재: 이 세상에 완벽한 사람은 없다. 모든 사람들에게는 약점이 있고
부족한 점이 있는 법이다. 이건희 회장이나 대통령에 당선된 사람
들도 완벽한 것 같지만, 분명히 부족한 점, 약한 점이 있을 것이다.
그런데 왜 이 사람들은 무너지지 않는 것일까? 바로 항상 노력을
하기 때문이다. 부족한 점을 노력하면서 매일 채우는 것이다. 노력
을 한다면 안될 것이 없다. 아무리 부족하고 어렵다 해도 노력으로
는 이겨낼 수 있다.

승철: 처음부터 잘하는 사람은 없다. 그것을 연습해서 나중에 잘하게 되
는 것이지, 처음부터 잘하는 사람은 없다. 잘하려면 조금씩 하면
된다. "티끌 모아 태산"이라는 속담이 있다. 작은 것들이 모이면 큰
것이 되듯이 조금씩 하면 나중에 완벽해질 수 있다.

생각 도우미: 어른이 되면 모든 것을 할 수 있다고 생각하는 경우가 있다.
하지만 나이를 먹어 어른이 된다고 해도 생각의 깊이가 없으면 부
족한 어른이 될 수 있다. 조금씩 자신의 지식과 경험을 통해 어른
의 자질을 만들어가는 것이다. 아무런 준비가 안 된 어른으로 살아
가지 않기 위해서는 항상 노력하고 다양한 생각을 하는 생활을 하
여야 한다.

> " 호기심은 성장의 밑거름이다. 단, 너무 빠른 호기심은 몸과 마음을 다치게 할 수 있다. "

승재: 중고등학교 때는 호기심이 많을 때이다. 호기심을 가지면서 빠르게 성장을 한다. 그런데 몇몇 학생들은 호기심을 가질 때 나쁜 생각을 가지는 학생들이 있다. 이러면 몸과 마음을 다칠 수 있다. 호기심을 가질 때는 좋은 생각, 도움이 될만한 생각을 해야 한다. 지금이 가장 중요한 시기이다. 미래의 나가 지금 결정된다. 좋은 생각을 하자.

승철: 호기심의 종류는 여러 가지가 있다. 패딩의 실밥을 풀어 옷이 망가지거나, 청소년이 술과 담배를 접하는 것도 호기심이다. 이런 것들이 나중에 어른이 되면 아픔으로 남아버리는 경우가 있다. 호기심 때문에 다치는 경우가 많은데, 그것들 때문에 마음을 다치게 하지 말자.

생각 도우미: 호기심을 통해 새로운 지식과 경험을 쌓을 수 있다. 위대한 과학자들은 자신의 호기심을 자극하고 연구와 실험을 통해 세상에 유익한 물건과 물질을 발견하기도 한다. 나의 성장과 세상을 이롭게 하는 호기심은 좋은 호기심이지만, 나의 몸과 마음을 망치게 하는 나쁜 호기심은 불행으로 이끄는 유혹이란다. 자신의 위치와 나이에 맞는 호기심으로 살아가길 바란다.

> 내 삶은 부모님, 선생님, 친구에게 잘 보이기 위한 것이 아니다. 인생의 주인은 나다.

승재: 삶은 누구를 위한 것이 아니다. 자신을 위해 사는 것이고 주인공도 바로 자신이다. 물론 인생을 살면서 다른 사람의 도움을 받을 수 있다. 하지만 인생의 주인공은 자신이다. 인생은 내가 만들고 내가 사는 것이다. 올바른 삶을 살자.

승철: 내 인생을 다른 사람이 살아가는 것은 잘못된 것이다. 내 삶은 내가, 다른 놈 삶은 다른 놈이…. 자기 삶이 마음에 안 드는 사람이 있다. 그러나 자신의 삶을 포기해도 그 삶이 다른 사람한테 가는 것이 아니다. 내 삶의 주인은 나다.

생각 도우미: 자신에게 충실한 삶을 살아야 한다. 세상의 유행을 따라 하다 보면 자신의 개성을 살릴 수 없으며, 친구 따라 무조건 하는 행동은 창의성을 잃을 수 있다. 내 인생은 내가 만들고 내가 책임져야 하는 것이다. 나만의 생활방식을 추구하는 것이 인생의 주인공이 되는 것이 아닐까?

> " 우리가 싸워야 할 가장 큰 적은 우리들 자신이다. 나를 이기
> 는 것이 진정한 승리다. "

승재: 우리는 인생을 살면서 많은 시련과 고통을 겪는다. 또, 많은 적들
　　　이 우리를 공격한다. 그럼 우리를 공격하는 적들 중에 가장 강한
　　　적은 무엇일까? 바로 우리들 자신이다. 자신을 이기지 못하면 목표
　　　를 이뤄낼 수 없다. 모든 것을 다 이겨도 자신을 이기지 못하면 안
　　　된다. 자신을 이기려고 노력하자.

승철: 나 자신을 뛰어넘어야 한다. 내가 저번에 세운 최고 기록을 넘어
　　　서는 점수를 따면 내가 승리한 것이다. 물론 적들을 물리치는 것
　　　도 좋지만, 힘든 고비를 넘겨야 이길 수 있다. 싸우다 보면 분명 지
　　　치고 힘들다. 그러나 이것을 잘 버티면 내가 이긴 것이다. 포기하지
　　　말고 끝까지 하자.

생각 도우미: 스포츠 기록경기를 보면 자신과의 싸움이 매우 중요한 것을
　　　알 수 있다. 우리 인생도 마찬가지이다. 공부할 때, 졸음과의 싸움
　　　이 대표적이다. 친구를 이기는 것보다 자기 자신을 이기는 사람이
　　　진정한 승자가 될 수 있다.

> " 만족이 성장을 멈추게 한다. 지금에 만족하기보다는 더 큰
> 꿈을 향해 노력하며 살자. "

승재: 만족은 좋은 것이다. 하지만 만족을 계속 느끼게 되면 성장을 할
수 없다. 매일 매일 만족하기보다는 더 큰 꿈을 위해서 항상 노력을
해야 한다. 성공은 만족으로 이루어지는 것이 아니라 노력으로 인
해 만들어지는 것이다. 항상 만족할 수는 없다. 어떨 때는 실망도
해야 한다. 인생은 공평하다. 노력하는 자에게 성공이 올 것이다.

승철: 시험에서 내가 20% 안에 들어갔다고 하자. 20%에 한 번 들었다고
다음 시험에는 망쳐도 되는 것일까? 절대로 아니다. 계속해서 유지
를 하거나 이것보다 더 높은 목표를 세우는 것이 맞는 것이다. 인
생은 한 번에 끝나는 것이 아니다. 계속해서 노력해서 내가 하고자
하는 것을 이루어야 한다. 내가 이루고자 하는 바를 모두 다 이루
어 보자.

생각 도우미: 작은 것에 만족하며 사는 사람이 최고로 행복한 사람이지
만, 그 사람들은 이미 많은 것을 경험한 사람들이 대부분이다. 한
참 성장하는 나이에는 더 높은 만족을 위해 큰 꿈을 지녀야 한단
다. 꿈은 크게 갖자.

> " 비 올 때 우산이 없으면 뛰고 있으면 여유롭게 걷는다. 준
> 비를 통해 여유로운 삶을…. "

승재: 우리가 살아가는 데 준비는 굉장히 중요한 것이다. 준비가 없으면
미래를 비참하게 겪어야 할 수 있다. 하지만 준비가 되어 있으면 여
유롭게 살 수 있다. 준비는 어느 누구에게나 필요하고 대비해야 하
는 것이다. 무슨 일이 언제 닥쳐올지 모른다. 항상 대비하고 준비
하자.

승철: 제때 준비하지 않으면 수명이 짧아질 수 있다. 어부들은 특히 준비
성이 철저하다. 큰 파도가 치면 물고기를 잡으러 가지 못하기 때문
이다. 이것에 미처 대비하지 못하면 어부들은 큰 부상을 입거나 잘
못하면 사망까지 이를 수 있다. 게으르게 살지 말고 미래에 대한
준비를 먼저 해놓아서 편안하게 사는 사람이 되자.

생각 도우미: 시험을 준비하는 사람은 어떤 문제가 나올지 모른다. 모든
유형의 문제를 공부하고 준비한 사람은 어떤 문제가 출제되어도 당
황하지 않고 시험을 즐길 것이다. 하지만 자신의 짧은 생각으로 시
험을 준비한 사람은 갑작스러운 문제에 허둥대기 마련이다. 항상
모든 상황에 대비해 준비하는 것을 어렵다고 생각 말고 미리미리
준비하며 사는 사람이 되자.

> " 인생은 마라톤이다. 즐거움만 추구하고 힘들다고 포기하면
> 목표에 도달할 수 없다. "

승재: 인생이 마라톤인 이유는 무엇일까? 우리가 인생을 살면서 오로지 즐거움만을 추구할 수 없다. 힘들게 피땀을 흘려 노력해야만 인생에서 즐거움을 누릴 수 있다. 마치 마라톤에서 힘들게 뛰어 1등을 하는 것과 같은 것이다. 인생은 쉽게 말해서 사람들 간의 레이스라고 할 수 있다. 인생은 공평하기에 노력한 자에게만 성공을 준다. 우리도 열심히 노력해서 성공을 만들자.

승철: 인생은 길고 길다. 내 인생에 포기라는 단어는 없다. 포기를 해버리면 모든 것이 끝난다. 내가 지금까지 노력했던 것들이 물 건너가 버린 것이다. 포기하고 싶을 때가 있다. 이때는 내가 지금까지 연습해왔던 것을 생각해보자. 괜히 한 것 같다는 느낌이 들곤 한다. 포기 말고 성공을 해보자. 훨씬 더 뿌듯하고 한번 성공하면 자신감이 생겨서 계속해서 그것만을 유지한다. 힘들다고 포기하지 말고 쉬었다 하자.

생각 도우미: 인생은 길다. 생각은 짧다. 하지만 매사에 포기하지 말고 열심히 하자. '포기'는 배추를 헤아리는 단어일 뿐이다. 나는 할 수 있다는 자기 암시를 통해 나를 성장시키자.

> " 목표를 정했으면 즉시 실행해라. 실행이란 유기농 채소와 같아 묵힐수록 나빠진다. "

승재: 모든 사람들에게는 목표가 있다. 그러나 그 목표를 실행하는 사람은 정작 별로 없다. 어떤 목표를 정했으면 즉시 실행해야 한다. 귀찮다고, 나중에 실행한다고 미루면 시간만 지나게 되고 결국은 목표를 실행하지 못하고 실패하고 만다. 목표를 세우는 것은 좋지만, 실행을 하지 않으면 소용없는 일이다. 실행은 곧 성공이다. 즉시 실행에 옮기자.

승철: 입에서 한 번 나왔으면 다시 삭제할 수 없다. 말은 입에서 나왔다가 다시 들어갈 수 없기 때문이다. 김치가 먹고 싶어서 김장을 했어도, 김장한 김치를 계속 보관해놓으면 맛이 없어져서 버리고 만다. 그래서 잠깐 동안에 먹을 것만 담그고, 나머지는 하지 말아야 하는 것이다. 실행이라는 것을 미루지 말고 제때 제때 하자.

생각 도우미: 아무리 좋은 목표도 실행이 없으면 성공에 이를 수 없다. 성공은 목표를 바탕으로 열정과 끈기 있는 실행에 의해 꽃피워진다. 목표를 향해 하루하루 다가가는 사람이 되자.

???

승재: 메시지를 받지 못했다고 함.

승철: 메시지 없음.

생각 도우미: 왜일까? 내 기록에도 발송 내역이 없음.

> " 목표가 분명하고 소망이 간절하며 시간이 걸려도 포기하지
> 않는다면 꼭 이루어진다. "

승재: 어떤 책에서 'R=VD' 공식을 보았다. 이 공식의 뜻은 '생생하게 꿈
꾸면 이루어진다'는 뜻이다. 여기서 말하는 '생생하게 꿈꾸면'은 목
표가 분명하고 소망이 간절하고 시간이 걸려도 포기하지 않고 끝까
지 노력하는 것을 말한다. 목표를 달성하려면 크고 작은 장애물을
넘어야 한다. 바로 노력만 있으면 어떤 장애물도 넘어설 수 있고 성
공도 할 수 있게 된다. 우리도 이제 'R=VD'하자.

승철: 말로만 뭐가 되었으면 좋겠다고 하면 그것은 절대로 이루어지지 않
는다. 그것을 계속 꿈꾸고 포기하지 않고 계속해서 노력해 나아가
면 내가 원하고자 하는 바를 얻을 수 있다. 많은 시간이 걸려도 절
대로 포기하면 안 된다. 정말로 힘들고 내가 생각하기에 '이젠 그만
해야겠다'는 생각이 들면 어쩔 수 없다. 그래도 이왕 시작한 거 끝
까지 가보자.

생각 도우미: 꿈을 이룬 사람들은 그 꿈을 위해 자신의 모든 것을 바친
사람들이다. 자신의 꿈을 위해 혼신의 힘을 다해 꼭 이루는 사람
이 되자.

> 내가 한 말 한마디 행동 하나가 상대방에게는 큰 상처를 줄 수 있다. 한 번 더 생각하자.

승재: 내가 상대방에게 말을 할 때 고운 말을 쓰지 않고 나쁜 말을 쓰면 상대는 상처를 받게 된다. 그것도 아주 깊은 상처를 받게 된다. 결국 그 상처는 몇 년이 지나도 없어지지가 않는다. 즉, 말을 할 때는 고운 말을 쓰자는 것이다. 상대에게 거친 말은 흉기를 드는 것과 같은 것이다. 반대로 고운 말을 쓰는 것은 봉사와 같은 것이다. 우리는 말을 가려 쓸 줄 아는 사람이기에 고운 말을 쓸 수 있다. 파이팅!

승철: 그냥 장난으로 친구를 놀리는 것도 상대방이 들었을 때에는 기분이 나쁘고 그것이 계속 지속되다 보면 자살까지 이를 수 있다. 내가 장난삼아 한 말이 상대방에게 큰 충격이 갈 수 있다. 이런 말을 하기 전에는 내가 만약 이런 말을 들으면 어떻게 할까? 이런 것을 생각해보고 말하자. 다른 사람의 입장도 생각하자.

생각 도우미: 우리가 장난으로 개구리에게 돌을 던지는 것은 개구리의 생명을 위협하는 것이다. 무심코 뱉은 말 한마디가 상대에게는 평생 가슴에 담아두는 아픈 기억이 될 수 있다는 것을 명심하자. 상대방의 상황을 충분히 이해하고 그에게 아픔이 아닌 희망과 용기를 줄 수 있는 말과 행동을 통해 성공의 등불이 되어 보자.

> " 나 혼자 행복하면 모두가 행복한 것일까? 다 함께 행복을
> 느낄 때가 최상의 행복이다. "

승재: 나 혼자 행복하면 다른 사람도 행복한 것일까? 아니면 모두가 행복한 것이 행복한 것일까? 정답은 모두가 행복할 때이다. 만약 나 혼자만 행복하다면 오히려 다른 사람과의 친밀도가 떨어질 수 있다. 행복은 나 혼자서 행복한 것이 아니다. 모두 함께 행복해야 진정한 행복이다. 또 한가지 우리는 행복하기 때문에 웃을 수 있는 게 아니다. 우리는 웃기 때문에 행복한 것이다. 앞으로 많이 웃자.

승철: 친구가 상을 탔을 때나 내가 상을 탔을 때나 그 기쁨을 함께 나누는 것이 좋은 것이다. 그 기쁨을 나 혼자만 느낄 때는 별로 좋지 않지만 가족이나 친구들과 나누는 것이 나 혼자 느낄 때보다 더 많은 기쁨을 느낄 수 있다. 좋은 것은 함께 나누는 것이다. 정말로 많은 행복을 얻고 싶으면 나 혼자 느끼는 것이 아니라 다 같이 나누는 것이다.

생각 도우미: 나 혼자 몰래 맛있는 것을 먹는 것은 나만의 행복이다. 불우한 이웃과 함께 나누는 것이 진정한 행복 아닐까? 올림픽에서 우리 선수들이 금메달을 따면 온 국민이 행복하고 즐거워진다. 개인적으로 볼 때 금메달을 딴 선수가 제일 기쁘겠지만, 그 기운은 모두에게 전파되는 것이다. 반대로 우리 국민이 해적에게 납치되면

온 국민은 분노와 걱정에 잠 못 이루고 다 함께 무사 석방을 기원하는 것이다. 행복은 나누면 배가 되고, 슬픔은 나누면 반이 된다는 사실을 명심하자.

> " 내가 한 말과 행동은 기억하지 못하면서 남의 행동을 비판하지 말고 나를 돌아보자. "

승재: 우리 사람들은 이기적이기 때문에 자신이 한 말이나 행동은 기억하지 못하고 남의 행동을 비판하기만 한다. 이것은 완벽한 나의 잘못이다. 분명히 나에게도 잘못한 일이 있을 텐데 그것을 찾지 않는다는 것은 잘못된 것이다. 무슨 일이 잘 풀리지 않았을 때 우선은 나를 한번 둘러보자. 또, 나의 잘못을 한번 찾아보자. 분명히 잘못한 것이 있을 것이다. 그러고서는 잘못된 것을 고쳐보자. 결과는 아주 좋을 것이다.

승철: 제일 나쁜 것이 자기가 남한테 한 말을 생각해보지도 않고 남이 나에게 뭐라고 하면 내가 뭐라고 시비 트는 것이 제일 나쁜 것이다. 자기 입장만 생각하고 나의 입장은 생각하지 않는 사람은 정말로 나쁜 사람이다. 한마디로 이기주의자이다. 이기주의자는 자기만 생각하고 남은 절대로 생각하지 않는 것을 뜻한다. 그 말 한 마디 한 마디를 소중하게 여기고 함부로 내뱉지 말자.

생각 도우미: 큰 사람은 겸손하고 감사할 줄 아는 사람이다. 그래서 다른 사람의 작은 도움, 작은 호의는 결코 잊지 않는다. 소인은 오만하여 감사할 줄 모르는 사람이다. 그래서 다른 사람의 큰 호의도 쉽게 잊는다. 나를 돌아보는 것은 남을 위한 것이 아닌 나를 위한 것이다.

2012년 10월을 마무리하며…

————풍성한 결실의 계절 가을이다. 봄에 뿌린 씨앗이 많은 열매를 맺고 있다면 열심히 생활한 사람이고 아무것도 거둘 것이 없다면 조금은 실망스러운 사람이다. 뿌린 대로 거두는 것이다. 하지만 걱정하지 마라. 가을에도 뿌릴 수 있는 씨앗이 있기 때문이다. 남들보다 조금 늦게 출발할 뿐이란다.

11 월

"

노력은 행복의 밭에 씨앗을 심는 것이다.

지금 심지 않으면 나중에 수확할 것이 없다.

> " 완벽한 사람은 없다. 왜 안될까 고민하지 마라. 마음을 편하게! 최선을 다하면 돼! "

승재: 세상에 완벽한 사람은 없다. 그러니 내가 왜 안 될지를 고민하지 마라. 항상 편하게 생각하자. 결과는 내가 최선을 다할 때마다 더 좋아진다. 그리고 아무리 최선을 다해도 완벽하게 되는 사람은 없다. 항상 나를 칭찬하자. 그러면 일이 더 잘 풀릴 것이다. 내가 왜 안 되는지를 생각하지 말고, 내가 어떻게 하면 성공할 수 있는지를 생각하라. 즉, 항상 좋은 쪽으로 생각하라. 내가 더 빨리 성장할 수 있다.

승철: 사람은 누구나 긴장을 하게 된다. 긴장을 하면 실수를 하게 된다. 완벽한 사람은 실수 하나조차도 용납하지 않는다. 완벽한 사람이 되는 것은 어렵지 않다. 실수를 안 하기 위해서는 긴장을 안 하면 되는 것이고, 긴장을 안 하려면 마음을 들뜨게 하지 말고 편안하게 가지는 것이 좋은 것이다. 항상 완벽한 사람이 되기 위해서 최선을 다하자.

생각 도우미: 너무 완벽을 추구하다 보면 자신도 힘들고 주변 사람들은 더욱 힘들어진다. 조금은 여유를 가지고 세상을 바라보면 모든 것이 쉬운 것을 왜 모르는지 이해가 될 듯하다가도 되지 않는다. 그것이 바로 나 자신이 아닐까 생각하는 하루가 되었다. 좋은 쪽으로 생각하고 긴장하지 않는 아빠가 되도록 노력하마. 우리 아들들 고맙다….

> " 원하는 결과를 얻지 못했어도 실망하거나 좌절하지 마라.
> 다시 한 번 도전하면 된다. "

승재: 내가 원하는 결과를 얻지 못했다고 실망하고 포기하는 사람들이
있다. 실망과 포기는 오히려 나를 더 비참하게 만들어주는 것이다.
이럴 때는 실망하지 말고 다시 한 번 도전해라. 그러면 언젠가는 성
공할 수 있다. 실패는 성공의 어머니라고 했다. 실패를 할수록 경험
이 쌓이게 되고 자신의 잘못된 점을 알게 된다. 즉, 실패할수록 성
공의 가능성이 높아진다는 것이다. 항상 도전하자.

승철: 시험이라는 것은 한 번에 끝나는 것이 아니다. 몇 번이나 있는 것
이다. 시험을 잘 보기 위해서 열심히 노력하면 된다. 노력했는데 결
과가 좋지 않으면 다음에 오는 시험에서 잘 보면 되는 것이다. 기회
는 언제나 한 번 이상 찾아온다. 그것을 위해서 마지막 기회라 생
각하고 열심히 최선을 다해 노력하면 된다.

생각 도우미: 내가 2등을 한 것은 나보다 더 열심히 노력한 사람이 있었
기 때문이다. 내가 이기지 못한 것은 상대방이 나보다 연습을 조금
많이 했기 때문이다. 결과만을 두고 실망하고 좌절하기보다는 그
원인을 파악하고 문제점을 해결하여 다음에는 지금보다 발전된 모
습을 보이면 되는 것이다. 주저앉는 것이 잘못된 것이지 결과가 나
쁜 것이 잘못된 것은 아니다. 자! 다시 한 번 달려보자.

> " 학교생활 또는 직장생활이 하루의 절반 이상이다. 매 순간 최선을 다해 생활해보자. "

승재: 요즘 현대사회에서는 학교나 회사, 직장에서 생활하는 시간이 거의 하루의 절반 이상이다. 그래서 우리는 그 긴 시간을 의미 있게 보내야 한다. 또, 그 긴 시간 동안 최선을 다해서 생활해야 한다. 만약 최선을 다하지 못하면 생활하기가 어려워질 수 있다. -쓸 말이 없음-

승철: 24시간의 거의 절반을 가지고 있는 학교생활. 학교생활을 그냥 날려버리면 12시간을 대충 사용한 것이나 마찬가지가 되는 것이다. 하지만 학교에서 지내는 생활을 행복하고 알차게 활용하면 12시간에 후회가 없을 것이다. 공부를 못하는 애들은 거의 대충 시간을 보내지만 공부를 못하든 잘하든 모두 같이 잘 활용하면 나도 좋고 너도 좋은 것이다. 알찬 학교생활을….

생각 도우미: 학생은 학교에서 열심히 공부하고 직장인은 직장에서 최선을 다하면 아무 문제가 없을 것이다. 자신의 게으름을 이기는 순간 하루의 절반, 인생의 절반이 의미 있는 시간으로 변할 것이다. 최선을 다해 할 때 하고 쉴 때 쉬는 사람이 되자.

> 66 행복은 남들이 모르는 나만의 불행과 고통, 인내, 외로움
> 등을 참고 이겨낸 것이란다. 99

승재: 보통 우리가 생각하는 행복은 '즐거운 것'/ '웃긴 것'/ '평화로운 것' 등이 있다. 그러면 이것을 넓게 생각하면 어떨까? 아마도 불행, 고통, 인내, 외로움 등을 참고 이겨낸 것일 것이다. 행복은 단순히 생기는 것이 아니다. 우리들의 생각으로 생기는 것이다. 내가 행복해지려면 우선 얼굴을 웃게 만들자. 그다음은 즐거운 생각을 하자. 우리는 웃기 때문에 행복한 것이기 때문이다. 웃음으로써 나를 이겨내고 견뎌낸다면 행복은 찾아올 것이다. 파이팅!

승철: 노력하면 행복이 찾아온다. 어려운 고비를 넘기고 그 고통을 이겨내고 하면 행복이 찾아온다. 이런 노래 가사가 있다. '안 되는 일 없단다. 노력하면은.' 이처럼 노력하면 다 된다. 다만 많은 것을 이겨내야 한다. 항상 노력해서 행복을 찾자.

생각 도우미: 행복은 하늘에서 뚝 떨어지는 것이 아니다. 자신의 일부를 희생한 대가다. 행운을 바라지 말고 행복을 위해 자신을 단련하는 사람이 되었으면 한다.

> 신은 누구나 감당할 수 있는 만큼의 일을 맡긴다. 이를 극복하는 것을 성공이라 한다.

승재: 성공한 사람들을 보면 공통점이 있다. 모두 힘든 고비가 있었다는 것이다. 그런데 이 힘든 고비는 성공한 사람들만 있는 것이 아니다. 일반 사람들, 실패한 사람들에게도 있다는 것이다. 즉, 고비는 누구에게나 온다. 그중 고비를 이겨내는 사람이 성공하는 것이다. 물론 성공은 쉬운 것이 아니다. 아주 어려운 것이다. 하지만 인간의 욕망은 무한하기 때문에 고비를 이겨낼 수 있다. 자신의 성공을 위해서 인간의 한계를 넘어보자.

승철: 내가 지금 할 수 있는 일이 있고 할 수 없는 일이 있다. 우리가 지금 할 수 있는 것은 공부하기, 책보기 등이 있고 우리가 할 수 없는 일에는 책상 고치기, 전구 끼우기 등과 같이 어른들이 하는 것을 우리는 할 수 없다. 물론 할 수는 있지만 힘든 일이다. 우리에게 주어진 것만 열심히 한다면 성공할 수 있게 된다. 내 것에서 벗어나지 말고 내 것만 지키자.

생각 도우미: 전국의 마라톤 대회를 살펴보면, 선수에게는 풀코스를 배정해주고, 일반 시민은 5km 건강 코스를 달리게 한다. 이것은 사람의 능력에 맞는 운동코스를 주는 것이다. 선수나 일반 시민이나 결승점에 도달해야만 성공한 것이다. 이를 극복하는 것은 평소의 노

력과 자신의 의지에 달려 있다. 나에게 주어진 일은 충분히 감당할
수 있다는 것을 명심하고 항상 최선을 다하자.

> " 잘 못하는 일도 반복하면 잘할 수 있듯이 좋은 일을 반복하면 좋은 인생을 살 수 있다. "

승재: 어떤 일을 반복해서 계속 할 경우 나는 그 일을 매우 잘할 수 있어진다. 인생도 마찬가지이다. 좋은 일을 계속해서 반복하면 좋은 인생을 살 수 있다. 인생은 나의 힘으로 만들어지는 것이기 때문에 반복이 매우 중요하다. 그럼 반복의 좋은 점은 무엇일까? 반복은 그 일을 잘할 수 있게 만든다. 또, 발전 속도를 더 빠르게 하고, 그 일에 대해서 경험을 많이 쌓을 수 있다. 지금이라도 반복하자. 그럼 나도 좋은 인생을 살 수 있다.

승철: 나에게 안 맞는 것이나 내가 하지 못하는 것들이 있다. 이런 것들을 이겨내기 위해서 어떻게 해야 할까? 똑같은 것만 계속 반복하여 연습하면 된다. 노력하면 안 되는 것이 없다. 내가 꿈을 이루면 행복하고, 알차고, 좋은 인생을 살아갈 수 있지만, 그것을 이루지 못한다면 그럴 수 없다. 반복이 성공이 된다. 최선을 다해 노력해서 내가 이루고자 하는 것을 이루자.

생각 도우미: 세계 최고의 피아노 연주자에게 한 기자가 질문했다. "선생님은 쉬는 시간에 무엇을 하십니까?" 그러자 "나는 쉬는 시간에 연습을 합니다." 최고는 우연이 만든 것이 아니라 연습과 반복이 만든 것이다. 우리에게 부족한 부분이 무엇인가를 생각하고 그 부분을 발전시키기 위해 노력하는 사람이 되자.

> " 노력은 행복의 밭에 씨앗을 심는 것이다. 지금 심지 않으면
> 나중에 수확할 것이 없다. "

승재: 노력을 다른 말로 비유한다면? 바로 위에 있는 말과 같은 것이다. 만약 지금 노력을 하지 않는다면 나중에 성공을 할 수 없을 것이다. 성공은 노력 없이 일어날 수 없다. 내가 성공의 꿈을 꾼다 해도 성공은 일어나지 않는다. 오직 노력만이 성공할 수 있는 길이다. 지금까지 성공한 사람들을 보면 모두 노력으로 성공을 이끌었다. 우리가 생각하는 성공. 노력이 있어야 하는 성공이다.

승철: 조금만 연습하면 되는 것이 아니라 오래전부터 연습해야지 되는 것이다. 가을에 연습을 시작해서 겨울에 끝나는 것은 얻는 것이 없지만 봄에 시작해서 겨울에 끝나는 것은 얻는 것이 많다. 언제 연습하는 것이 더 효율적일까? 연습을 오래 한 사람과 적게 한 사람 중에서 누가 더 좋은 성과를 얻을까? 당연히 많이 연습한 사람이다. 연습이란 많이 하고 그때만큼은 최선을 다하는 것이다.

생각 도우미: 봄에 씨앗을 뿌리지 않으면 가을에 거둘 것이 없듯이 노력 없는 성과는 기대하기 어렵다. 한번에 많은 노력을 하는 것보다는 꾸준한 노력이 더 좋은 결과를 얻을 수 있다. 지금의 편안함은 미래의 고통으로 돌아온다는 것을 명심하자.

> " 건강은 재산의 밑거름이며 행복의 근원이다. 부자 되려면
> 나쁜 것을 멀리해야 한다. "

승재: 내가 건강하지 못하면 아무리 재능이 있더라도 행복하지 못한다. 계속 매일 불행할 뿐이다. 즉, 내가 부자나 훌륭한 사람이 되기 위해서는 우선 건강해야 한다는 것이다. 그럼 건강은 얼마나 중요한 것일까? 우리가 공부도 잘하고 운동도 잘해서 커서 훌륭한 사람이 되려고 하는데 건강하지 못하면 우리는 꿈을 이룰 수 없다. 반드시 건강해야만 어떤 일을 할 수 있다. 어딜 가든 무엇을 하든 첫 번째로 챙겨야 할 것은 바로 건강이다. 지금이라도 건강을 지키고 앞날을 생각하자.

승철: 아무리 돈이 많아도 건강하지 않으면 결코 오래 살거나 행복하게 살 수 없다. 돈이 많다고 행복한 것은 아니다. 돈 많은 사람들 중에서 자살한 사람을 찾기가 조금 쉽다. 행복이 우선이다. 행복하면 건강해지고 건강하면 행복하고 행복하면 약간의 돈도 생길 수 있다. 그러면 더욱더 행복해진다. 행복이란 결코 어려운 것이 아니다. 정직하고 항상 알찬 하루하루를 살아가면 행복해질 수 있다. 가장 중요한 것은 건강을 챙기는 것이다.

생각 도우미: 건강을 잃으면 돈, 명예, 권력 등은 아무 쓸모가 없다. 건강을 유지하기 위해서는 운동과 규칙적인 생활, 건강한 먹거리도 중

요하지만, 우리 몸을 해치는 나쁜 것들을 멀리하는 것이 더 효과적이다. 단순한 호기심에 피우기 시작하는 담배, 순간의 감정을 자제하지 못한 음주, 각종 유해 물질들이 우리 주변에서 너무 많은 유혹을 한다. 순간의 유혹에 흔들리지 말자. 건강은 재산이다.

> " 자신을 깎아 봉사하는 연필과 지우개처럼 나를 버리는 순간 큰 세상이 만들어진다. "

승재: 나의 성공, 평화, 큰 세상을 위해서 내 몸을 버려도 되는 것일까? 버려도 된다. 우리에게 도움이 되고 미래가 밝아질 수만 있다면 그럴 수 있다. 나라를 위해서 목숨을 바친 유관순 열사, 안창호 등이 있다. 이들의 죽음이 안타까운 것이 아니었다. 우리나라를 위해 바친 위대한 선물이었다. 이처럼 나를 버리는 순간 세상은 더 크게 발전된다.

승철: 연필은 우리들을 위해서 깎이고 지우개는 우리들을 위해서 닳고 만다. 이렇게 남을 위해 희생하는 것은 좋은 것이다. 야구에서도 마찬가지이다. 1루에 주자가 나가 있을 때 타자는 번트를 댄다. 남이 살기 위해서 내가 대신 아웃 당하는 것이다. 이렇게 하면 득점으로도 이어질 수 있다. 희생정신을 가지면서 살아가자.

생각 도우미: 남을 위해 자신을 버린다는 것은 매우 어려운 일이지만, 생명을 버리는 일이 아니라면 한번 해볼 가치가 있다. 남을 위해 한 끼 식사를 굶고 그 돈을 기부하거나 노약자를 위해 자리를 양보하는 것도 나의 희생에서 비롯된다. 너무 거창하게 큰 것만을 생각하지 말고 작은 것부터 실천에 옮겨보자.

> " 남을 이기는 사람은 힘 있는 사람이며 자신을 이기는 사람
> 은 더욱 강한 사람이다. "

승재: 남과 내가 싸울 때 마음만 먹으면 남을 이길 수 있다. 그런데 이상
하게도 나 자신은 잘 이기지를 못한다. 이유는 나 자신을 이기려
면 생각을 더 해야 하고 일을 더 많이 해야 하고 심리 싸움에서 이
겨야 하기 때문이다. 나 자신은 결코 약한 것이 아니다. 세상에서
가장 강한 것이 바로 자신이다. 즉, 나 자신을 이기는 사람은 더욱
강한 사람이고 훌륭한 사람이다. 항상 생각하자. '나는 강하다.'라
고….

승철: 위의 메시지가 나는 무슨 말인지 알아들을 수 있을 것 같다. 내가
남을 이기면 내가 남보다 세고, 내가 나 자신을 이기면 더욱더 세
다는 것이다. 정말로 세지고 싶다면 모든 상대와 싸우지 말고 나
자신과 한번 싸워보자. 내가 이기면 정말 강한 것이다. 성공할 수
있다.

생각 도우미: 자신과의 싸움에서 이기는 사람이 진정한 승자이다. 게으
름, 나약함, 끈기 등이 부족하면 성공을 향한 길에서 낙오할 수 있
다. 나를 이기고 성공의 골든벨을 울리는 강한 사람이 되어보자.

> **❝** 우리가 살면서 만나는 많은 사람과 3초 이상 눈을 마주친
> 다면 성공 가능성이 높다. **❞**

승재: 많은 사람들을 마주치면 왜 성공 가능성이 높아질까? 그 이유는
사람을 만나면서 새로운 경험을 하게 되기 때문이다. 또, 더 많은
것을 알게 된다. 성공은 아무나 되는 것이 아니다. 물어보고, 듣고,
더 많이 배우는 사람이 성공을 할 수 있다. 지금이라도 사람들과
눈을 마주치고 얘기해보자. 그러면 성공의 길이 보인다.

승철: 성공하기 위해서는 많은 것과 싸워서 이겨야 한다. 성공이란 내가
하고자 하는 목표를 이뤘을 때를 뜻한다. 성공까지 가기는 어렵다.
많은 것을 맞서 싸워서 이기고 이겨야만 목표에 달성할 수 있다. 많
은 사람을 제치고 올라가면 성공이라는 글씨가 보이게 된다. 모두
성공하는 사람이 되자.

생각 도우미: 자신 있고 당당한 사람은 상대방을 똑바로 볼 수 있다. 내
가 부족하기 때문에 상대와 눈이 마주치는 것이 부담스러운 것이
다. 밝은 미소와 함께 상대방과 눈인사를 잘하는 것도 성공으로 이
끄는 한 방법이다. 상대에게 편안함을 주는 부드러움으로 세상을
살아보자.

> " 서로 너무 잘 알기에 실수로 말하고 행동해도 이해해주는
> 것이 가족이고 친구이다. "

승재: 가족과 친구는 과연 무슨 뜻일까? 가족은 그냥 핏줄이 같은 것이
고, 친구는 그냥 친한 사람일까? 그렇지 않다. 가족과 친구는 나에
게 소중한 사람이고 서로 이해해줄 수 있는 사람이다. 또, 내가 불
리할 때 도와주는 사람이 가족과 친구이다.

승철: 학교생활에서 아는 형이나 친한 형이 있다면 반말이나 행동도 건
방져질 수도 있다. 하지만 말 한마디의 실수도 이해해준다. 서로를
잘 알기 때문이다. 친한 친구에게도 실수를 하면 이해해준다. 친한
친구이니까. 가족도 마찬가지이다. 서로를 많이 아는 것도 나쁜 것
은 아니다. 나를 이해해줄 사람이 필요하면 친구를 많이 사귀자.

생각 도우미: 가까운 사이일수록 더욱 조심하고 정성을 다해서 대해야 한
다. 모르는 사이라면 큰 싸움이 될 수도 있는 것을 가족이고, 친구
이기 때문에 이해하고 용서하는 것이다. 어떤 말이나 행동을 할 때
상대에게 상처를 주는 것은 아닌지 한 번 더 생각하자.

> **나에 대한 평가나 애칭은 타인이 만드는 것이다. 남들이 모두 인정하는 최고가 되자.**

승재: 내가 잘났다고 생각하고, 잘생겼다고 생각하고, 인품이 좋다고 생각하면 정말로 인격, 모두 다 좋은 것일까? 그렇지 않다. 이것은 단지 나의 생각에 불과하다. 진정으로 모두 좋은 것은 남들에게 인정받는 것이다. 바로 최고가 이런 예이다. 최고는 인정받으면서 살아간다. 아니, 인정받기 때문에 최고가 된다. 인정은 나를 더 향상시키고 최고로 만들어 준다. 항상 열심히….

승철: 우리가 사는 세상은 1등만 기억된다. 국보 1호는 잘 알지만 국보 2호를 아는 사람은 거의 없을 것이다. 2등 할 생각을 하지 말고 1등을 할 생각을 해야 한다. 왕따도 인정하는 1등이다. 왕따가 1등 하면 왕따라는 칭호는 풀릴 것이다. 1등이 모든 것을 풀어줄 수 있다. 누구든지 최고는 건들지 못한다. 우리는 모두 다 좋은 머리를 가지고 있다. 하지만 그 머리를 쓰지 않아서 잘 안 되는 것이다. 항상 노력하자.

생각 도우미: 혼자 잘났다고 생각하는 것은 착각이다. 타인이 보기에는 우스꽝스러운 것이다. 하지만 타인은 잘 표현을 하지 않기 때문에 나만 모르고 지내는 경우가 있다. 혼자 잘난 척하지 말고 타인에게 인정받는 진정한 최고가 되도록 하자.

> " 내가 결정한 상황이 과연 상대를 위한 것인가? 혹시 나의
> 필요에 의해서는 아닐까? "

승재: 어떤 일을 결정할 때 나만을 생각해서는 안 된다. 상대방까지 생각하여 결정해야 한다. 만약 나만 생각할 경우 상대방에게 불편이 오고 나와의 친근감이 쉽게 없어질 수 있다. 결정은 절대 만만치 않은 것이다. 결정으로 인해 나의 미래가 바뀔 수 있다. 지금이라도 올바른 결정을 하자.

승철: 사람들 중에서 무엇을 원하고 착한 일을 하는 사람들이 있다. 이 착한 일은 상대를 위한 것인가, 아니면 내가 좋기를 원하는 것인가? 뭔가를 바라고 하면 절대로 행운은 찾아오지 않는다. 내가 좋기를 원하는 것도 좋지만, 그 상황이 상대를 위한 것이면 나를 잊고 충실하게 해주는 것이다. 바라는 사람이 되지 말자.

생각 도우미: 내가 하는 행동이 남을 위한 행동이 아닌 나를 위한 행동일 경우가 많다. 우물에 빠진 당나귀를 구하는 방법은 우물에 천천히 흙을 퍼붓는 것이다. 당나귀를 파묻기 위한 것이 아니라 그 흙을 발판으로 삼아 밖으로 나오게 만드는 것이다. 이처럼 진정으로 상대를 생각하는 행동이 진정성이 있는 행동이다.

> " 작은 성과를 바라는 사람은 작은 노력을 하고 큰 성과를 얻는 사람은 큰 노력을 한다. "

승재: 내가 작은 생각을 하면 할수록 더 작은 일을 하게 된다. 즉, 생각은 나를 그렇게 움직이게 한다. 우리는 항상 목표를 크게 가져야 한다. 그래야 큰 노력을 할 수 있다.

승철: 1등은 큰 것, 10등도 큰 것이지만 1등에 비하면 작은 것이다. 10등을 원하는 사람들은 머릿속에 10등만 있지 1등은 있지 않는다. 1등을 원하는 사람들은 머릿속에 오로지 1등만 생각을 하고 있다. 이렇듯 서로서로 생각하는 것이 다르기 때문에 성과도 다를 수밖에 없다. 우리도 큰 것에 도전해보는 것도 나쁘지 않은 것이다.

생각 도우미: 동내 앞산을 등산하기로 목표를 정한 사람과 세계 최고봉을 목표로 삼은 사람의 결과는 엄청나게 차이가 난다. 물론 큰 목표를 정했다고 다 이룰 수는 없겠지만 작은 목표를 정한 사람보다는 훨씬 많은 것을 이룰 수 있다. 자신이 할 수 있는 최대의 목표를 향해 나아가는 사람이 되자.

> " 행복을 심으면 행복이 자라고 불행을 심으면 불행이 자란다. 행복을 심는 하루 되길. "

승재: 은행나무를 심으면 은행나무가 자라고 사과나무를 심으면 사과나무가 자란다. 행복도 이와 마찬가지이다. 행복을 심으면 행복이 자라나는 것이다. 행복은 한순간에 오지 않는다. 나의 땀과 노력으로 서서히 다가오는 것이다. 또, 행복은 쉽게 오지 않는다. 나의 기다림에 의해서 행복이 온다. 항상 행복을 생각하면 언젠가 행복이 찾아온다. 파이팅!

승철: "콩 심은 데 콩 나고, 팥 심은 데 팥 난다."는 속담이 있다. 내가 원하는 것을 심는다면 그것은 나게 되어 있다. 행복을 땅에 심으면 행복, 불행을 심으면 불행이…. 하지만 꼭 이런 것은 아니다. 밥 먹고 똥 쌀 때 밥이 나오지 않는 것처럼 행복을 심었어도 중간 과정이 좋지 않으면 불행이 나올 수 있다. 과정을 거칠 때 잘해야 한다.

생각 도우미: 승철이에게 큰 깨달음을 얻었다. 중간 과정의 중요성이 처음 시작보다 중요하다는 것을….

> " 머리가 똑똑한 사람보다는 손발이 부지런한 사람이 행복하다. 부지런함은 재산이다. "

승재: 머리가 똑똑하다고 매일매일 행복할까? 그렇지 않다. 행복은 부지런한 사람, 성실한 사람에게 오는 것이다. 아무리 머리가 똑똑해도 성실하지 못하면 행복이 오지 않고 인정도 받지 못한다. 우리가 모두 똑똑하지 않아도 된다. 성실하게만 살자. 성실함이 곧 행복이다. 명심할 건 똑똑하다고 다 되는 건 없다. 똑똑함은 성실함을 이기지 못한다.

승철: 미래에는 사람들이 다 게을러질 것 같다. 왜냐하면, 미래에는 로봇이 생겨나기 때문이다. 게을러지면 행복이 오지 않는다. 돈이 많다고 행복한 것이 아니다. 부지런하게 하루하루를 생활하다 보면 돈 많은 사람보다 행복할 수 있다. 대부분 부지런한 사람이 더 행복하다. 로봇이 생겨나도 게을러지지 말고 부지런한 사람이 되자.

생각 도우미: 자신의 재능만 믿고 열심히 하지 않으면 좋은 성과를 기대하기 어렵다. 재능이 조금 부족하더라도 부지런히 노력하는 사람이 행복을 얻을 수 있다. 부지런한 사람에게는 복이 온다는 사실을 명심하고, 습관화하도록 하자.

> " 인간이 두 발로 걷는 것은 서로의 외로움을 지탱하기 위해
> 서다. 서로를 돌보도록 하자. "

승재: 서로를 돌보는 것은 외로움을 지탱하는 것이다. 우리가 두 발로 걷게 되면 친구가 생기게 되고 지금까지 겪어왔던 외로움은 사라져버릴 것이다. 즉, 두 발로 걷는 것은 서로의 외로움을 지탱하는 것이다. 다른 친구들이 외로워하지 않게 두 발로 걸어서 그 친구에게 가보자. 외로움은 나에게 상처를 주지만 친구를 만들 기회도 준다. 우리의 이 두 발이 어떤 사람을 위로해줄 수 있다.

승철: 내용 이해 안 됨.

생각 도우미: 한 다리로 서 있는다면 오래가지 못한다. 양다리가 서로를 도와주기 때문에 사람들은 걷거나 뛸 수 있다. 혼자인 것보다는 둘이 있을 때 활력과 힘이 난다. 내가 외롭고 힘들 때는 친한 친구나 부모님, 선생님 등에게 의지하고 도움을 청해보자.

> 같은 꽃도 자세히 보면 다른 모습이다. 서로 다름을 인정할
> 때 다툼이 평화로 바뀐다.

승재: 세상에 사는 모든 사람들은 모두 다르게 생겼다. 사람들은 이런 다름으로 인해 차별을 하게 된다. 여기서 차이와 차별은 다르다. 차이는 서로 다름을 나타내는 것이고, 차별은 차이로 인해 피해받는 일을 말한다. 만약 우리가 인정하는 사회가 되면 차별은 없어지고, 평화로 바뀌게 된다. 다름은 그냥 다른 거지 차별로 이어지면 안 된다. 우리의 인정이 평화를 만들 수 있다. 인정하자.

승철: 사람들은 거의 겉모습만 보고 판단하는 사람들이 많다. 속마음은 다르지만, 겉모습만 보고 비교하면 다른 한 사람이 화가 날 수 있다. 하지만 속마음을 보고 판단하면 다퉈야 하는 것을 평화롭게 할 수 있다. 선생님의 질문에 나는 이상한 답을 말했는데, 친구가 알고 말하라고 하였다. 정말로 판단할 때는 알고 말해야 한다.

생각 도우미: 친구는, 엄마는, 아빠는, 형은, 동생은 왜 나를 이해하지 못하는 것일까 생각하는 경우가 있다. 이는 서로 똑같은 생각을 하지 못하고 생각이 조금씩 다르기 때문이다. 이 작은 차이를 이해하면 상대를 미워하거나 시기하지 않을 것이다. 서로의 생각과 환경이 다름을 인정하여 행복한 삶을 함께 나누자.

> " 목표를 낮춘 성공보다는 흔들리지 않는 목표를 따라가서 달
> 성하는 능력을 키워라. "

승재: 목표를 재설정할 때 지금의 목표보다 더 낮춰진 목표를 세우면 안
된다. 오히려 나의 목표를 잃게 만들 수도 있기 때문이다. 이럴 때
흔들리지 않고 안정된 목표를 따라서 달성해야 한다. 목표를 정할
때는 크게 잡아라. 그리고 천천히 올라가라. 이것이 목표를 성공적
으로 이루는 가장 좋은 방법이다. 목표는 내가 정하는 것이다. 목
표를 올바르게 선택하여 성공의 기반을 닦자.

승철: 시험 성적이 100등인데 10등 안까지 드는 것은 힘든 것이다. 너무
무리한 행동이다. 물론 한번에 10등 안까지 가는 것도 좋지만 대부
분 그렇지 않다. 차라리 천천히 올라가는 것이 좋은 것이고 안전하
다. 수학에도 이런 것이 있다. 평행사변형이 직사각형이 되기 위해
서는 한 번의 과정이 아니라 두 번의 과정을 겪어야 한다. 한 번의
과정만 겪게 되면 절대로 정사각형이 될 수 없다. 뭐든지 천천히 하
나하나씩 나아가자.

생각 도우미: 힘들다고 목표를 낮추는 것은 실패할 확률을 높이는 것이
다. 다소 힘들어 보이는 목표라도 꾸준히 노력하고 자신이 잘할 수
있는 능력을 찾아 키우는 것이 더 중요하다. 정한 목표는 꼭 이루
고야 마는 강한 정신력을 키우자.

> " 집이 아닌 다른 곳에 내가 공부하고 일할 책상이 있는 것에 늘 감사하고 열심히 살자. "

승재: 살아가는 현재를 우리는 감사해야 한다. 모든 면에서 말이다. 하지만 우리 사람들은 그런 것을 알지 못하고 부수면서 함부로 살고 있다. 이로 인해 금전적인 손해, 크게는 환경오염으로 번져가고 있다. 우리는 물건 하나하나를 감사히 여겨야 한다. 우리들의 이런 아낌이 자신을 발전시키고 지구를 살릴 수 있다. 모든 것에 늘 감사하자.

승철: 지금 책상이 없다면 나는 바닥에 엎드려서 이 메시지를 쓰고 있어야 한다. 하지만 이런 가구가 만들어져서 앉아서 편안하게 쓰고 있다. 우리에게 망치가 없다면 이상한 것을 구해서 못을 박아야 한다. 하지만 지금은 편안하게 못도 박을 수 있다. 나는 이런 것들을 만든 사람들에게 고맙다고 말하고 싶다. 그리고 내가 태어나게 해주신 것도 감사한데 이런 자리를 마련해주셔서 부모님께는 더 감사하다.

생각 도우미: 직장인은 직장이 있음에, 학생은 학교에 다닐 수 있음에 감사해야 한다. 수많은 청년 실업이 문제인 현실에서 아침에 출근할 수 있는 직장이 있다는 것은 행운 중의 행운이다. 한눈팔지 말고 열심히 생활해야 한다. 여러 가지 복잡한 상황으로 학업을 할 수 없는 아이들을 생각하며 오늘도 자신의 자리에서 성장하는 학생이 되자.

> " 너희들이 한 번 힘들면 선생님은 두 번 힘들고 부모님은 열
> 번 힘들다. 모두 힘내자. "

승재: 내가 아프면 다른 사람들도 아프다. 특히, 선생님과 부모님이 있다. 내가 아프면 선생님은 부모님께 전화하고 조퇴 처리해야 하고 안전하게 돌봐야 한다. 부모님은 하던 일을 멈추고 나를 돌봐야 하고 약 사오고 병원 가고를 반복해야 한다. 내가 힘을 낸다면 어떨까? 다른 사람들도 힘을 낼 것이다. 즉, 나의 힘 하나로 다른 모든 사람들까지 힘내게 할 수 있다. 모두 힘내자.

승철: 우리 반 친구들이 한번 힘들어하면 선생님은 서른네 번 힘들어 하시는 것이다. 부모님도 미찬가지이다. 우리 모두가 힘내면 선생님은 서른네 번 힘을 낼 수 있다. 부모님도 마찬가지이다. 내가 싫으면 남도 싫고, 내가 좋으면 남도 좋다. 좋은 것은 함께 나누고 힘든 것도 함께 풀면 된다. 말 한마디가 행동을 바꾼다. 모두 힘내자.

생각 도우미: 누구나 어렵고 힘든 일이 있다. 그 힘든 일은 나에게만 주어진 것이 아니며, 이루지 못하는 일도 아니다. 힘내서 이를 극복하는 사람이 되자. 힘든 모습을 지켜보는 사람은 안타까운 마음에 열 배는 힘들어한다는 것을 알았으면 한다.

2012년 11월을 마무리하며…

　　　　　쉼 없이 앞만 보며 열심히 달리다 보니 벌써 11월의 마지막 달력을 넘기게 되었다. 지금까지 흘린 땀방울과 노력이 우리의 인생에서 작으나마 성장의 원천이 되리라고 생각한다. 남은 한 달도 최선을 다해 연말에는 조촐한 자축 파티의 시간을 만들어 보자.

12 월

66

하루살이는 내일이 없고 매미는 겨울이 없지만,

주어진 시간은 열심히 살아간다.

> 66 지난 11개월을 아쉬워하거나 후회하기보다는 남은 12월 못 다 한 열정을 쏟아 붓자. 99

승재: 지난 일을 아쉬워해 봤자, 후회해봤자 다 소용없다. 이미 과거는 지나갔고 돌이킬 수 없는 일이기 때문이다. 그래서 우리는 지난 일을 잊어버리고 남은 한 달을 열심히 살아야 한다. 그러면 미래가 밝아질 수 있고, 나에게도 아주 큰 도움이 된다. 내가 잘살기 위해서는 지금 이 순간을 잘해야 한다. 지금부터라도 과거를 잊고 현재를 열심히 살자.

승철: 과거는 이미 지나가 버렸다. 다시 돌아오지 않는다. 하루 24시간 중의 12시간을 사용했으면 12시간이 남은 것이다. 내가 만약 12시간을 잘 활용해서 쓰지 못했으면 남은 12시간을 더 잘 쓰기 위해서 노력해야 한다. 과거는 이미 지나갔기 때문에 다시 돌아오지 않는다. 남은 시간에 신경 써야 한다. 올해 마지막까지 즐겁게 살자.

생각 도우미: 지난 시간을 반성하고 나머지 시간에 열과 성의를 다하면 목표에는 조금 못 미치더라도 후회는 없을 것이다. 최선을 다하지 못한 후회는 평생 아쉬움으로 남는다. 지나간 부족함을 열정으로 채우는 한 달이 되자.

2012년 12월 4일 화요일

> " 딴짓하거나 졸고 있는 이 순간이 행운과 기회가 지나가는
> 시간이다. 항상 집중하자. "

승재: 우리는 살면서 수많은 행운과 기회가 찾아온다. 그럼에도 불구하고 몇몇 사람들은 비참한 실패를 맛본다. 그 이유는 행운과 기회가 찾아오는 순간에 딴짓하거나 졸았기 때문이다. 기회는 일정하게 찾아온다. 그 기회를 잘 이용할 줄 아는 사람이 진정으로 성공한다. 우리는 자신의 성공을 위해서 매시간 집중해야 한다. 1분 1초라도 소중히 여기고 소중히 써야 한다. 시간은 우리를 기다려주지 않는다. 항상 시간에 집중하자.

승철: 전쟁에서는 오로지 씨움에만 집중해야 한다. 가족 생각을 하다가 가족을 영영 못 만날 수도 있다. 학교에서 이런 일이 종종 있다. 시험문제를 가르쳐 줄 때 집중을 하지 않거나 딴짓을 하면 벌써 한 문제를 틀린 것이나 마찬가지이다. 게임도 마찬가지이다. 좋은 것이 떴는데 모르고 그냥 넘길 때가 있다. 순간순간 항상 집중하자.

생각 도우미: 방심은 금물이다. 행운과 기회, 위험은 예고 없이 한순간에 들이닥친다. 아무리 준비가 철저히 됐다 해도 그 기회를 놓치면 아무 소용이 없다. 매 순간 집중하여 행운과 기회를 내 것으로 만들자.

> 66 평생 일과 공부를 할 수는 없다. 후회 없이 최선을 다한 후
> 에 편안한 휴식을 취하자. 99

승재: 평생토록 일과 공부만 하는 사람은 없다. 어떨 때는 휴식을 취하고 놀기도 한다. 그런데 성공한 사람들은 자신이 할 일을 다 하고 휴식을 취하는 것이다. 보통 사람들은 공부와 놀기를 그냥 하고 싶을 때 한다. 우리가 놀고 휴식을 취하기 위해서는 내가 해야 할 일들을 최선을 다해서 한 후에 해야 한다. 즉, 지금 이 순간을 최선을 다해서 미래에 편안한 휴식을 취하자는 것이다. 지금의 노력이 미래를 알려준다.

승철: 나는 다음 주 월요일에 시험이다. 그때까지는 공부를 열심히 하고, 시험이 끝나면 시험에 대해 후회하지 않고, 편안하게 휴식을 취하는 것이다. 시험 기간에 편안하게 생활하면 시험이 끝난 후에는 절대로 편안할 수 없다. 할 것을 다하고 쉬는 것이 낫지, 쉬고 나서 할 것을 하려면 더욱더 하기가 싫어진다. 힘들더라도 조금만 힘내고 다음 주에 편안하게 쉬자.

생각 도우미: 적당한 휴식은 일의 능률을 올릴 수 있다. 휴식 없는 노력은 무리를 줘서 좋은 성과를 기대하기 어렵다. 단, 휴식을 취하더라도 시간과 때가 있는 것이다. 최선을 다한 후 결과를 기다리는 편안한 휴식이 최선이다. 최선을 다하지 못한 후에 취하는 휴식은 고통일 수도 있다.

> '오늘은 피곤하니 내일 해야지.'라는 생각은 이미 실패한 것이다. 진정 원한다면 당장 시작해라.

승재: 일을 미루는 것은 내가 실패하는 데 결정적인 요인이 된다. 또, 이렇게 일을 미루면 성공할 수 없다. 성공한 사람들을 보면 자신이 할 일이 생길 때마다 제때에 맞춰서 일하곤 했다. 절대로 일을 미루는 행위는 하지 않았다. 우리도 이처럼 미래를 위해서 지금은 최선을 다해서 노력해보자. 반드시 결과는 저번보다 더 좋게 나올 것이다. 지금을 위해 미래로 미루지 말고, 미래를 위해 지금은 최선을 다하자. 나에게는 아주 좋은 찬스가 될 것이다.

승철: "하루 물림 열흘 간다."라는 속담이 있다. 15년을 살아오다 보니 이 속담은 정말 유용하게 쓰이는 것 같다. 오늘 할 일을 미루면 내일은 더 하기 싫어지고, 내일모레도 더 싫어져 아예 하지를 않는다. 성공하고 싶다면 자기가 해야 할 일을 제때 맞춰서 해야 한다. 항상 미루지 말고 그날에 전부 하자.

생각 도우미: 누구나 피곤함은 따라다니기 마련이다. 하지만 지금 할 일을 피곤하다고 미루면 내일은 두 배의 일을 해야 한다. 피곤함이 더욱 늘어 결국에는 포기하는 상황까지 올 수 있다. 일뿐만 아니라 내가 진정 원하는 것이라면 아무리 어려운 역경이 있어도 지금 당장 시작해야 한다. 피곤도 이기는 사람이 모든 것을 얻을 수 있다.

> 시간이 너무 부족하다고 생각하는 것도 시간을 낭비하는 것이다. 그 시간에 노력하자.

승재: 어떤 사람이든 시간이 부족했었던 적이 많을 것이다. 이 때문에 화가 났을 일도 많을 것이다. 하지만 이것은 사실 시간이 부족했던 것이 아니다. 단지 시간을 잘 활용하지 않았기 때문이다. 시간이 부족하다는 것은 핑계이다. 마음만 먹으면 시간은 부족하지 않다. 시간은 우리를 기다려주지 않는다. 우리는 시간을 소중하게 여기고 시간을 잘 사용해야 한다. 시간을 잘 사용하는 자가 성공할 수 있다.

승철: 사람들은 살아가면서 생각을 참 많이 한다. 이 생각만 줄여도 하루에 30분은 나올 것이다. 그 시간에는 15문제나 풀 수 있는 시간이다. 이 메시지를 쓰는 것도 생각을 많이 해야 한다. 5분 정도가 나온다. 정말로 시간을 단축하면 2문제는 맞출 수 있다. 다음 주가 시험이다. 남은 시간을 낭비하지 말고 시험을 위해 한번 쏟아 부어 보자.

생각 도우미: 부족한 시간이 아쉽다고 과거를 회상하는 것보다는 남은 시간에 최선을 다하는 것이 더 효과적이다. 모든 일이 끝난 후에 지난 시간 활용에 대해 반성해도 늦지 않다. 지금 이 순간에 충실하자.

2012년 12월 10일 월요일

> " 내가 제일 잘났다고 생각해 남의 충고와 말을 무시하면 성
> 공과 행복을 모두 잃을 수 있다. "

승재: 자신이 잘났다고 생각하는 것은 곧 자신을 무너뜨리는 것을 말한다. 이런 생각을 하면 남의 충고와 말을 무시하고 더 이상 할 게 없다고 생각해서 노력도 잘 안 하게 되기 때문이다. 행복은 성공을 함께 나누는 것이 더 좋다. 즉, 우리는 항상 남의 말과 충고를 귀 기울여 듣고 항상 노력해야 한다. 이 세상에 자신만의 길로 성공한 사람은 없다. 사람들은 누군가에게 배우고 혼나면서 성장을 한다. 그리고 그것을 이용해서 성공의 길로 만든다. 항상 귀 기울이자.

승철: 오로지 내 생각만 가지고 판단히면 안 된다. 그러다가 큰코다칠 수 있다. 나보다 더 잘난 사람도 많고 못난 사람도 많이 있다. 내가 잘났다고 생각하기에는 아직 이르다고 생각한다. 이렇게 자만하다가 나보다 못난 사람들보다 더 못날 수도 있다. 반면에 내가 잘났다고 생각해도 남이 해주는 조언이나 충고의 말을 들으면 더욱 잘날 수 있다. 남이 하는 말에 귀 기울여 듣자.

생각 도우미: 자신감은 꼭 필요한 것이지만 자만심은 위험한 것이다. 어린 아이에게도 배울 것이 있는 것처럼 자신을 낮추고 항상 배우려는 자세를 가지고 살아야 한다. 특히 자신보다 잘난 사람보다 조금 부족해 보이는 사람들의 충고는 꼭 귀담아들어야 한다. 그들의 충고가 진정한 충고일 경우가 많다.

> " 반성하지 않는 사람에게는 발전이 없다. 후회 없는 삶은 자기반성에서 시작된다. "

승재: 반성은 나를 발전시키는 데 많은 도움이 된다. 하지만 반성을 하지 않으면 내가 발전을 할 수 없고 뼈저리게 후회를 하게 된다. 반성은 나쁜 것이 아니다. 자신이 잘못한 점을 고치고 노력하는 것이니 좋은 것이다. 반성하게 되면 잘못된 일을 더 적게 할 수 있다. 그리고 좋은 일에만 전념할 수 있게 된다. 그럼에도 불구하고 우리 사람들은 반성을 하지 않고 살아가고 있다. 반성은 나를 발전시키고 다른 사람들도 발전시킨다. 반성이 후회 없는 삶을 만든다.

승철: 대부분 사람들은 선생님이나 부모님께 혼나면 말로만 그냥 넘어가려고 한다. 그러나 진심으로 반성하면 나중에 커서 어떻게 될지 모른다. 어렸을 때 많이 혼나고 가난했던 사람들이 나중에 커서 잘된다. 하지만 어렸을 때부터 반성하지 않으면 절대로 잘될 수 없다. 내가 잘못한 게 무엇인지 알고 그것에 대해 반성하고 생각하면 커서 잘될 수 있다.

생각 도우미: 사람은 누구나 실수할 수 있다. 하지만 그 실수를 인정하고 반성하여 다시는 같은 실수를 하지 않는 사람은 그리 많지 않다. 반성을 통해 성장의 발판을 만드는 사람이 되자.

> " 욕심은 채울수록 커지기 때문에 어떤 경우라도 다 채울 수 없다. 욕심은 후회가 된다. "

승재: 욕심을 가지는 것은 좋다. 하지만 욕심을 많이 가지는 것은 좋지 않다. 욕심이 많으면 이룰 수 있는 게 없어진다. 예를 들어서 '흥부와 놀부'에서도 욕심이 많은 놀부는 결국 망하게 되고 만다. 반대로 착한 흥부는 돈이 모이자 형인 놀부와 마을 사람들에게도 나누어 주었다. 그래서 흥부는 마을 사람들에게 인정받고 부자가 되었다. 욕심으로 할 수 있는 것은 아무것도 없다. 욕심보다는 착한 마음을 갖고 살자.

승철: 모두들 '흥부와 놀부'라는 책을 잘 알 것이다. 여기에서 놀부는 욕심을 부리다가 그만 자기가 욕심을 부린 것을 후회하기도 한다. 욕심을 부리지 않으면 행운이 찾아오지만, 그사이를 못 참고 욕심을 부리면 정말로 후회하게 한다. 기다리면 오는 것에 굳이 욕심을 내는 것이 어떨 때는 이해 가지 않는다. 하지만 약간의 욕심은 필요하다. 과한 욕심은 곧바로 후회가 찾아온다.

생각 도우미: 욕심은 끝은 없다고 한다. 적당한 선에서의 자기만족을 추구하는 사람은 편안한 삶을 살 수 있다. 특히, 자신만을 위한 욕심은 자신과 타인을 함께 불행으로 몰고 갈 수 있다는 것을 명심해야 한다. 작은 것에도 만족하는 행복한 삶을 살아보자.

2012년 12월 13일 목요일

> 내가 하고 싶다면 하고자 한다면 무슨 일이 있어도 그 길을 가겠다고 굳게 다짐해라.

승재: 내가 하고 싶다면 그 길로 가는 것이 옳은 말이다. 자신이 살아가는 것이기 때문이다. 만약 자신이 원하는 길로 가지 못하게 된다면 당신은 충격을 받고, 심지어는 미치거나 자살할 수 있다. 일을 결정할 때는 자신이 잘하는 것이 아니라 좋아하는 것을 중점으로 둬야 한다. 그러면 일을 더 재미있게 할 수 있고 끈기 있게 오랫동안 일할 수 있다. 즉, 내가 하고자 한다고 결정을 하면 무슨 일이 있어도 그 길로 가야 한다. 나의 첫 선택이 성공이다.

승철: 우리 모두에게 정말로 하고 싶은 것들이 하나씩 있다. 내가 정말 그것을 원한다면 그것을 선택한 다음, 그것이 이루어질 때까지 노력해야 한다. 노력하지 않으면 소용이 없는 것이다. 한번 결정하면 다신 바꿀 수 없다. 내가 정말로 하고 싶은 것을 정하고 그 길로 간 다음 할 때까지 최선을 다해보자.

생각 도우미: 목표를 정했으면 어떤 어려움과 고난이 닥쳐와도 모두 극복해야 한다. 중간에 포기하는 것은 시작하지 않은 것만 못하다. 시험도, 공부도, 인생도 그 기간과 크기는 달라도 모두 같은 이치이다. 중간중간 주변의 도움과 조언을 받으며 목표에 도달하는 사람이 되자.

> " 1초, 1초가 모여 하루를 만들듯이 매 순간을 소중히 생각하는 사람이 되자. "

승재: 시간은 우리를 기다려주지 않는다. 그러니 시간은 매우 소중한 것이다. 모든 사람들에게는 똑같은 시간이 주어지지만, 그 시간을 어떻게 생각하느냐에 따라 성공하는 자와 실패하는 자가 나뉘게 된다. 이때 실패하는 자들은 시간이 부족하다는데 이것은 핑계에 불과하다. 시간을 어떻게 썼느냐에 따라서 성공과 실패로 나뉘는 것이다. 하루 24시간이면 충분하다. 이 정도 시간이면 자신이 할 일을 끝낼 수 있다.

승철: 공부를 잘하는 사람의 말을 들어보면 하루 24시간도 적다고 말한다. 처음에는 약간 이해가 안 갔지만, 계속해서 말을 듣다 보면 이해가 갔다. 하루를 대충 보내면 시간이 느리게 가지만 하루를 열심히 보내면 빠르게 가는 것처럼 보인다. 그래서 하루가 짧다고 말하는 것이 아닐까? 살다 보니 정말 1분이라는 시간도 소중한 것 같다. 괜히 시간을 낭비하면 안 된다는 마음을 가졌다.

생각 도우미: 성공한 사람들도 처음부터 성공한 것은 아니다. 조금씩 노력하여 성장의 발판을 마련했기에 가능했던 것이다. 매 순간을 소중히 다루는 사람이 자신의 목표에 도달할 수 있다. 지금 허비한 1시간은 미래의 한 달이 될 수 있다는 것을 명심하자.

> " 불행과 행운은 자기 하기 나름이다. 최선을 다하고 마음을 다한다면 행운은 내 편이다. "

승재: 자신이 진심으로 되길 원하면 그 꿈은 이루어진다. 행운과 불행은 자신의 마음으로 결정할 수 있다. 자신이 긍정적으로 생각하면 행운이 따라오는 것이고 자기가 부정적으로 생각하면 불행이 따라오는 것이다. 그래서 항상 긍정하며 살자. 그런 마음이 나의 성공을 만들고 미래를 만든다.

승철: 오늘의 메시지에는 절대로 이 말이 빠질 수 없다. '진인사대천명' 자기가 해야 할 것을 모두 하고서야 하고 싶은 것을 바라라는 뜻이다. 내가 해야 할 일에 최선을 다했다면 분명 나에게는 행운이 올 것이다. 하지만 대충하거나 최선을 다하지 않았다면 불행이 찾아온다. 나에게 행운이나 불행이 오는 과정은 바로 나 자신이 선택하는 것이다. 행운을 얻자.

생각 도우미: 행복과 불행은 함께 다닌다. 내가 누구를 초대하느냐에 따라 달라진다. 행복을 초대했다고 해도 이를 받아들일 준비가 부족하면 소용없다. 항상 최선을 다하는 생활 습관을 가지고 있다면 아무 문제 없을 것이다. 매사에 노력하고 최선을 다해 행운과 기회가 찾아왔을 때 이것을 내 것으로 만드는 사람이 되자.

> 남에게 보이기 위한 공부보다는 자신을 위한 공부를 해라.
> 남을 위해 사는 것이 아니다.

승재: 공부는 멋으로 하는 것도 남을 위해서 하는 것도 아니다. 공부는 나를 위해서, 나를 성장시키기 위해서 하는 것이다. 내가 죽을 때까지 해야 하는 것이 공부이다. 만약 공부를 하지 않으면 인생을 망칠 수 있다. 당연히 공부는 힘들고 하기 싫다. 하지만 우리가 살기 위해서는 필요하다. 항상 나를 위해서 공부를 하자. 남을 위해 하는 것은 공부가 아니다.

승철: 공부해서 남 주나? 공부를 잘하게 되면 나에게 돌아오는 것은 많다. 내가 공부를 잘하면 누구보다 기쁜 사람은 바로 나다. 공부는 남을 주기 위해서 하는 쓸데없는 것이 아니라 내 두뇌의 빈 공간을 채우기 위한 밑바탕이다. 남에게 잘 보이기 위해서 공부를 한다? 나 자신을 위해 공부를 하면 무조건 남에게 잘 보인다. 일석이조다. 공부를 잘하면 친구가 많아지고 보다 좋은 것도 많다. 공부는 나의 미래가 될지도 모른다.

생각 도우미: 시험 점수는 중요하다. 하지만 시험을 위한 공부는 바람직하지 않다. 시험이 끝난 후에 아무것도 남는 것이 없다면 진정한 공부가 될 수 없다. 정답을 외우기보다는 원리를 이해해서 유사한 문제도 해결할 수 있는 능력을 키우는 것이 중요하다. 많이 생각

하고 다양한 방법을 시도하는 생활을 통해 평생을 함께할 수 있는
지식을 얻도록 하자.

엄마 아빠와 두 아들의 **행복한 생각나눔**

> 66 천재도 즐기는 사람을 이길 수는 없다. 최고의 노력과 열정으로 현재를 즐겨보자. 99

승재: 자기가 원하거나 즐거운 일을 할 때 사람들은 끈기 있게 일한다. 그중 즐거운 일을 할 때는 원하는 일을 할 때보다 더 끈기 있게 한다. 즐거운 일을 하면 오랜 시간 동안 일할 수 있다. 지금부터라도 어떤 일을 할 때 즐겁게 해보자. 그러면 일을 할수록 더 즐겁고 오랜 시간 동안 할 수 있다.

승철: 돈이 많다고 행복한 것도 아니며 내가 똑똑하다고 행복한 것도 아니다. 그럼 행복한 것이란 뭘까? 하루를 즐겁게 보내는 것이 진정으로 행복한 것이다. 하루를 두려움 없이 보내는 것도 행복한 것이다. 그리고 천재나 부자가 즐길 수 없는 이상으로 즐기면 정말로 행복한 것이다. 내가 얼마만큼 즐기느냐에 따라서 행복은 달라진다.

생각 도우미: 인생은 힘들게 사나, 즐겁게 사나 한평생이다. 무슨 일을 하든 즐겁게 하는 것이 일의 능률과 성과를 높일 수 있다. 또한, 어차피 해야 할 일이라면 즐거운 마음으로 해야 한다. 특히, 공부를 즐거운 마음으로 한다면 성적도 오르고 이를 통해 자신만의 행복이 만들어지는 것이다.

> “ 하루살이는 내일이 없고 매미는 겨울이 없지만, 주어진 시
> 간은 열심히 살아간다. ”

승재: 항상 하루하루는 소중한 시간이다. 겨우 1시간이라도 내가 소중하
게 여기면 그 시간을 의미 있게 살아갈 수 있다. 내가 원하는 것이
있다면 매시간을 의미 있게 사용해라. 그러면 성공할 수 있다.

승철: 마야 달력에서의 오늘은 지구 종말일이다. 하지만 지구가 끝난다
더라도 오늘 하루를 1년간 살아간 것처럼 보람차고 활기차게 살아
가면 되는 것이다. 내일 지구가 멸망해도 내 인생은 끝나지 않는다.
줄기가 꺾여도 식물이 다시 자라듯이 우리도 뿌리가 뽑힐 때까지는
끝나지 않는다. 하루는 24시간, 자는 시간을 빼면 18시간이다. 이
긴 시간을 어떻게 활용하느냐에 따라서 즐거움을 가질 수 있다. 내
가 죽는 날까지 최선을 다해 살자.

생각 도우미: 메시지는 ‘장자’에 있는 “하루살이와 내일을 논하지 말고, 매
미와 겨울을 논하지 말라.”라는 원전을 이용한 것이다. 하루살이
나 매미는 내일과 겨울을 생각할 틈이 없다. 지금 이 순간에 최선
을 다해야만 평생을 사는 것이기 때문이다. 시한부 인생을 선고받
은 사람들이 남은 시간을 한탄하고 아쉬워하기보다는 남은 시간을
잘 활용하여 본인이 이때껏 이루지 못했던 것들을 하나씩 이루어
서 짧더라도 최고로 행복한 시간을 보낸 후 생을 마감하는 것과 같

은 것이다. 나에게 남은 시간은 신만이 알 수 있다. 지금 이 순간을
충실히 살아가는 사람이 되어보자.

> " 타인의 지혜로는 세상을 살아갈 수 없다. 자신의 지혜를 키
> 워나가는 생활을 하자. "

승재: 세상을 살아갈 때 타인의 도움으로 살아갈 수 없다. 물론 타인은
내가 살아가는 데 보탬이 될 것이다. 하지만 이것보다 더 중요하
고 없어서 안 되는 것이 나 자신의 생각과 지혜로움이다. 삶은 남
이 살아주는 것이 아니다. 내가 가야 하는 길이다. 그러므로 자신
의 생각이 중요하다. 지혜는 살아가는 데 넓은 생각을 가질 수 있
게 도와준다. 만약 자신의 머리로 지혜를 이용한다면 분명히 의미
있게 살 수 있다.

승철: 내 삶은 내가, 다른 사람의 삶은 다른 사람이 살아간다. 내 삶을
다른 사람이 대신할 수 없고, 다른 사람의 삶도 내가 살아갈 수 없
다. 자기 인생은 자신이 살아가기 때문에 삶을 위한 지혜를 키워야
한다. 그리고 내 생각과 다른 사람의 생각은 서로 다르기에 절대로
합치거나 다른 사람의 것을 빌리면 안 된다. 생각을 앞서 가자.

생각 도우미: 어린아이들은 부모님과 주변 사람들의 보살핌, 지혜로 살아
간다. 하지만 시간이 흘러 성인이 되면 자신 스스로 세상을 헤쳐나
가야 한다. 그때 필요한 것이 자신이 그동안 공부하고 경험했던 모
든 것이다. 스스로 홀로 설 수 있는 자신만의 노하우를 만들어야
한다. 요즘 세상은 자신의 능력과 타인의 능력을 함께 활용할 수

있는 능력도 매우 중요하므로 자신을 아무런 조건 없이 도울 수 있는 사람을 많이 사귀는 것도 성공으로 가는 지름길이다. 나의 능력을 나누어주면서 함께 서로의 생각을 공유하는 친한 친구를 많이 사귀도록 하자.

> " 거짓말을 한다고 거짓이 사라지는 것은 아니다. 거짓은 언젠가는 밝혀진다. 정직하자. "

승재: 세상에 거짓을 숨길 수 없다. 도둑이 부자가 될 수 없듯이, 거짓으로 성공할 수 없다. 사람들은 태어나서 수만 번의 거짓말을 한다. 거짓말 중 대부분이 보호본능 때문에 하는 경우이다. 그러나 거짓말은 그 순간만 안전할 뿐이지 날이 갈수록 상황을 악화시킨다. 계속해서 거짓을 말하면 결국 큰 사건으로 번진다. 즉, 정직하게 살자는 얘기이다. 정직하면 큰 사고 없이 일을 진행할 수 있다. 정직하게 살자.

승철: 거짓말은 위험하다. 거짓말한 것을 다른 사람이 믿다가는 목숨도 위험해질 수 있다. 그 거짓을 계속 마음속에 품고 있으면 언젠가는 밝혀지고 계속 품고 있는 내 마음도 이상해진다. 어차피 밝혀질 것이면 차라리 아예 하지 않는 편이 낫다. 나도 이런 면이 있어서 고쳐야 한다고 생각한다.

생각 도우미: 거짓은 또 다른 거짓을 만들고, 그 거짓은 언젠가는 밝혀지게 마련이다. 잘못을 하고 용서를 빈다고 잘못한 것이 없어지는 것은 아니다. 다만 잘못을 반성했기 때문에 더 이상 문제 삼지 않는 것일 뿐이다. 내가 한 잘못에 용서를 구했다고 하더라도 언젠가는 그 대가를 치러야 하는 것이다. 항상 정직하고 바르게 생활하자.

> " 메시지를 쓰다 보면 부족한 어휘력에 막혀 책 많이 안 본 걸 후회한다. 독서는 힘이다. "

승재: 책을 쓰는 사람들을 보면 문맥이 잘 잇고 어휘력도 많이 알고 있다. 이런 생각들은 도대체 어디에서 나오는 것일까? 바로 독서이다. 독서는 어휘력의 기본이자 글쓰기의 기본이 된다. 독서를 하면 생각이 넓어져서 사회생활에서도 많은 도움이 된다. 성공한 사람들은 책을 좋아해서 눈병이 날 정도로 책을 보았다고 한다. 책을 많이 읽을수록 좋다. 책은 또 하나의 경험이기 때문이다. 책을 많이 보자.

승철: 독서의 좋은 점은 많다. 책을 많이 읽을수록 국어 과목을 잘하게 되고 말더듬증을 고칠 수 있으며 생각이 풍부해진다. 현재 말을 더듬거나 생각이 짧거나 어휘력이 부족한 사람들도 책을 읽으면, 처음에는 힘들겠지만 점점 나아질 것이다. 나는 부모님이 왜 책을 많이 읽으라는지 이해가 된다. 독서는 삶의 밑바탕이 되고 사회에 나가서도 정말 중요하다.

생각 도우미: 일부러 시간을 내어 책을 읽는 것은 아주 좋은 습관이다. 하지만 바쁜 현실 속에서 시간을 만든다는 것은 쉽지 않다. 여유 시간을 활용하여 책을 가까이하는 습관을 가져보자. 활자로 된 책을 읽는 것이 최고이지만, 요약분이나 오디오북을 활용하여 간접적으로 독서한 후에 책을 선택하는 것도 나름대로 독서의 효과를 얻는 방법이다.

> " 내가 너무 어려운 메시지를 보내고 있는 것은 아닌지? 지난 메시지를 한 번 더 보자. "

승재: 메시지를 볼 때의 이해력은 사람마다 다르다. 책을 많이 본 사람은 메시지 내용이 쉬울 것이고, 책을 보지 않은 사람은 어려울 것이다. 만약 내용이 어렵다면 그 사람은 책을 더 많이 봐야 한다. 책은 어제 글에서 말했듯이 글쓰기, 이해력의 기본이다. 책을 봐서 글쓰기, 이해력을 키우면 메시지 쓰는데도 큰 도움이 될 것이다.

승철: 지금까지의 메시지 가운데 어려운 내용인 것도 많았지만, 정말로 많은 것을 배워가는 메시지도 많았다고 생각한다. 이런 메시지에 대한 나의 생각을 이 공책에 씀으로 해서 생각이 풍부해지고 많은 것을 깨닫게 되어서 정말 좋았다. 나의 지금 생각과 지난번에 쓴 생각을 비교해보면 올해는 약간 나아졌다고 생각한다. 이런 메시지를 보내주신 아버지께 감사하게 생각한다.

생각 도우미: 내가 써 내려간 메시지 내용을 다시 한 번 읽어보는 것으로 올해를 마무리했으면 한다. 행동과 실천을 통해 변한 것과 말과 구호로만 끝난 것이 있을 것이다. 이를 통해 나 자신을 돌아보고 한 단계 더 발전할 수 있는 디딤돌이 되었으면 하는 바람이다.

> " 사랑하는 우리 아들들, 올 한 해 수고 많았다. 항상 행복의 중심에 서 있기를⋯. "

승재: 내가 이 메시지를 쓴지도 벌써 2년째이다. 정말 시간은 참 빠른 것 같다. 오늘은 2002년의 마지막이자, 메시지 쓰기의 마지막 날이 다. 솔직히 이 메시지를 쓰는데 참 힘들었다. 생각이 잘 안 나서 답 답할 때도 있었고, 그냥 귀찮아서 하기 싫을 때도 있었다. 그럴 때 마다 부모님은 틈만 나면 메시지 얘기를 하셨고, 나는 쓸쓸히 방 에 들어가서 메시지를 써야 했다. 그렇게 벌써 2년째이다. 이제는 메시지 쓸 일이 없어서 기분이 살짝 좋긴 하지만 아쉬움도 많이 남 는다. 내가 2년 동안 쓴 메시지는 정말 좋은 추억으로 기억에 남을 것 같다. 나는 이 메시지가 나의 후손들에게도 널리 알려졌으면 좋 겠다. 이쯤에서 글을 마치겠다. 지금까지 메시지를 보내주신 부모 님. 정말 감사하고 새해 복 많이 받으세요~!

승철: 지금까지 2년 동안 이런 좋은 메시지를 보내주신 아버지께 감사하 다고 말합니다. 저희의 부족하고 짧은 생각을 그동안 이해해주셔서 감사합니다. 내년부터 새롭게 시작하고 활기찬 한 해를 위해 우리 가족 파이팅!

생각 도우미: 고생⋯, 희망⋯, 행복⋯. 모든 것은 너희들의 노력이다. 한 해 묵묵히 따라와 줘서 고맙고 건강한 것이 더 고맙고 함께 있어

준 것이 최고로 고맙고 감사하다. 항상 밝고 행복하게 성장하길 바
란다. 사랑하는 엄마, 아빠가….

엄마 아빠와 두 아들의 **행복한 생각나눔**

2012년 12월을 마무리하며…

        무사히 종착역까지 함께 왔구나…. 새해에는 좋은 일들과 행복이 가득한 날들만 만들어보자. 저 떠오르는 태양이 우리의 미래를 밝게 비춰줄 것이라고 믿는다. 사랑한다.

2012년 마무리

_____누구를 위한 메시지였을까? 나 자신을 위한 것이었다. 나를 돌아보고 나에 대한 질책과 격려가 대부분의 내용을 구성하고 있었다고 생각한다. 승재, 승철이, 그리고 두 아들의 엄마인 이미훈 여사에게 미안함과 부끄러울 따름이다. 내용이 아무리 좋으면 무엇하겠는가? 나 자신도 지키고 실행하지 못했으니 말이다.

좋은 생각을 행동으로 보여주지 못하고 메시지만 공허한 메아리로 만든 나약한 나 자신을 반성하는 계기로 삼고 싶다.

서로의 부족한 부분을 채워주는 행복한 우리 가족, 영원히 사랑한다.

2012년
아빠의
문자메시지

1월

1/2 월_우리 가족 파이팅! 올해도 행복하고 재미있고 신나는 한 해를 만들자. 사랑해….

1/3 화_오늘 떠오르는 태양은 어제의 태양이 아니듯이 항상 새로운 마음으로 생활하자.

1/4 수_지는 해를 바라보며 아쉬워하기보다는 다시 떠오를 아침 해를 준비하는 마음을 갖자.

1/5 목_최선을 다하는 것은 끝이 아니다. 새로운 시작이다. 처음부터 새로운 마음으로 다시….

1/6 금_내가 돌아서면 상대방과 등지게 된다. 상대가 돌아서면 앞으로 달려가 마주 보자.

1/9 월_성공한 사람은 돈이나 명예보다도 다른 사람에게 어떤 영향을 주었는가에 있다.

1/10 화_작은 옹달샘이 실개천이 되어 다시 큰 강물이 되듯 큰 변화는 작은 것에서 시작된다.

1/11 수_타인이 나에게 다가오기를 기다리지 말고 내가 먼저 다가가라. 바로 친구가 된다.

1/12 목_대화란 서로 알고 이해하는 말을 주고받는 것이지 내 주장을 펼쳐 전하는 게 아니다.

1/13 금_남의 시선으로 자신의 삶을 측정하고 괴로워하지 마세요. 욕망과 집착을 버리세요.

1/16 월_구름이 가득하다고, 태양이 없는 것이 아니다. 구름이 걷힌 하늘을 상상하며 희망을….

1/17 화_목표를 이루는 방법은 내일 배울 것을 오늘 배우고, 오늘 쉴 것을 내일 쉬는 것이다.

1/18 수_목표가 정해질 때 낮은 목표를 원하지 말고, 해낼 수 있는 강인한 정신을 원해라.

1/19 목_어떤 결과가 나왔던지 남을 원망하지 마라. 자기 스스로 부끄럽지 않으면 된다.

1/20 금_내 마음의 문을 열지 않으면 누구와도 가까워질 수 없다. 꽉 닫힌 내 마음을 활짝 열자.

1/25 수_기쁨을 나누면 배가 되고, 슬픔을 나누면 반이 된다. 기쁘든지 슬프든지 서로 나눠 보자.

1/26 목_타인의 단점을 지적하기보다는 장점을 칭찬하고 자신의 장점보다 단점을 개선하자.

1/27 금_'O', 'X'라는 옳음과 틀림이 세상에 많은 것 같지만, '='이라는 같은 생각이 중요하다.

1/30 월_불행을 행복으로 가꾸는 데는 오랜 세월이 필요하나, 행복은 한순간에 불행이 된다.

1/31 화_혼자 모든 일을 하려는 마음은 배려하는 것이 아니다. 함께 나누는 것이 진정한 배려이다.

엄마 아빠와 두 아들의 **행복한 생각나눔**

2월

2/1 수_말하는 사람과 듣는 사람은 환경에 따라 다르게 이해한다. 진실을 말하려고 노력해라.

2/2 목_사람들이 가장 무서워하는 것은 전쟁, 질병, 가난이 아닌 무관심이다. 주변에 관심을….

2/3 금_순간의 분노와 감정을 못 다스리면 어려움에 처하게 된다. 행동 전에 3번 더 생각하자.

2/6 월_병균만 전염성이 있는 것이 아니라 열정에도 전염성이 있다. 나의 열정을 전파하자.

2/7 화_무조건 열심히만 하지 말고 잘하는 방법을 찾아라. 불평보다는 자신의 실력을 키워라.

2/8 수_유능한 나무꾼은 휴식을 통해 도끼를 갈고, 무능한 나무꾼은 열심히 도끼질만 한다.

2/9 목_같은 배추, 양념으로 만든 김장일지라도 담그는 이의 솜씨와 손맛에 따라 맛이 다르다.

2/10 금_폭설보다 살짝 쌓인 눈이 더 미끄럽듯이 어설픈 지식은 나와 동료를 위험에 빠트린다.

2/13 월_바보는 스트레스가 없지만 발전이 없고, 천재는 이를 극복해 성공의 기회로 만든다.

2/14 화_새롭게 변화하려면 자신이 가진 어느 정도는 버려야 가능하다. 특히 고정된 생각.

2/15 수_활을 쏘아 과녁에 못 맞추면, 활과 화살을 탓하기 전에 자신의 활 쏘는 자세를 반성해라.

2/16 목_하나님은 높은 곳에 있지 않고 천국은 먼 곳에 있지 않다. 내가 만든 곳, 즉 내 옆이다.

2/17 금_변화의 바람이 불어오면 큰 나무처럼 버티지 말고, 갈대와 같은 유연성이 필요하다.

2/20 월_먼저 양보해라. 다툼에는 상대방이 있다. 왼손과 오른손이 마주칠 때 소리가 나듯이….

2/21 화_좌절이 왔을 때 포기를 빨리하고 다시 시작하는 집중력을 키우자. 좌절은 곧 기회다.

2/22 수_나에 대한 비난과 질책은 나의 잘못이지 지적하는 사람의 잘못이 아니다. 나나 잘하자.

2/23 목_1시에 해야 할 일을 3시에 한다면 3시에 할 일은 몇 시에? 정해진 일은 제시간에….

2/24 금_자율은 지키는 사람은 행복이 되지만 못 지키는 사람은 불행이 된다. 행복을 만들자.

2/27 월_이불 속에서 '1분만 더'를 책상에 앉아 외치고 컴퓨터 '한 번만 더'를 연습으로 실천하자.

2/28 화_3일 만에 그린 그림은 3년이 지나도 팔리지 않는다. 노력과 정성이 빠져있기 때문이다.

2/29 수_쉼표 없는 악보 연주는 어렵다. 아름답게 끝내기 위해서는 적당한 휴식이 필요하다.

3월

3/2 목_꽃가게에 가면 꽃 냄새가, 생선가게에 가면 비린내가 몸에 배듯이 좋은 환경을 만들자.

3/5 월_우리들을 이 세상에 태어나게 하시고 길러주신 어머님의 사랑에 항상 감사드리자.

3/6 화_바보온달이 평강공주가 아닌 바보를 만났다면? 상대의 장점을 키워주는 사람이 되자.

3/7 수_성공한 사람과 실패한 사람의 능력은 종잇장 하나 차이다. 이 차이는 '자신감'이다.

3/8 목_힘들고 피곤해도 아들딸 잘 먹고 공부 열심히 하면 피곤함을 모르는 게 엄마다.

3/9 금_일단 멈춤. 쉼표 없이 달리다 보면 앞만 보게 된다. 멈추면 비로소 보이는 것이 많다.

3/12 월_집집마다 다른 성씨를 쓰는 사람이 있지만 진정한 가족이 있다. 바로 우리 어머니….

3/13 화_하루에 천 리를 간다고 뽐내지 마라. 누구든 열심히 열흘 가면 너끈히 도달할 수 있다.

3/14 수_사람의 돈과 지식을 얻기보다는 마음을 얻어라. 마음을 얻으면 돈과 지식은 함께 온다.

3/15 목_말은 끝까지 들어야 참뜻을 알 수 있다. 귀가 두 개인 것은 많이 듣고 말하라는 것이다.

3/16 금_정상에 서 있는 자신의 미래를 상상해봐라. 그를 위해 오늘도 꾸준히 노력하는 하루.^^

3/19 월_아빠보다 너희들을 열 배 사랑하는 사람이 엄마란다. 너희들은 엄마 말을 열 배 안 듣지!

3/20 화_산에 메아리가 있듯이 관심이란 상대방의 말과 행동에 반응하는 것이다. 표현해라.

3/21 수_내가 가지고 있는 것들을 당연하게 여기지 마라. 누군가에게는 평생의 소원이기도 하다.

3/22 목_화가 나고 짜증이 나고 미워함이 일어나는 원인은 나를 중심에 놓고 있기 때문이다.

3/23 금_강한 자가 살아남는 것이 아닌 살아남은 자가 강한 것이다. 최종 승리를 위해 파이팅!

3/26 월_부모님의 무조건적인 사랑을 받아온 나. 부모님을 위해 내가 해야 할 일은 무엇일까?

3/27 화_사람은 누구나 좋은 유혹에 빠지기 마련이다. 욕심을 버리면 마음의 눈이 밝아진다.

3/28 수_자신의 소망과 행복을 담은 자기 암시를 규칙적으로 반복하면 실제 삶이 바뀐다.

3/29 목_내가 찡그리면 세상도 찡그리고, 내가 웃으면 모든 사람들이 웃을 수 있다. 밝은 미소….

3/30 금_상대를 이해하고 생각하면 모든 일이 순조롭고, 나의 마음으로만 생각하면 답답하다.

4월

4/2 월_너희도 공부하기 힘들 때 있지? 엄마, 아빠도 부모 하기 힘들 때가 있단다. 서로 잘하자!

4/3 화_내가 잘나고 예쁜 것은 내가 아닌 남들이 인정해주는 것이다. 혼자 잘났다고 생각마라.
4/4 수_상상하고 말한 대로 된다. 나쁜 친구, 망할 놈이라 하지 말고 항상 좋은 말을 하자.

4/5 목_똥에는 파리와 구더기가 모이고 꽃에는 나비와 벌들이 모인다. 나를 꽃으로 만들자.

4/6 금_무조건 열심히 한다고 다 잘되는 것은 아니다. 원리를 알고 핵심을 이해해야 한다.

4/9 월_엄마, 아빠의 다정한 모습과 너희의 글 읽는 소리, 공부하는 모습이 가정의 행복이야.

4/10 화_진정한 협력자는 일이 끝나봐야 알 수 있다. 마지막까지 남은 사람과 다음 일을 해라.

4/12 목_행복이나 불행이나 나를 찾아오면 맞아들이고 가버리면 깨끗이 보내 마음에 두지 마라.

4/13 금_매번 잘 된다는 생각은 가장 큰 욕심이다. 안될 때를 대비하고 늘 준비해야 한다.

4/16 월_엄마, 아빠는 준비된 은행이 아니란다. 너희들을 위해 아끼고 절약한 돈을 쓰는 거야!

4/17 화_나만 짜증 난다 생각하고 행동하지 마라. 나로 인해 더 불편한 건 내 주변 사람이다.

4/18 수_작은 실수 하나가 내 기분과 인생을 바꿀 수도 있다. 분노하지 말고 실수를 인정해라.

4/19 목_반성하는 사람은 모든 일이 약이 되고 남을 원망하는 사람은 모든 생각이 독이 된다.

4/20 금_먼지 쌓인 거울은 사물을 잘 비추지 못하듯이 혼탁한 정신으론 상대방을 알기 어렵다.

4/23 월_여자는 약하지만 엄마는 강하며 엄마의 행복은 자식 사랑이다. 그 사랑에 감사하자.

4/24 화_만나는 모든 사람에게서 무엇인가를 배울 수 있는 사람이 세상에서 가장 현명하다.

4/25 수_지금 하고 있는 일, 행동이 다른 사람들도 하기를 원하는 것이라면 그것은 의미 있는 일이다.

4/26 목_내가 잘하면 말하지 않아도 주변에서 도움을 주고 내가 못하면 내 것도 지키기 어렵다.

4/27 금_힘들어도 웃고 슬퍼도 웃으면 즐거운 일이 만들어진다. 웃으면 행복은 나와 친구다.

4/30 월_밥하고 빨래하고 청소하는 것이 엄마의 행복일까? 엄마의 행복을 위해 내가 할 일은?

5월

5/2 수_타인과의 생각이 틀린 것이 아니라 다른 것이다. 서로 다름을 이해하며 함께 성장하자.

5/3 목_시험은 나를 힘들게 괴롭히는 것이 아닌 그동안 갈고 닦은 내 실력을 뽐내는 것이다.

5/4 금_못났다고 걱정하지 마라. 어두운 방을 밝히는 데 필요한 것은 작은 양초 하나면 충분하다.

5/7 월_책을 소리 내어 읽으면 발음이 좋아지고 발표력이 향상된다. 소리 내어 읽는 습관을….

5/8 화_한 문장을 읽을 때 띄어 읽지 못하면 다른 내용이 전달되듯 띄어쓰기는 꼭 필요하다.

5/9 수_훌륭한 사람에게는 배울 점이 많기 때문에 성공한 사람의 자서전을 많이 읽어라.

엄마 아빠와 두 아들의 **행복한 생각나눔**

5/10 목_항상 좋은 생각과 좋은 모습만 보며 미래를 꿈꾼다면 성공적인 삶을 살 수 있단다.

5/11 금_행복이 성적순은 아니지만, 행복으로 가는 지름길이다. 단, 공부의 노예는 되지 마라!

5/14 월_부족하고 잘나지 못하면 그 누구라도 도움을 줄 수 없다. 최고가 되도록 노력해라.

5/15 화_부족해 보이고 건방진 사람도 진심으로 대해라. 진심은 상대방을 허무는 도구이다.

5/16 수_나이와 경륜은 훈장이 아니다. 이해하고 또 이해하면 그 사람도 내 마음을 이해한다.

5/17 목_행복한 결과를 얻기 위해서는 서로 협력해야 한다. 나보다 부족한 사람에게 더 잘하자.

5/18 금_열심히 하는 것보다 즐기면서 하는 것이 더 효과적이다. 긴장하지 말고 즐겨보렴.

5/21 월_몸만 크다고 다 어른이 아니다. 몸과 마음이 함께 성장해야 완전한 어른이 된다.

5/22 화_기쁨과 괴로움의 교차! 신용카드와 봉급명세서, 성적표 등. 무엇을 올리고 내릴까?

5/23 수_바다같이 모든 것을 품고 태양처럼 세상을 비추며 공기처럼 나누어주는 인생을 살자.

5/24 목_남의 손을 씻어주다 보면 내 손도 깨끗해지듯이 남을 위한 일은 결국 나를 위한 일이다.

5/25 금_바다와 육지는 경계가 있지만, 하늘은 구분이 없다. 서로 하늘같이 한마음이 되자.

5/29 화_재능은 다르다. 잘 활용하면 이득을 얻을 수 있고 서로 시기하면 위험에 처한다.

5/30 수_1등만 기억하고 우대받는다고 불평하지 마라. 내가 1등이 되거나 최선을 다하면 된다.

5/31 목_내 것이 영원하다고 생각 마라. 내 노력과 주변의 도움이 사라지면 한순간에 없어진다.

6월

6/1 금_무엇인가 누군가에게 나의 열정을 다하는 것은 아름답다. 가까운 사람들의 이해 속에.

6/4 월_내가 파란 마음이면 가족과 친구들이 파란 마음이 된다. 세상 시작은 내 마음부터다.

6/5 화_남을 돕는 것은 일을 도와주는 것뿐 아니라 따뜻한 말 한마디도 도움을 줄 수 있다.

6/7 목_욕심과 유혹은 사람과의 관계를 망치고 따돌림을 야기할 수 있다는 것을 명심해라.

6/8 금_쥐가 쥐약을 먹는 것은 죽으려고 먹은 게 아니고 음식과 독약을 구분하지 못한 것이다.

6/11 월_행복이란… 파란 하늘이 푸르다고 느끼는 것만큼 단순하다. 오늘도 행복한 하루~.

6/12 화_오늘은 누구에게 행복과 희망을 나누어줄까 생각하며 하루를 시작하자.

6/13 수_친구의 축구화를 빌려 축구를 하면 모두가 행복할까? 친구의 행복도 소중함을 알자.

6/14 목_생각 없는 습관이 타인에게 불쾌감을 줄 수 있다. 트림하기, 코 파기, 휴지 버리기 등.

6/15 금_주인공이 아니면 주목받지 못한다. 하지만 최선을 다하는 조연은 주연보다 아름답다.

6/18 월_물같이 유연한 사람이 되라… 물은 높은 곳에서 낮은 곳으로 흐른다.

6/19 화_물같이 유연한 사람이 되라… 물은 장애물을 만나면 다투지 않고 돌아간다.

6/20 수_물같이 유연한 사람이 되라… 물은 담아두는 그릇의 모양에 자신을 맞춘다.

6/21 목_물같이 유연한 사람이 되라… 물은 세상에서 없어서는 안 되는 소중한 자원 중 하나이다.

6/22 금_웃는다고 행복하고 운다고 불행한 것일까? 가까운 사람들은 표현을 잘 안 할 뿐이다.

6/25 월_입원 중.

6/26 화_입원 중.

6/27 수_물같이 유연한 사람이 되어라… 물은 얼음이나 수증기가 되지만 본질은 변하지 않는다.

6/28 목_하루 종일 집중할 수는 없다. 단 1분이라도 혼을 다해 집중한다면 못 이룰 것이 없단다.

6/29 금_잘 모르고 부족하면 질문하고 부탁해라. 상대방은 나의 상황을 잘 모르기 때문이다.

7월

7/2 월_'피그말리온 효과'에 의하면 꿈은 이루어진다. 성공은 간절히 원하고 행동하면 된다.

7/3 화_'넘버원의 법칙'에 의하면 1등만 기억된다. 1등은 최고의 노력에 의해서 만들어진다.

7/4 수_'머피의 법칙'은 나쁜 결과만 이어지는 경우며 반대는 '샐리의 법칙'이다. 샐리가 되자.

7/5 목_'250명의 법칙'은 한 사람의 확실한 신뢰가 250명의 친구를 얻는 것과 같다는 말이다. 반대는?

7/6 금_'프레임의 법칙'은 동일한 현상도 관점에 따라 다르게 보이는 것이다. 긍정으로 보자.

7/9 월_곰도 백 일 동안 기도하면 사람이 된다는 설화가 있단다. 꾸준한 노력으로 성공된 삶을….

7/10 화_나를 떠난 목표는 항상 옆에 있다. 지치고 힘들 때 살짝 옆을 보면 내 갈 길이 보인다.

7/11 수_이 세상은 내가 주인이기에 누가 보든 안 보든 내 생각과 의지대로 해야 한다.

7/12 목_나도 생각하고 상대방도 생각한다. 누가 중심이냐에 따라 행동이 결정지어진다.

7/13 금_상대를 이용하려 하면 상대방이 모를까? 진실해야만 조건 없는 도움을 받을 수 있다.

7/16 월_사람은 자기가 필요하고 원하는 것만 본다. 항상 누군가의 도움과 희생에 감사하자.

7/17 화_'아니.'같이 부정적인 말을 사용하지 말고, 서로 틀린 것이 아니라 다르다는 것을 알자.

7/18 수_공부는 머리 좋은 사람이 아니라 엉덩이가 무거운 사람이 하는 것이다. 몰입해보자.

7/19 목_'나 같았으면…'이라는 생각을 자주 하다 보면 오해가 생길 수 있다. 상대는 내가 아니다.

7/20 금_뻔뻔해져라. 사람과의 관계를 좁히는 최선의 방법이며 상대를 편하게 하는 기술이다.

7/23 월_중국이 땅이 좁아 이어도를 원하나? 일본이 섬이 없어서 독도를 넘보나? 욕심이다.

7/24 화_천국, 지옥의 음식과 식사 도구는 똑같단다. 혼자 먹으려는 욕심이 없는 곳이 천국이다.

7/25 수_세상은 내가 베푼 만큼 나에게 돌아온다. 욕심을 버리고 남을 위해 나누는 마음을 갖자.

7/26 목_눈앞의 작은 이익에 정신이 팔리면 멀리 있는 큰 이익을 얻을 수 없다. 욕심을 버리자.

7/27 금_착한 일 하기, 남을 도와주기, 공부 열심히 하기 등 자신이 해야 할 일은 욕심을 부리자.

7/30 월_운동을 통해 몸짱이 되는 것도 중요하지만, 독서를 통해 좋은 생각의 근육을 키워보자.

7/31 화_책 속에는 세상 이치가 숨어 있다. 형식적인 책 읽기보다는 정독하는 습관을 들이자.

8월

8/1 수_책을 많이 읽는 것이 미래에 대한 투자다. 틈틈이 책 읽는 습관은 꼭 필요하다.

8/2 목_어떤 명작을 억지로 읽는 것은 잘못이다. 독서를 사랑하는 것에서 시작해야 한다.

8/3 금_책을 읽은 다음에 그냥 덮지 말고 독서노트를 작성하며 자신만의 생각을 정리하자.

8/6 월_행운과 기적도 노력한 자 앞에서만 빛난다. 기적은 열심히 흘린 땀방울과 눈물이다.

8/7 화_세상에 공짜는 없고 우연도 없으며 행운도 없다. 하고자 하는 치열한 노력만이 있다.

8/8 수_내가 꼭 기억해야 할 것은 내가 다른 이에게 준 고통과 다른 이가 내게 베푼 선행이다.

8/9 목_남을 원망하고 질책하고 비난하지 말고 내가 무엇을 하면 도움이 될까를 생각해라.

8/10 금_다른 사람의 사소한 잘못을 못 본 척 감싸주는 아량도 필요하다. 나도 실수할 때가 있다.

8/13 월_병원에 가면 환자만 보이고 도서관엔 학생만 보이듯 내 생각과 행동이 환경을 만든다.

8/14 화_악을 악으로 갚으면 악이 돌아오고 선으로 갚으면 선이 돌아온다. 선을 행하며 살자.

8/16 목_부모님이기 때문에, 자식이기 때문에, 선생님이기 때문에 서로 이해하며 사는 것이다.

8/17 금_가지치기를 해야 열매가 많이 열리듯이 내 일상의 일부를 버릴 때 성과가 커진다.

8/20 월_세상을 구원하는 자는 재벌이나 학자가 아니라 꿈꾸는 사람들이다. 꿈은 희망이다.

8/21 화_잠자는 사람은 꿈을 꾸며 깨어있는 사람은 꿈을 이룬다. 깨어 행동하는 사람이 되자.

8/22 수_꿈을 이루려면 도움을 받을 수 있는 사람보다 도움을 줄 수 있는 사람과 함께 해라.

8/23 목_'무엇을 했었더라면…' 같은 생각을 잊자. 지나간 일이고 앞으로도 도움이 되지 않는다.

8/24 금_마음만 먹으면 할 수 있다는 것을 사람이라면 행동으로 보여줘야 한다. 말로만 하지 말고….

8/27 월_달팽이나 지렁이는 빠르지는 않지만, 남들의 길을 막지는 않는다. 걸리는 내가 문제다.

8/28 화_우리가 듣고 보는 것이 전부는 아니다. 박쥐와 돌고래가 듣는 소리도 세상의 소리다.

8/29 수_모든 기계는 하나만 잘못되어도 움직이지 못한다. 나로 인해 전체가 멈추게 하지 말자.

8/30 목_악연도 인연이다. 화내거나 슬퍼 말라. 그 악연을 통해 무엇인가를 얻으면 그만이다.

8/31 금_강을 건너는 다리, 높은 곳을 오르는 사다리와 같이 세상을 이어주는 삶을 살아보자.

9/3 월_한일전 축구에선 최선을 다하는 모습을 볼 수 있다. 라이벌은 나의 성장을 도와준다.

9/4 화_그림을 그리거나 글을 쓰다 잘못되면 다시 하면 되나, 인생에는 '다시'가 없다. 오늘도 소중히!

9/5 수_자기 스스로 일어나려고 하는 자에게만 신은 기적의 지팡이를 준다. 항상 노력하자.

9/6 목_모든 것을 가질 수 없다. 필요한 것만 원해라. 과도한 욕심은 모든 것을 잃을 수 있다.

9/7 금_조금만 양보하고 포기하면 모두 내 것이다. 꼭 필요한 것만 원해라. 나머지는 욕심이다.

9/10 월_즐거운 마음으로 잠들면 잠을 잘 잔다고 한다. 잠들기 전에 좋은 생각과 미소를….

9/11 화_부정적 생각, 게으름, 졸림, 편안함을 버리고 긍정적 생각과 노력으로 나를 이겨라.

9/12 수_삶은 스스로 살아가는 것이지 부모가 대신할 수는 없다. 두 발에 힘을 주고 일어서라.

9/13 목_성공하지 못한 사람은 '다음에는'/ '언젠가'를 말한다. '다음'과 '언젠가'는 오지 않는다.

9/14 금_실력 없으면 힘으로, 힘이 없으면 '깡'으로 해라. 최선은 아니지만 후회는 없을 것이다.

9/17 월_계란을 스스로 깨뜨리면 병아리가 되고 남이 깨뜨리면 프라이가 된다. 스스로 깨자.

9/18 화_모르는 것이 부끄러운 것이 아니라 노력하지 않는 것이 부끄러운 것이다. 항상 배우자.

9/19 수_내가 모르는 것은 질문을 통해 내 것으로 만들자. 질문은 나의 발전에 큰 도움이 된다.

9/20 목_내가 흘린 땀과 노력의 양에 따라 거둘 수 있는 수확량은 달라진다. 땀은 결과다.

9/21 금_뛰고 놀고 쉬고 싶은 마음은 다 똑같다. 이번은 미래를 위해 저축해두자.

9/24 월_믿음과 신뢰와 사랑이란 나 혼자만을 위한 것이 아닌 상대와 같이 성장하는 것이다.

9/25 화_'경쟁'이란 동료나 친구와 하는 것이 아니라, 어제의 나와 하는 것이다. 나를 이기자.

9/26 수_막연한 노력보다는 확실한 목표를 정해 놓았을 경우 최선과 열정을 다할 수 있다.

9/27 목_조금만 참고 기다리는 연습을 하자. 모두들 하나의 일을 완성하기 위해 노력 중이다.

9/28 금_높은 산도 한 걸음씩 가야만 정상에 오를 수 있듯이 미래를 위해 오늘도 파이팅!

9/28 금_4( )6+5( )4=10 다음 괄호 안을 채워보세요. 즐거운 한가위 되세요. -조명동-

10월

10/4 목_고요함은 수행하는 분들에게 필요한 것이다. 만나면 떠들썩한 대화로 활력을 주자.

10/5 금_우리가 좋아하는 행운은 내 작은 친절 하나로도 불러올 수 있다. 친절을 실천하자.

10/8 월_모든 사람은 이 세상에 큰일을 하기 위해 태어났다. 위기란 나를 단련시키기 위한 것이다.

10/9 화_성공은 가치관에 따라 다르다. 내가 하고 있는 일이 의미 있는 일이면 성공한 삶이다.

10/10 수_아무리 많은 친구들과 동료들의 응원이 있어도 실력이 없으면 진다. 실력을 키우자.

10/11 목_사흘 굶은 사람이나 하루 굶은 사람이나 똑같이 배고프다. 상대를 먼저 배려하자.

10/12 금_남에게 의존하거나 이용하지 않는 것이 사랑이다. 이용한 순간 미움, 다툼이 생긴다.

엄마 아빠와 두 아들의 **행복한 생각나눔**

10/15 월_완벽한 어른은 없다. 조금씩 부족하지만 노력하고 다듬어서 완벽한 어른이 되어 간다.

10/16 화_호기심은 성장의 밑거름이다. 단, 너무 빠른 호기심은 몸과 마음을 다치게 할 수 있다.

10/17 수_내 삶은 부모님, 선생님, 친구에게 잘 보이기 위한 것이 아니다. 인생의 주인은 나다.

10/18 목_우리가 싸워야 할 가장 큰 적은 우리들 자신이다. 나를 이기는 것이 진정한 승리다.

10/19 금_만족이 성장을 멈추게 한다. 지금에 만족하기보다는 더 큰 꿈을 향해 노력하며 살자.

10/22 월_비 올 때 우산이 없으면 뛰고 있으면 여유롭게 걷는다. 준비를 통해 여유로운 삶을….

10/23 화_인생은 마라톤이다. 즐거움만 추구하고 힘들다고 포기하면 목표에 도달할 수 없다.

10/24 수_목표를 정했으면 즉시 실행해라. 실행이란 유기농 채소와 같아 묵힐수록 나빠진다.

10/25 목_메시지 작성 안 함.

10/26 금_목표가 분명하고 소망이 간절하며 시간이 걸려도 포기하지 않는다면 꼭 이루어진다.

10/29 월_내가 한 말 한마디 행동 하나가 상대방에게는 큰 상처를 줄 수 있다. 한 번 더 생각하자.

10/30 화_나 혼자 행복하면 모두가 행복한 것일까? 다 함께 행복을 느낄 때가 최상의 행복이다.

10/31 수_내가 한 말과 행동은 기억하지 못하면서 남의 행동을 비판하지 말고 나를 돌아보자.

2012년 아빠의 문자메시지

11월

11/1 월_완벽한 사람은 없다. 왜 안될까 고민하지 마라. 마음을 편하게! 최선을 다하면 돼!

11/2 화_원하는 결과를 얻지 못했어도 실망하거나 좌절하지 마라. 다시 한 번 도전하면 된다.

11/5 월_학교생활 또는 직장생활이 하루의 절반 이상이다. 매 순간 최선을 다해 생활해보자.

11/6 화_행복은 남들이 모르는 나만의 불행과 고통, 인내, 외로움 등을 참고 이겨낸 것이란다.

11/7 수_신은 누구나 감당할 수 있는 만큼의 일을 맡긴다. 이를 극복하는 것을 성공이라 한다.

11/8 목_잘 못하는 일도 반복하면 잘할 수 있듯이 좋은 일을 반복하면 좋은 인생을 살 수 있다.

11/9 금_노력은 행복의 밭에 씨앗을 심는 것이다. 지금 심지 않으면 나중에 수확할 것이 없다.

11/12 월_건강은 재산의 밑거름이며 행복의 근원이다. 부자 되려면 나쁜 것을 멀리해야 한다.

11/13 화_자신을 깎아 봉사하는 연필과 지우개처럼 나를 버리는 순간 큰 세상이 만들어진다.

11/14 수_남을 이기는 사람은 힘 있는 사람이며 자신을 이기는 사람은 더욱 강한 사람이다.

11/15 목_우리가 살면서 만나는 많은 사람과 3초 이상 눈을 마주친다면 성공 가능성이 높다.

11/16 금_서로 너무 잘 알기에 실수로 말하고 행동해도 이해해주는 것이 가족이고 친구이다.

11/19 월_나에 대한 평가나 애칭은 타인이 만드는 것이다. 남들이 모두 인정하는 최고가 되자.

11/20 화_내가 결정한 상황이 과연 상대를 위한 것인가? 혹시 나의 필요에 의해서는 아닐까?

11/21 수_작은 성과를 바라는 사람은 작은 노력을 하고 큰 성과를 얻는 사람은 큰 노력을 한다.

11/22 목_행복을 심으면 행복이 자라고 불행을 심으면 불행이 자란다. 행복을 심는 하루 되길.

11/23 금_머리가 똑똑한 사람보다는 손발이 부지런한 사람이 행복하다. 부지런함은 재산이다.

11/26 월_인간이 두 발로 걷는 것은 서로의 외로움을 지탱하기 위해서다. 서로를 돌보도록 하자.

11/27 화_같은 꽃도 자세히 보면 다른 모습이다. 서로 다름을 인정할 때 다툼이 평화로 바뀐다.

엄마 아빠와 두 아들의 **행복한 생각나눔**

11/28 수_목표를 낮춘 성공보다는 흔들리지 않는 목표를 따라가서 달성하는 능력을 키워라.

11/29 목_집이 아닌 다른 곳에 내가 공부하고 일할 책상이 있는 것에 늘 감사하고 열심히 살자.

11/30 금_너희들이 한 번 힘들면 선생님은 두 번 힘들고 부모님은 열 번 힘들다. 모두 힘내자.

12월

12/3 월_지난 11개월을 아쉬워하거나 후회하기보다는 남은 12월 못다 한 열정을 쏟아 붓자.

12/4 화_딴짓하거나 졸고 있는 이 순간이 행운과 기회가 지나가는 시간이다. 항상 집중하자.

12/5 수_평생 일과 공부를 할 수는 없다. 후회 없이 최선을 다한 후에 편안한 휴식을 취하자.

12/6 목_'오늘은 피곤하니 내일 해야지.'라는 생각은 이미 실패한 것이다. 진정 원한다면 당장 시작해라.

12/7 금_시간이 너무 부족하다고 생각하는 것도 시간을 낭비하는 것이다. 그 시간에 노력하자.

12/10 월_내가 제일 잘났다고 생각해 남의 충고와 말을 무시하면 성공과 행복을 모두 잃을 수 있다.

12/11 화_반성하지 않는 사람에게는 발전이 없다. 후회 없는 삶은 자기반성에서 시작된다.

12/12 수_욕심은 채울수록 커지기 때문에 어떤 경우라도 다 채울 수 없다. 욕심은 후회가 된다.

12/13 목_내가 하고 싶다면 하고자 한다면

2012년 아빠의 문자메시지

무슨 일이 있어도 그 길을 가겠다고 굳게 다짐 해라.

12/14 금_1초, 1초가 모여 하루를 만들듯이 매 순간을 소중히 생각하는 사람이 되자.

12/17 월_불행과 행운은 자기 하기 나름이다. 최선을 다하고 마음을 다한다면 행운은 내 편 이다.

12/18 화_남에게 보이기 위한 공부보다는 자 신을 위한 공부를 해라. 남을 위해 사는 것이 아 니다.

12/20 목_천재도 즐기는 사람을 이길 수는 없 다. 최고의 노력과 열정으로 현재를 즐겨보자.

12/21 금_하루살이는 내일이 없고 매미는 겨 울이 없지만, 주어진 시간은 열심히 살아간다.

12/24 월_타인의 지혜로는 세상을 살아갈 수 없다. 자신의 지혜를 키워나가는 생활을 하자.

12/26 수_거짓말을 한다고 거짓이 사라지는 것은 아니다. 거짓은 언젠가는 밝혀진다. 정직 하자.

12/27 목_메시지를 쓰다 보면 부족한 어휘력 에 막혀 책 많이 안 본 걸 후회한다. 독서는 힘 이다.

12/28 금_내가 너무 어려운 메시지를 보내고

있는 것은 아닌지? 지난 메시지를 한 번 더 보자.

12/31 월_사랑하는 우리 아들들, 올 한 해 수 고 많았다. 항상 행복의 중심에 서 있기를….

엄마 아빠와 두 아들의 **행복한 생각나눔**

엄마 아빠와 두 아들의
행복한 생각나눔

펴 낸 날   2016년 7월 28일

지 은 이   조승재, 조승철
펴 낸 이   최지숙
편집주간   이기성
편집팀장   이윤숙
기획편집   윤일란, 장일규, 허나리
표지디자인 윤일란
책임마케팅 하철민
펴 낸 곳   도서출판 생각나눔
출판등록   제 2008-000008호
주   소   서울 마포구 동교로 18길 41, 한경빌딩 2층
전   화   02-325-5100
팩   스   02-325-5101
홈페이지   www.생각나눔.kr
이 메 일   bookmain@think-book.com

• 책값은 표지 뒷면에 표기되어 있습니다.
  ISBN 978-89-6489-615-0   43810
• 이 도서의 국립중앙도서관 출판 시 도서목록(CIP)은 서지정보유통지원시스템 홈페이지
  (http://seoji.nl.go.kr)와 국가자료공동목록시스템(http://www.nl.go.kr/kolisnet)에서
  이용하실 수 있습니다(CIP제어번호: CIP2016017226).

※ 이 제작물은 아모레퍼시픽의 아리따글꼴을 사용하여 디자인 되었습니다.